파가니니의 푸른일기

# 파가니니의 푸른일기

권영임 장편소설

예옥

차례

# 지렁이, 날다

달리는 자동차의 차창을 뚫어버릴 만큼 빗줄기는 사나웠다. 브레이크를 밟고 싶은 충동을 억제하느라 숨소리가 거칠어졌다. 쉼표 없이 부르는 노래처럼 숨이 차올랐다.

텅 빈 지하주차장에 차를 세우고 자판기에서 커피 한 잔을 뽑아 자리로 돌아왔다. 사무실 창문 너머로 보이는 국회의사당이 물속에 잠긴 것처럼 뿌옇게 흔들렸다. 천천히 한 모금씩 커피를 삼켰다. 창문을 타고 지렁이처럼 구불구불 빗방울이 흘러내렸다.

"부장님, 일찍 나오셨네요."

물기 묻은 머리를 매만지며 한 대리가 들어왔다. 송 과장, 박 대리, 미스 정이 뒤를 이어 각자 자리에 앉았다. 서랍을 여닫는 소리, 직원들의 수런거림으로 사무실은 금세 소란스러워졌다. 혼자 있을 때보다 마음은 오히려 편안했다. 그칠 것 같지 않던 빗줄기는 점심때가 가까워오자 가늘어지고 있었다. 꾸무럭하던 하늘에 먹장구름이 걷히며 햇살이 배시시 얼굴을 드러냈다.

하루에도 몇 번씩 변덕을 부리는 심 이사만큼이나 심술궂은 날씨였다.

구내식당으로 내려가지 않고 사무실을 나섰다. 어느 누구와도 함께 앉아 밥을 먹고 싶지 않았다. 회전문을 밀치고 막 걸음을 떼놓았을 때다. 몸이 중심을 잃고 기우뚱거렸다. 하마터면 지렁이를 밟을 뻔했다. 시멘트로 덮인 땅, 회색빛 건물들, 어디를 둘러봐도 지렁이가 살만한 곳은 아니었다. 하지만 지렁이가 꿈틀거리며 시멘트 바닥을 기어가고 있었다. 새벽부터 쏟아진 폭우에 건물 옆 좁은 공간을 차지한 화단에서 떠밀려 나온 듯했다. 구둣발에 채였는지 반 토막이 난 상태였다. 지렁이를 집어 손바닥에 올려놓았다. 여직원 몇몇이 짧은 비명을 지르며 비껴 지나갔다. 몸 한쪽이 사라진 줄도 모르고 살아보겠다며 기어가는 꼴이 꼭 내 모습을 보는 것 같았다.

그래, 나는 지렁이다. 잘린 몸뚱이를 끌고서라도 살기 위해 기어야 하는 지렁이…….

직원들과 마주치지 않을 만큼 회사에서 멀리 떨어진 식당으로 왔다. 구석진 자리에 앉아 국수 한 그릇을 서너 번의 젓가락질로 먹어치우고 재빠르게 나왔다. 순복음교회를 지나 국회의사당 쪽으로 걸었다. 무엇을 어떻게 할 것인가를 수천 번 생각해도 답이 나오지 않았다. 심 이사와 마주앉아 담판을 지어야 하는데, 왜 아직도 나는 그가 무서운지 알 수 없었다. 어떻게 해도 모든 잘못은 내가 덮어 쓰게 되어 있었다. 처음부터 계획적으로 작정한 사람과 헤벌쭉 입 벌리고 앉아 시키는 대로 로봇처럼 살아온 나와는 애초에 싸움의 상대가 되지 않았다.

빌딩 앞 화단으로 되돌아 왔다. 지렁이는 사라지고 없었다. 흙속으로 돌아갔나. 하늘에 다시 먹구름이 몰려오고 있었다. 바람은 아직 비를 걷어가지 않았다. 비가 쏟아져 화단에 빗물이 차오르면 지렁이는 숨을 쉬기 위해 다시 밖으로 나와야 할 것이다.

*

아무렇게나 펼쳐 읽은 조 부장의 일기였다. 지렁이의 비유는 내게도 해당되는 것만 같아 갑자기 몸이 뒤틀렸다.

조 부장 일기를 읽기 전, 불을 끄고 누워도 잠이 들 것 같지 않아 벽에 기대어 텔레비전 뉴스를 보고 있었다. 혼자 있는 허전함을 달래기 위해 켜놓는 습관도 있었지만 회사의 운명에 관한 보도가 나올지도 모른다는 기대도 한몫했다. 감정이 실리지 않는 아나운서의 뉴스진행이 계속되고 있었다.

오늘의 사건사고입니다.

세신그룹의 계열사인 세경기업 조모 부장이 오늘 오후 마포대교에서 투신한 것으로 추정되고 있습니다. 조모 부장은 노조위원장에게 금품을 전달한 의혹과 비자금 관련으로 검찰에서 조사를 받고 나오던 중이었습니다.

세신그룹 건물과 함께 검찰청, 전속력으로 자동차들이 달리는 마포대교가 텔레비전 화면에 잠깐 비쳤다가 사라졌다. 그다음 뉴스는 귀에 들어오지 않았다. 무엇을 어떻게 해야 할지 갈피를 잡을 수 없었다. 그 순간, 조 부장이 잠시 맡아달라고 했던 서류봉투가 떠올랐다. 그룹 이름이 언론에 오르내리면서 심 이사가 자리에 없는 날이 많을 때였다. 퇴근시간이 임박해 책상을 정리하고 있었다. 조 부장이 내 책상 바로 앞에서 말을 걸어왔다.

"회사버스로 퇴근 하나?"

"네. 부장님도 타시게요?"

내가 묻는 말엔 대답을 하지 않고 조 부장은 내 곁에서 잠시 서성이다 밖으로 나갔다. 나도 퇴근을 서둘러 통근버스에 올랐다. 맨 뒷자리에 앉은 조 부장이 손을 들어 아는 척을 했다. 조 부장 옆자리에 앉았다.

"통근버스 타시는지 몰랐어요."

목소리를 한 옥타브 높이며 명랑하게 말을 건넸다.

"오래 살다보니 일찍 나가는 일도 있구먼."

부장이 정시 퇴근하는 것은 있을 수 없는 일이었다. 평소에도 크지 않은 조 부장 목소리가 가슴께에서 웅얼거리다 안으로 잦아들었다. 평소에도 조용한 말투, 크지 않은 몸짓인데 요즘 들어 부쩍 더 조용해졌다. 회사가 오늘 망하느냐 내일 망하느냐의 기로에서 나 역시 무거운 마음으로 하루하루를 보내고 있었다. 통근버스는 마포대교로 진입했다.

"부장님은 어디서 내리세요?

무슨 생각에 잠겨 있는지 내가 묻는 말에 대답이 없었다. 더 이상 말을 걸지 않았다.

"이거."

좌석 앞에 붙은 망에서 불쑥 서류봉투를 꺼냈다.

"뭔데요?"

"내가 달라고 할 때까지 보관 좀 해줘요."

공덕에서 버스가 멈추고 조 부장은 차에서 내렸다. 스카치테이프로 붙여놓은 봉투였다. 손에 잡히는 느낌으론 책인 것 같았다. 조 부장과 관계된 서류가 검찰로 넘어가기 며칠 전이었다.

나는 책상서랍에 넣어놓았던 봉투를 꺼내들었다. 잠시 망설이다 스카치테이프를 뜯었다. 노트 한 권이 들어 있었다.

첫 페이지를 넘겼다. 일기라기보다는 그때그때 심경을 기록해 놓은 것 같았다. 나는 마음이 급해 차근차근 노트를 넘기지 못하고 이리저리 뒤적거렸다. 최근 것이라고 짐작될 만한 곳을 펼쳐들고 읽었던 부분에서 다시 밑으로 내려오자 '나는 지렁이다. 잘린 몸뚱이를 끌고서라도 살기 위해 기어야 하는 지렁이…….' 지렁이라는 문장이 다시 반복되고 있었다. 나는 조 부장의 죽음을 잠시 유예해 두고 싶었다. 텔레비전에서 언급된 조모 부장과 조 부장은 다른 인물일지도 모른다는 생각을 하면서 노트를 덮었다.

내일 아침 출근하여 직접 확인하기 전까지는 믿고 싶지 않았다. 작은 창문에 희미하게 빛이 들어왔다. 아침마다 오 분만, 오 분만 더 자고 싶던 잠을 한 잠도 자지 못하고 정류소로 나와 버스를 탔다. 엘리베이터 앞에서 한 대리를 만났다.

"저기."

서로 먼저 말을 하려다 내가 입을 다물었다. 한 대리 얼굴에서 조 부장의 죽음을 확인했다. 엘리베이터를 타고 외자부가 있는 오 층에 내릴 때까지 한 대리도 나도 말을 하지 못했다. 사무실엔 심 이사가 먼저 와 기다리고 있었다. 출근시간이 되려면 아직 이른 시간인데 비상연락을 받기라도 한 듯 하나둘 도착했다. 모두들 각자 자신의 자리에 앉았다. 유령이 앉아 있는 것처럼 아무런 움직임도 느낄 수 없었다. 다른 부서 직원들이 사무실에 나타날 때까지 조 부장의 자리는 빈자리 그대로였다.

"다들 회의실로 모이세요."

심 이사 지시에 수첩과 볼펜을 주섬주섬 챙겨 들고 회의실로 들어갔다.

"에, 안타까운 일이 발생했는데…… 조 부장이 그럴 사람이라고는 생각지 않지만, 사람 속은 알 수 없어요. 검찰에서 모든 것을 낱낱이 밝혀낼 때까지 여러분들은 결코 경거망동해서는 안 됩니다. 쓸데없는 말을 해서도 안 되고, 되도록 침묵을 지키세요. 그리고 조 부장에 대한 단서가 조금이라도 나오면 나한테 먼저 가져오도록 하세요. 그리고 지금 회사가 어떻게 될지 누구도 한 치 앞을 알 수 없어요. 다들 입조심들 하시고…… 질문사항 있으면 해봐요."

"부장님은 절대로 그럴 사람이 아닙니다."

조 부장 측근인 한 대리였다. 아무도 이의를 달지 않았다.

"당신이 그걸 어떻게 아나? 엉?"

심 이사 목소리가 갑자기 쩌렁, 울렸다.

"그러니까 단서를 찾아야……."

"모든 것은 증거가 말을 해요. 증거가. 검찰에서 밝힐 테니까 다들 자리로 돌아가 입조심들 하세요."

시신은 찾았는지, 유서는 나왔는지, 장례는 어떻게 치러지는지 궁금한 것이 한두 가지가 아니었지만 묻지 못했다. 조 부장의 노트를 가지고 있다는 말을 한 대리에게도 하지 않았다. 당분간은 심 이사에게도, 그 누구에게도 말하지 않을 작정이었다. 부하 직원이 스스로 목숨을 버린 사태에 대해 심 이사는 안타까움 한 마디 내비치지 않았다.

그룹의 운명은 사원 모두의 운명인데 심 이사는 어떻게 될지 모른다는 말을 아무렇지 않게 뱉어냈다. 채권단에서 매각을 검토 중이라는 것은 언론을 통해 알고 있었다. 세신은 국내 삼십 대 기업에 속하는 그룹이다. 경제에 미치는 영향이 클 것은 물론이요, 어느 쪽으로 결판이 나든 죽는 자와 살아남는 자의 구조조정은 불가피할 것이다.

조 부장은 서울에서의 내 우울한 직장생활에 그나마 위안을 주었던 사람이었다. 그런 그가 바람에 날리는 한 잎 꽃잎처럼 한강 다리 위에서 몸을 던져 버렸다. 그와 함께 했던 시간들이 흔들리며 거센 바람따라 한강 위로 흘러갔다.

# 여의도는 섬이다

엘리베이터를 내려 호기롭게 사무실 문을 열 때와 달리 나는 선뜻 발걸음을 떼지 못하고 주춤거렸다. 파리를 날름 삼키고 시침 떼는 두꺼비처럼 끄먹거리며 쳐다보는 직원들의 눈빛에 주눅이 들었다. 덥지도 않은데 식은땀이 났다. 목덜미가 선득거렸다.

외자부를 찾아 길고 널찍한 사무실 통로를 걸어갔다. 총무부, 인사부, 영업부를 지나 외자부는 사무실 맨 끝에 자리하고 있었다. 외자부 푯말 아래에 멈춰 섰다. 앞자리는 직원들이 외근을 나갔는지 텅 비어 있고, 뒷자리 쪽으로 남자사원이 혼자 앉아서 서류를 보고 있었다. 자리 배치로 보아 과장 정도의 직책으로 보였다. 내가 바로 앞에 설 때까지 반응이 없었다.

"정은희입니다."

"그래. 왔나?"

서류에서 고개를 들며 떨떠름한 표정으로 말을 받았다.

서울에 올라오기 전까지 들었던 익숙한 경상도 억양이었다. 낯선 곳에서 만나는 말투가 반가웠다. 그리고는 더 이상 말이 없었다. 나는 그대로 서 있었다. 부서 뒤로 회의용 탁자가 있었지만 앉을 수 없었다. 내가 서 있는 것을 잊어버렸나 싶어, 흠흠 목을 가다듬는 소리를 내보기도 했지만 여전히 투명인간 취급이었다. 십 분이 지나고 이십 분이 막 지날 때쯤 남자사원은 고개를 두리번거리며 누군가를 찾았다. 마침 내가 걸어왔던 통로를 따라 뽀얀 얼굴의 여사원이 빠르게 걸어왔다.

"미스 리, 니는 자리 안 지키고 어델 그리 쏘다니노?"

"일본에 팩스 보내고 왔는데요. 계속 통화 중이어서요."

힐난하는 말투에도 아랑곳하지 않고 미스 리는 상냥하게 설명을 이어갔다. 선명하게 쌍꺼풀진 서글서글한 눈매로 나를 바라보며 웃음을 보냈다.

"미스 리…… 미스 정 안내 좀 해주그라."

자신이 누구라는 것에 대한 소개조차 없었다. 미스 리와 나누는 대화에서 그가 송 과장이라는 것을 알았다. 미스 리를 따라 걸었다.

"저는 효정이라고 해요."

목소리에 표정이 있다면 봄 햇살 속에 살포시 피어난 개나리를 닮았을 것 같았다. 사근거리는 서울 말씨가 잘 어울리는 목소리였다.

"언니 자리는 여기……."

의자에 앉은 나는 한눈에 상태를 파악했다. 철제책상 왼쪽에 달린 세 개의 서랍을 열어보았다. 잘 열리지도 닫히지도 않았다. 폐차 직전의 자동차를 보는 듯했다.

"책상이 이것 밖에 없어서요."

효정의 얼굴에 미안한 표정이 드러났다. 괜찮다고 해야 하는데 말문이 열리지 않았다. 새 책상이 아니라고 투정 부릴 처지가 아니란 건 서울사무소로 발령이 날 때부터 알고 있던 일이었다. 맨 아래 서랍을 열어 핸드백을 집어넣었다. 옆 서랍엔 볼펜과 칼, 지우개 등 필기도구가 가지런히 담겨 있었다. 효정의 배려라는 생각이 들었다. 효정은 자리에 앉아 있을 틈이 없었다. 송 과장은 미스 리를 입에 달고 있듯이 불러댔고 효정은 지체 없이 그 앞으로 걸어갔다. 구불거리는 파마머리가 어깨선에서 찰랑거렸다. 타이프 치는 손가락도 매우 빨랐다. 빠른 손가락만큼이나 빠른 목소리로 재잘거렸다.

"언니가 와서 얼마나 좋은지 모르겠어요. 저 혼자서 너무 바빴거든요."

끝도 없이 재잘대는 효정의 말을 들으며 주눅 든 마음을 다독였다. 스물두 살의 효정은 어디든 가볍게 날아갈 새처럼 경쾌했다. 과장이 언제 부를지 몰라 책상 앞에 붙박여 있었다. 퇴근시간이 가까워오자 외근 나갔던 직원들이 하나둘씩 들어왔다. 모르는 얼굴이 앞자리에 앉아 있는데도 그들은 아는 척도 하지 않았다. 송 과장이 책상 앞에 나를 세워두고 단체로 인사를 시킨 건 여덟 시가 다 될 무렵이었다.

"다들 알제? 미스 정이대이."

잘 부탁한다는 말과 함께 나는 허리까지 숙이며 인사를 했다. 직원들은 고개만 까딱했다. 나를 한 사람의 온전한 인격체로, 직원으로 받아들이지 않으려는 것처럼 느껴져 모욕감이 들었다. 그다음 행동을 어떻게 해야 할지 몰라 그대로 서 있는 나를 향해 과장이 책상 위의 물건을 밀어내듯이 한마디를 툭 내뱉었다.

"그만 가봐라."

서울말이 섞인 경상도 억양으로 바닥을 칠만큼 낮게 까는 송 과장의 말투가 가슴을 할퀴고 지나갔다. 자리로 돌아와 잘 열리지 않는 책상 서랍을 억지로 열고 핸드백을 꺼냈다. 제대로 닫히지 않는 서랍을 두고 자리에서 일어섰다. 나 자신을 그곳에 두고 가는 것처럼 망가진 책상이 자꾸만 눈에 밟혔다.

"언니랑 함께 가려고 기다렸어요."

효정이 아니었다면 책상을 붙잡고 눈물을 흘렸을지도 모를 일이었다. 버스정류장까지 걸어오는 동안 효정은 계속 재잘거렸다.

"심 이사님하고 조 부장님은 일본에 출장 중이세요. 다음 월요일에나 출근하실 거예요. 그리고요……."

뜸을 들인 효정이 한숨을 푹 쉬었다.

"언니하고 저하고만 고졸사원이고요. 남자사원들은 다 대졸이에요."

말뜻을 헤아리느라 나는 가만히 있었다.

"고졸이라서 특별한 업무가 없어요. 남자사원들 뒤치다꺼리를 해야 해요."

효정이 나를 반긴 이유는 혼자서 감당하기엔 시중들어야 할 것이 너무 많았던 것이다. 나는 묻고 싶은 말이 많았지만 효정이 타고 가야 할 버스가 도착했다. 손을 흔들고 떠난 효정의 뒷모습을 바라보았다. 그냥 창원에 남아 있겠다고 매달렸으면 어땠을까. 해고를 시켰을까. 스무 살에도 혼자서 살아냈는데 스물여덟의 나이에 못할 것도 없을 것 같았다. 하지만 두렵고 불안한 마음이 좀처럼 가시지 않았다. 도착한 버스의 뒤쪽으로 가 앉았다. 여의도에서 장위동까지 가려면 아마 두 시간은 족히 걸릴 것이었다.

나는 세경중기로 합병된, 창원에 소재한 황성중공업 직원이었다. 인사부장은 서울사무소로 발령을 내기 전, 내 고향이 전라도라는 것을 유난히 강조했다. 서울이나 창원이나 연고지가 없기는 매일반인데 서울로 가는 건 어떻겠냐고 물어왔다. 서울로 가든지 그만 두든지 둘 중 하나를 선택하라는 묵시적 압력이라는 것을 모르는 바는 아니었다.

이십 대가 지나고 나면 드라마 같은 삶이 펼쳐지기라도 할 것처럼 서른을 목마르게 갈구하던 시기였다. 실패한 연애의 쓴맛이 가시지 않은 상황에서 다시 남자를 만나 결혼할 것인가, 부모님이 사는 전주로 돌아갈 것인가. 어디에서도 해답은 없었다. 전주로 돌아가고 싶은 건 생각뿐이었다. 고등학교를 졸업하던 스무 살에도 없던 일자리가 이제 와서 기다리고 있을 턱이 없었다. 집안의 생계를 짊어진 내가 선택할 수 있는 길은 하나였다. 서울로 올라갈 수밖에 없었다. 월요일부터 서울사무소로 출근하라는 인사명령이 떨어졌다. 스무 살에 내려와 스물여덟 살까지 팔 년여의 시간을 보낸 곳이었다. 사흘 만에 팔 년 세월을 정리하라는 명령은 비정했다.

발령 난 부서도 경력과 무관한 외자부였다. 영어를 잘하지 못하는데 큰 일이라는 걱정이 머릿속을 채웠다. 동료들은 기름밥 먹는 공장 사람들보다는 넥타이 멘 신사들과 생활하는 것이 여러모로 좋을 것이라며 진심어린 위안을 건네주었다.

서울이 한 번쯤 살아보고 싶은 꿈의 도시였던 건 사실이었다. 내가 받는 한 달 월급보다 더 많은 돈을 주고 유정 언니가 카라얀의 공연을 보러 간 세종문화회관이 있는 곳, 텔레비전 화면에서만 본 명동거리, 남대문과 고궁들, 남산…… 서울에서 서른을 맞이한다는 생각으로 낯선 곳에 대한 두려움은 기대로 바뀌었다.

서울사무소 발령을 받아들일 수밖에 없었던 건 막연한 기대만은 아니었다. 어차피 창원에는 마음 붙이고 살 것이 아무것도 없었다. 가족도, 친척도, 친구도. 스무 살을 견디게 해주었던 유정 언니가 없다는 것도 그곳을 떠날 수 있는 빌미가 되어 주었다. 어느 날 흔적도 없이 사라져 버린 유정 언니, 연락이 끊겨버린 영숙 언니, 혜주, 창건 씨, 그리고 내 청춘에 허락 없이 날아든 흙탕물 같은 병호. 새로 시작한다는 벅찬 마음으로 서울에 온 것은 아니었지만 환영인사치고는 직원들의 태도가 너무 가혹했다.

자취방을 구할 때까지만 신세를 지기로 하고, 찾아간 친척 집은 장위동이었다. 옷가방, 책을 넣은 박스, 이불 보따리를 마루 끝에 쌓아놓았다. 형편없이 작은 옷을 입어 소맷부리가 삐져나온 것처럼 보자기 밖으로 나온 베개가 추레해 보였다. 사무실의 내 책상처럼 내가 만날 지난한 시간들을 알려주는 서막이었던 것이다.

친척 언니는 장위동에서 여의도까지 한 번에 가는 버스가 있다며 친절하게 안내를 해주었다. 세경중기 서울사무소는 여의도 국회의사당 바로 앞 건물이라는 것은 알고 있었다. 여의도가 서울 어디에 붙어 있는지, 국회의사당은 여의도 어디에 위치하고 있는지 짐작할 수 없어 운전기사 바로 뒷자리에 앉았다. 안내방송에서 동대문이 나왔다. 사진으로만 보았던 동대문이 궁금하지 않은 것은 아니었지만 꼭 봐야겠다는 호기심보다 새로운 생활에 대한 근심이 더 컸다. 종로도 지나고, 광화문도 지났다. 처음 만나는 서울의 풍경이 눈에 들어오지 않았다. 요리조리 빠져나가는 버스에만 신경이 쓰였다.

버스가 마포대교 위로 올라서자 차창 너머로 국회의사당 푸른 지붕이 잠시 보이는가 싶더니 사라져버렸다. 버스는 아파트와 빌딩 사이를 매끄럽게 달려갔다. 푸르스름한 국회의사당 지붕이 버스 앞 유리창을 통해 다시 나타났다. 버스에서 내렸다. 이른 여름이 시작되는 오월 하순이었다. 의사당 건너편으로 빌딩들이 숲을 이루고 있었다. 손으로 햇빛가리개를 만들어 세신그룹 빌딩을 찾았다. 가로수 사이로 그룹 로

고가 찍힌 하얀 빌딩이 보였다. 안내 데스크로 향했다. 나와 똑같은 유니폼을 입은 여사원임에도 쭈뼛거리며 다가갔다.

"저기요, 세경중기 사무실이……."

"오 층입니다."

내가 말을 마치기도 전에 대답이 곧바로 흘러나왔다. 텔레비전 화면에서나 봄직한 탤런트 같았다. 허리가 잘록하게 들어간 유니폼 아래 미끈한 다리, 잇몸이 살짝 보이도록 웃으며 서 있는 자태, 이마 위로 틀어 올린 단정한 머리모양에서부터 나와는 다른 종류의 여사원처럼 보였다.

로비의 회전문이 돌며 한 남자가 들어섰다. 나를 향해 서 있던 여사원은 배꼽까지 내려올 만큼 고개를 숙여 인사를 하고 엘리베이터 앞으로 달려갔다. 나도 엘리베이터 앞에 섰다. 나란히 붙어 있는 두 대의 엘리베이터 중 다른 하나는 임원 전용이라고 쓰여 있었다. 안내원은 임원 전용 엘리베이터에 먼저 타 멈춤 버튼을 누르고 임원이 타기를 기다렸다. 공장에서는 엘리베이터를 타고 가야 할 만큼 높은 빌딩도 없었지만 임원들만 따로 사용하는 전용도 없었다. 첫날부터 공장과는 비교가 되지 않은 것들을 목격했다. 임원 전용 엘리베이터가 십 층에 멈추고, 안내양이 다시 내려와 데스크로 돌아간 뒤에도 나는 엘리베이터 앞에 한참을 더 서 있었다. 고등학교를 갓 졸업한 스무 살, 마산 수출자유지역 기숙사에서 웅크린 몸으로 밤을 지새운 그때보다 수출자유지역에서 창원공단으로 회사를 옮긴 그날보다 가슴이 더 두근거렸다. 두근거림의 실체는 새로운 생활에 대한 호기심이 아니라 앞날에 대한 불안감이었다. 그만 가보라고 물건 던지듯 말하는 송 과장의 말투에서 불안감의 실체를 보았다.

출근시간은 여덟 시 반이었다. 여섯 시 전에 일어나 버스를 탔건만 회사에 도착한 시간은 여덟 시가 넘었다. 다섯 시 전에는 일어나야 할 것 같았다. 국외출장 중이라는 심 이사와 조 부장의 자리는 여전히 비어 있었고, 송 과장과 사원들은 대부분 자리를 차지하고 있었다. 쟁반에 커피를 받쳐 든 효정이 다가왔다. 송 과장, 박 대리, 양 대리, 책상에 커피를 올려놓았다. 대리급 이상만 커피를 준다고 했다. 또한 대리급 이상 책상에는 뚜껑 달린 컵이 하나씩 놓여 있었다. 그 컵에 물을 떠다 주어야 한다는 효정의 설명이 이어졌다. 생수통은 직원들이 오고가는 복도에 비치해 있었다.

"미스 정하고 미스 리, 이리 좀 와 봐라."

커피를 마시던 송 과장이 나와 효정을 동시에 불렀다.

"앞으로 커피는 미스 정이 타거래이."

"과장님 그건 언니랑 제가 알아서 할게요."

효정이 얼른 말을 받았다.

"아이다. 미스 리가 나이는 어려도 외자부에선 선배아이가. 직원들하고 그동안 호흡을 맞춰 왔으이 그대로 하고, 카피랑 팩스도 미스 정이 하거래이. 여사원 할 일이 뭐 대단히 있는 것도 아이고."

무언가 상당히 잘못되었다는 생각이 들었지만 아무 말도 할 수 없었다.

"그라고 지금이 몇 시고? 미스 정 니는 우리 부서 말단 아이가? 말단이 과장보다 늦게 오고 말이야. 물 한 잔 가온나."

송 과장 책상 위에 있는 물 컵을 들고 생수통 앞으로 갔다. 컵을 들고 오는 손이 자꾸만 떨렸다. 스스로 해야 할 업무가 없는 나는 책상에 가만히 앉아 있었다. 양복차림의 남자들이 맨 앞의 내 책상을 지나 뒤로 갔다. 은행에서 온 손님이라고 효정이 일러 주었다. 송 과장이 반갑게 맞으며 인사를 했다. 회의실로 들어간 송 과장을 대신하여 양 대리가 나를 불렀다.

"커피 세 잔, 녹차 두 잔."

부탁한다는 말도 없었다. 쟁반을 들고 회의실로 들어갔다. 은행 직원이 감사하다며 잔을 들었다. 나는 엉거주춤 고개를 잠깐 숙였다 들었다. 은행 손님이 가고 난 다음 송 과장은 사무실을 나갔다. 조금 후에 경리과 여직원인 이수경한테서 전화가 왔다. 물 한 잔과, 커피 한 잔을 경리과로 가져오라고 했다. 커피 접대는 그 부서 여직원이 하는 것이 관례로 되어 있었다. 나는 대답을 하지 않고 가만히 있었다. 이수경은 송 과장의 지시라는 말을 덧붙였다. 커피 잔을 들고 들어가자 경리과장이 너스레를 떨었다.

"이거, 외자부 여사원한테 커피를 다 얻어 마시고, 잘 마시겠습니다."

잘 마시겠다는 말을 나에게 하는 것인지 송 과장에게 하는 것인지

헷갈렸다. 꼭 놀림을 받는 것만 같아 기분이 언짢았다. 자리에 돌아와 앉아 타이핑하는 효정을 바라보았다. 끊임없이 재잘거리던 효정이 나와 눈을 마주치려 하지 않았다. 경리과에서 돌아온 송 과장이 나를 불렀다. 경리과 회의실의 잔을 치우라는 것이었다.

"이런 거까지 일일이 말을 해줘야 되나?"

그 말은 내가 하고 싶은 말이었다. 목소리는 왜 이렇게 큰지 영업부까지 다 들릴 지경이었다. 전 직원들의 시선이 온통 나에게 쏠리는 것만 같았다. 그렇게 큰 소리를 지르지 않아도 다 알아든는다는 말을 하고 싶었지만 하지 못하고 돌아섰다. 커피 타는 일 말고는 아무도 나를 부르지 않았다. 나는 최고 책임자가 돌아오면 업무분담이 다시 이루어지리라는 기대를 하고 심 이사와 조 부장을 기다렸다. 출근해서 퇴근할 때까지 모닝커피를 시작으로 몇 잔쯤 탔는지 계산을 해보았다. 오십 잔, 아니 백 잔은 더 되는 것 같았다.

엘리베이터에서 내려 유리문을 열고 들어서면 직사각형으로 이루어진 사무실은 외자부가 맨 끝이었고, 그다음은 가장 넓은 자리를 영업부가 차지하고, 영업부 앞으로는 총무부, 인사부가 있었다. 다시 인사부 옆으로 여자화장실과 주방이 나란히 붙어 있고, 통로를 지나면 비서실이었다. 비서실 건너편으로 경리과가 있었다. 쟁반을 들고 전 직원이 바라보는 복도를 걸어 다녀야 했다. 사람들의 눈을 피해 신발 끝만 보고 걸었다. 커피만 타다가 퇴근을 했다.

잠을 자려고 바닥에 누우니 방바닥 아래로 몸이 자꾸만 꺼져 들어가는 것 같았다. 방을 구해야 하는데 시간이 좀처럼 나지 않았다. 친척언니는 알아보고 있으니 회사나 잘 다녀오라고 안심을 시켜 주었지만 마음이 편하지 않았다. 아침밥을 걱정하는 언니에게 밥 먹지 않은지 오래 되었다고 했다. 잠을 재워주는 것만으로도 감사할 일이었다. 아침상을 받을 수 있는 처지가 되어도 먹을 수 없을 것 같았다. 밥맛이 없어 점심도 제대로 먹지 못했다.

회사에 도착해서는 직원들과 마주치고 싶지 않아 엘리베이터를 타지 않고 계단을 이용했다. 주방으로 갔다. 책상을 닦은 다음 커피를 타서 대리급 이상 책상 위에 올려놓았다. 커피를 마시려던 송 과장이 나를 불러 세웠다.

"책상 닦거래이."

"닦았는데요."

"닦은 책상이 와 이렇노."

그러고는 책상 위에 있는 필기도구는 이리저리 옮기지 말라고 했다. 책상 끝에 놓여 있던 계산기가 비뚤어졌다며 바로 잡았다.

"다시 닦어."

"닦았어요."

닦은 책상을 다시 닦고 싶지는 않았다. 직원들 앞에서 걸레를 들고 왔다갔다는 하는 것은 더 싫었다. 송 과장 앞에 끝까지 서 있었다. 내가 할 수 있는 최대한의 저항이었다.

"알았으이 가 봐라, 마."

효정이 사무실로 들어섰다. 여전히 나와 눈을 마주치지 않았다. 잔 치우라는 말을 하기 전에 치워야 하는데 마음이 내키지 않았다.

"미스 정."

나는 대답 없이 송 과장 앞으로 걸어갔다.

"커피가 다 식었대이. 다시 타온나."

출근한 첫날인 월요일부터 토요일까지 육 일째다. 같은 일을 계속 두 번씩 반복하게 만들었다. 작정하고 괴롭히는 걸 뻔히 알겠는데 어떻게 해야 할지 판단이 서지 않았다. 식은 커피 잔을 들고 주방으로 왔다. 커피를 다시 타서 송 과장 책상 위에 올려놓았다. 다른 직원들도 업무에 관한 지시는 효정에게만 했다.

"미스 정."

송 과장의 부름에 책상 앞으로 갔다.

"부르면 대답 좀 하면 어데 덧나나."

"……."

"물 한 잔 가온나."

주방엔 들랑거리던 여직원도 청소하는 아주머니도 없었다. 참고 참았는데 구석에 놓여 있는 의자에 앉자 눈물이 흘러내렸다. 시간이 얼마나 흘렀을까. 주방에 들어선 효정이 아무 말 없이 컵을 씻어서 들고 나갔다. 충혈 된 눈 때문에 곧바로 주방을 나설 수 없었다. 송 과장이 찾는다는 효정의 부름을 받고 주방을 나갔다.

"물 좀 달라는 기 그리 싫나? 단디 명심해라. 그기 미스 정, 할 일이대이.”

고개를 숙이고 자리로 돌아와 마음을 진정시켰다. 통근버스를 타고 가는 효정과 달리 나는 송 과장이 퇴근하라고 할 때까지 자리를 지켰다.

토요일은 세 시 퇴근이었다. 송 과장이 맨 먼저 자리를 뜨고 대리들도 사무실을 나갔다. 방을 구하러 갈 마음에 서둘러 집으로 왔지만 다섯 시가 넘었다. 마루 끝에 있던 이불 보따리가 보이지 않았다. 월세방을 구한 언니가 미리 옮겨놓았다고 했다. 도로가에서 좁은 골목을 몇 번이나 꺾어 들어갔다. 갈수록 길은 좁아지고 경사가 졌다. 언덕을 올라 도착한 자취방은 방 하나와 그 옆에 달린 부엌이 전부였다. 연탄광도 주인집과 함께 써야 했다. 언니를 보내고 라면을 끓여 동그란 플라스틱 상에 차렸다. 입맛이 없기는 밥이나 라면이나 마찬가지였다.

일주일의 피로가 한꺼번에 몰려왔는지 나는 일요일 점심때가 다 지나도록 죽은 듯이 잠을 잤다. 동전을 들고 공중전화 부스를 찾아 큰길까지 내려왔다.

“엄마.”

목이 메었다. 그리고 다음 말을 잇지 못했다.

“서울은 지낼 만 허냐? 밥이랑 잘 먹고 건강해야 헌다. 언제나 한번 올래?”

다행스럽게도 엄마는 내가 할 말까지 혼자서 다 하고 있었다. 그러고 보니 서울에서 전주 가는 길이 창원에서 가는 것보다 훨씬 가깝다는 것에 생각이 미쳤다.

"시간 내서 한 번 갈게요. 엄마."

"그려. 여그는 별일 없응게 부디 너나 몸 조심허거라, 잉."

꼭꼭 힘을 주어 말하는 엄마의 건강해야 한다는 목소리를 듣고 나니 목울대에 가득 차서 넘치기를 기다리던 눈물이 가슴 아래로 내려가는 것 같았다. 다리에 힘을 주고 비탈을 걸어올라 왔다. 월요일엔 적어도 지금보다는 나아지리라는 기대를 안고 오지 않는 잠을 억지로 청했다.

출근한 나는 효정에게 심 이사와 조 부장의 커피 취향을 물었다. 심 이사는 커피와 설탕이 각각 두 스푼에 크림은 세 스푼이고, 조 부장은 커피 설탕 크림 모두 두 스푼씩 넣으면 된다고 했다. 심 이사가 도착하자마자 자리에서 일어나 책상 앞으로 걸어갔다.

"이사님, 정은희라고 합니다."

"어어. 그래."

무슨 말인가를 더 할까 싶어 잠시 그 앞에 서 있었다. 심 이사는 개울 가에서 마구 뛰어놀고 온 사내아이처럼 까무잡잡한 피부였다. 뭉툭한 코끝이 옆으로 벌어져 있는 것이 피부와 잘 어울렸다. 먹을 갈아놓은 것처럼 새까만 머릿결은 가르마를 중심으로 단정했다.

"알았으니 그만 가서 일 봐."

심 이사 역시 송 과장과 별반 다르지 않는 냉기를 내게 뿜어냈다. 조 부장도 출근을 했다. 나는 더 이상 상처받고 싶지 않아 조 부장에게 따로 인사를 하지 않고 커피를 타다 책상에 놓고 돌아섰다.

"아, 미스 정이구나."

예상치 못한 조 부장의 따뜻한 음성에 눈물이 핑 돌았다.

"잘해 봐요."

그제야 고개를 들고 얼굴을 정면으로 바라보았다. 남자치고는 쌍꺼풀이 뚜렷한 눈이었다. 이마에 잡힌 주름살이 쌍꺼풀만큼 깊게 패였다. 목소리에 힘이 들어가 있지 않아 듣기에 좋았다. 검지 않은 피부에 입술 선이 선명했다. 나를 향해 웃어주는 것 같기도 했다. 송 과장보다는 직위가 높은 부장이라는 직함도 맘에 들었다. 자리에 앉았다. 처음으로 양 대리가 나를 불렀다.

"빨간 볼펜 하나 갖다 주고, 이거 팩스 좀 보내."

캐비닛을 열어 양 대리에게 볼펜을 건네주고 서류를 받아 팩스실로 향했다. 일본으로 보내는 팩스였다. 해당 번호를 아무리 눌러도 통화 중이었다. 내 뒤에는 영업부 직원들이 줄을 서 있었다. 팩스를 보낼 때까지 계속 번호를 누를 수 없어 나는 뒤로 가서 다시 줄을 서야 했다. 오케이 사인이 떨어진 팩스를 양 대리에게 건넬 때까지 족히 이삼십 분은 걸린 것 같았다.

회의용 탁자에는 송 과장과 영업과장이 앉아 있었다.

"미스 정, 자리 좀 지켜라. 어딜 그리 쏘다니노? 그리고 커피 한 잔만 가온나."

양 대리가 팩스 심부름을 보낸 사실을 모를 리 없건만 자리를 지키라며 면박을 주었다. 커피가 마시고 싶으면 외자부로 가면 될 것이라는 소문이 날 것 같았다.

통근버스를 타고 가겠다며 효정이 먼저 퇴근을 했다. 통근버스를 타면 집 근처까지 갈 수 있는데 아쉬움이 많았다. 하지만 아직은 효정과 함께 퇴근할 수 있는 처지가 아니었다. 모닝커피, 접대커피, 물 컵에 물 채우기, 퇴근할 때까지 커피를 타고 바로 내 앞 벽에 걸린 시계를 바라보고 있었다. 내 앞을 지나는 조 부장이 나를 보며 조그맣게 말을 했다.

"일도 없을 텐데 퇴근하지 않고."

송 과장 눈치가 보여 그렇게 할 수 없었다. 심 이사도 먼저 나가라는 말을 하지 않았다.

"조 부장."

조 부장을 부르는 심 이사는 매끈한 서울 말씨임에도 '미스 정'을 부르는 송 과장의 말투와 어딘지 닮아 있었다.

"보고서는 어찌 되었소?"

"예. 지금 작성하고 있습니다."

"빨리 해서 올리세요. 출장 갔다 온 지가 언젠데……."

채근하는 것도 아니고, 독촉하는 것도 아닌 비난하는 말투…… 송 과장이 내게 하는 딱 그 말투 그대로였다. 송 과장은 여전히 커피가 식었으니 다시 타 온나, 물 한 잔 가온나, 손님 왔으니 녹차 한 잔 가온나를 자동판매기 누르듯이 내게 주문을 해댔다. 여기에 박 대리까지 나서서 볼펜 달라, 지우개 달라, 본인이 할 수 있는 것들을 손가락 하나 까딱하지 않고 나를 부려먹었다. 조 부장이 나를 부른 건 다음 날이었다.

"이거 타이핑 좀 해줘."

나는 가슴이 뻐근할 만큼 조 부장이 고마웠다. 처음으로 커피 타는 것이 아닌 일을 하게 된 것이었다. 이십여 장 분량의 백지에 연필로 작성된 보고서였다. 조 부장이 심 이사에게 불려가는 일이 없도록 빨리 마무리를 짓고 싶었다. 하지만 타이프 앞에 앉아 있는 것을 뻔히 알면서 송 과장은 커피와 물을 찾았다. 조 부장이 제동을 걸고 나섰다.

"송 과장, 거 미스 정 좀 그만 부르시오."

"부장님도 참. 타이핑은 미스 리한테 시키면 될 거 아입니꺼."

"거 참, 딱하기는."

한마디를 던진 조 부장은 과장의 다음 말을 듣지 않고 사무실을 나가버렸다.

"미스 정, 물 좀 가오라니까."

듣다 못한 효정이 물을 갖다 주었다. 나는 점심때가 되기를 기다렸다. 구내식당으로 가려는 효정을 밖에 나가서 먹자며 붙잡았다. 거절하면 어쩌나 걱정했지만 효정은 순순히 따라 나왔다. 근처 식당엔 비슷한 머리에 비슷한 와이셔츠를 입은 남자들로 가득했다. 억지로 숟가락을 들고 효정과 보조를 맞췄다. 식당을 나와 커피숍으로 들어갔다.

"효정아, 직원들이 내게 왜 이러는지 넌 아는 거지?"

효정이 눈을 피하며 잠시 곤혹스런 표정을 지었다.

"언니, 나는 언니가 와서 너무 좋아요. 근데 남자사원들은 언니가 나이 많은 것도 싫고, 이사님도 왜 외자부로 노처녀를 보내느냐고 했어

요. 송 과장님이랑 직원들이 처음에 길을 확 들여야 한다고 회의도 했
고요."

"……."

"또 하나는 언니가 운동을 했다고."

"무슨 운동?"

"노조운동을 했다면서요? 언니 욕 많이 했어요. 주제도 모르고 까분
다면서, 서울로 발령 내면 그만 둘 줄 알았는데 눈치 없이 서울로 왔다
고…… 고자질하는 것 같아서 말 안하려고 했는데요."

서울에 와서 한 달 동안 송 과장부터 대리들까지 자리에 앉아서 '미
스 정'을 뉘 집 강아지 부르듯이 불러대는 게 나이가 많고 농성하던 동
료에게 빵 좀 갖다 준 것이라는 것이 믿어지지 않았다. 강아지도 아닌
인간에게 길을 들이겠다는 생각을 갖고 있다는 것이 더 기막혔다.

"나도 처음엔 언니랑 어떻게 근무하나 걱정했었어요. 근데 언니를
처음 보는 순간에 마음이 놓이더라고요. 소문으로 들을 땐 키도 크고
뚱보인줄 알았거든요. 이렇게 야리야리한 줄은 몰랐어요."

가지런한 치아를 드러내며 효정이 웃어 주었다.

"난 언니가 뚱보가 아니라는 것에 마음이 놓였어요. 언니 웃기죠?"

"그래 웃기다."

그 몸으로 시집은 가겠냐, 애는 낳겠냐, 살 좀 쪄라, 어디 아프냐를
인사치레로 들어야 할 만큼 마른 몸 때문에 스트레스를 받고 살았다.
그것이 효정에게 친근함을 주었다는 게 몹시 다행스러웠다. 한번 얘기

를 꺼낸 효정은 모든 것을 털어놓기로 작심을 한 것인지 거리낌 없이 줄줄 풀어냈다.

"과장님이 창원에 전화해서 수시로 언니에 대해서 물어봤어요. 소문대로라면 언니 머리에 뿔이 몇 개는 달렸을 거예요. 그리고 송 과장님이 저한테 언니 일에 참견하지 말라고 해서…… 커피는 함께 타면 되는데."

"조 부장님은 어떤 분이야?"

"언니도 분위기 파악 되었겠지만, 좀 안 됐어요. 부장이긴 하지만 다른 회사에서 우리 회사로 왔어요. 올 때는 대리였다고 해요. 제가 입사했을 당시에는 과장이었구요. 심 이사님이 업체에서 스카웃했다나 봐요. 송 과장님이 먼저 부장으로 승진해야 되는데 부장님한테 밀렸어요. 그래서 두 분 사이도 안 좋아요."

조 부장이 바람막이가 되어 주지는 못할 것 같다. 사람들 사이에 섞여버리면 강가의 수많은 조약돌 중 하나처럼 눈에 띄지 않을 평범한 외모답게 바위에 걸터앉으면 바위가 되고, 나무 사이에 있으면 나무가 될 것처럼 눈에 띄는 존재가 아니었다.

식은 커피를 넘기며 나는 효정에게 사실대로 말해줘서 고맙다는 인사를 했다. 모든 사실을 알았다고 해서 어떤 대책이 떠오르는 건 아니었다. 어떻게 해볼 도리가 없는 지난 일이었다. 철야농성을 하는 동료들에게 빵과 우유를 나른 것이 운동이라면 세상에 운동 아닌 것은 아무것도 없을 것이다.

세경중기로 합병되는 과정에서 일어난 일련의 사건, 아니 사건이라고 이름 붙일 수조차 없는, 심장이 뛰는 사람이면 누구나 할 수 있는 최후가 숨 가쁘게 다시 떠올랐다.

## 타는 혀의 시간들

내 청춘과 함께 역사에서 사라진 황성중공업은 1970년대 행정부의 최고 책임자로부터 지원받아 창원에 최초로 입주한 회사였다.

남북대치 상황에서 포병무기를 생산하는 방위산업체로 설비부터 공장 건물의 특수부분까지 우선 순위로 자금을 지원받는 특혜를 누린 회사이기도 했다. 수십억 원의 자금을 받아 생산시설이 현대화되고, 미국의 원조 없이 독자적으로 무기체계를 개발하는 선두주자였다. 방위산업뿐만 아니라 기계공업의 선두주자라는 수식어도 달고 살았다.

현장에서 일하는 노동자만 해도 천여 명이 넘는 회사가, 가운만 입고 나가면 어느 술집에서든지 외상으로 먹을 수 있는 회사가, 임금이 제대로 나오지 않았다. 제5공화국 전두환 정권이 들어서면서부터였다. 타는 갈증으로 허덕거릴 때쯤 겨우 입술이나 축일 정도의 임금이 지급되었다. 어느 때는 삼십 퍼센트, 그리고 다시 오십 퍼센트, 나머지는 언제 준다는 기약도 없었다. 직원들 사이에 공공연히 떠도는 흉흉

한 소문을 확인한 셈이었다. 팀장인 배 과장이 저녁이나 먹자며 직원들을 집으로 초대했다. 성격 급한 윤 대리가 먼저 말을 꺼냈다.

"과장님요, 앞으로 회사가 우예 될 것 같습니꺼?"

"내도 정확히 알 수 없대이. 경리과장 말로는 대출이 막혀 아무것도 할 수 없다카더라. 조만간 산업은행 관리로 넘어갈 것 같다고 하고. 그나저나 미스 정은 월급이 이래 찔끔찔끔 나와가 괘안겠나?"

괜찮지 않았다. 당장 집으로 송금해야 할 돈도 문제였고, 월세도 시급했다.

"미스 정은 시집이나 가 뿌라. 산업은행 관리로 넘어 가믄 그다음 수순은 다른 회사로 넘기는 거 아이겠나. 그라면 앞날이 깜깜하구마."

배 과장은 인수합병이 이루어지면 구조조정은 불가피할 것이라고 했다. 칼날은 관리직을 향할 것이고, 요행히 목숨을 부지한다 해도 스스로 그만 두는 상황을 만들 게 뻔한 이치이니 각자 살 길을 도모하라고 덧붙였다.

"관리직도 대리급 이하는 노조에 가입이 돼 있다 아입니꺼?"

윤 대리는 노조에 희망을 거는 것 같았다. 배 과장은 고개를 흔들었다. 황성중공업은 특별 케이스로 관리직이 노조에 가입을 하고 있지만 대부분 회사는 아니라고 했다.

"여직원까지야 어찌 하겠나 싶은 생각이 들지만서도 각오는 해야 될 끼다."

각오를 해서 될 일이라면 어떤 각오인들 못하겠느냐마는 무엇을 해야 할지 알 수 없었다.

"과장님은 우얄 낀데요?"

윤 대리가 다시 배 과장을 향해 질문을 던졌다.

"퇴직금 받아가꼬 포장마차를 하든가, 농사를 짓든가, 내도 마 생각 중이대이."

"이리 큰 회사가 자빠지는데 이리 허망할 수가 있습니꺼. 소문이 사실인 게 맞습니꺼?"

전두환 정권이 들어서고, 돈을 바치지 않아 회사가 곧 문을 닫을 것이라는 소문을 말하는 것이었다. 소문은 하나씩 실체를 드러냈다. 산업은행 관리로 넘어갈 것이라는 추측도 맞아 떨어졌다.

산업은행에서 온 관리자의 사무실이 비서실 옆에 마련되었다. 은행에서의 직급은 과장이었지만 그를 과장님으로 부르는 직원은 아무도 없었다. 회사의 모든 경비지출은 산업은행에서 파견 나온 관리자 결재가 있어야 지불이 가능했다. 회사의 직급체제가 무너졌다. 우연히 '관리자님'을 마주친 나는 인사를 하고 나서도 기분이 썩 좋지 않았다. 고개조차 끄덕이지 않고 턱만 아래로 내렸다 올리는 바람에 인사를 받은 것인지 무시를 당한 것인지 알 수 없었다.

산업은행 관리로 넘어가면서 관리직 사원들을 대상으로 회사 살리기 극기 훈련 프로젝트가 시행되었다. 한 시간 일찍 출근하기, 퇴근시간 없애기가 그 시작이었다. 통근버스 대신 좌석버스를 타야 하는 불편함은 둘째치고라도 추가로 들어가는 교통비도 나에게는 부담이 되었다. 그럼에도 회사가 정상화만 될 수 있다면 교통비 부담이야 얼마든지 할 수 있을 것 같았다. 회사 상황이 나빠지면서 업무도 줄었다. 시험을 보지 않아도 책상 앞에 앉아 있어야 마음이 편한 것처럼 할 일이 없어도 회사에 있어야만 마음이 놓였다.

프로젝트는 곧바로 실시되었다. 첫 번째가 정신무장 강의를 듣는 것이었다. 강사 이름만 듣고는 그가 누구인지 알 수 없었다. 서울에서는 유명하다고 했다. 종업원이 주인의식을 가지고 일하는 회사는 뭔가 다르다는 내용이었다. 나는 망해가는 회사의 직원이라고 너무 함부로 한다는 생각이 들었다. 희망을 가지고 강당에 모인 직원들도 나처럼 생각을 해서일까, 강의실은 냉랭한 기운이 감돌았다. 강사는 강의를 하다 말고 남자사원 한 명을 불러 세웠다.

"결혼했습니까?"

"아즉 몬했습니더."

"아, 총각이군요. 앞으로 좋은 신부감을 소개해주려고 하는데, 여러분 어떻습니까?"

여기저기에서 '좋습니더', '하든가 말든가', '그걸 와 내한테 묻노' 등 웅성거리는 소리로 소란스러웠지만 분위기는 좀처럼 살아나지 않았다.

"그럼 먼저 총각들이 좋아하는 직업을 알아보겠습니다. 총각! 어떤 직업인지 아십니까?"

"모르겠습니더."

"여러분들이 한번 말해보세요."

"교사, 약사, 공무원······."

"예예, 그런 직업도 좋지만 더 좋은 직업이 있습니다. 요즘 총각들은 간호사, 유치원 선생, 골프장 캐디를 좋아한다고 합니다."

"······."

"간호사는 옷 벗으세요. 유치원 선생은 잘했어요, 다시 한 번 해봐요. 골프장 캐디는 어서 넣으세요. 그래서 좋아한다는데 이의 있습니까?"

강의실이 일순 조용해졌다. 끝까지 이해를 하지 못한 사람들은 어리둥절한 상태였고, 아! 하면서 감탄사를 내보낸 사람들은 키득키득 웃음을 날렸다. 뒤늦게 음담패설이라는 것을 알아차렸지만 웃음은 나오지 않았다. 강사는 내처 한 발을 더 나갔다.

"이번엔 여기 처녀 한 번 일어나보세요."

여사원들은 일제히 고개를 숙였다.

"여직원 대표 어딨습니까?"

내게 시선이 쏠렸다. 나는 엉거주춤 일어섰다.

"처녀 맞습니까? 아, 좋다, 처녀총각!"

강사의 목소리에서 상승기운이 느껴졌다.

"'좋다' 한번 따라 해보세요."

나는 가만히 있었다.

"괜찮아요, 따라해 보세요."

작은 소리로 나는 좋다,를 따라 했다. 강사가 손가락으로 따라 해보라는 신호를 보낼 때마다 '좋다'를 연발했다. 그러더니 갑자기 질문을 던졌다.

"뭐가 탄다고요?"

"좋타고요."

"예, 맞습니다. 처녀가 좋타잖아요. 좆이 타도록 열심히 일을 해야 합니다."

와, 하는 함성과 함께 터진 박수는 강사의 기대에 미치지 못했다. 여기저기서 키득거리는 웃음엔 조소가 섞여 있었다. 졸지에 '좆이 탄다'는 발언을 하고만 나는 오물을 뒤집어쓴 것처럼 기분이 지저분해졌다. 이것이 무슨 회사를 살리는 강의라는 것인지 이해되지 않았다.

밤 열 시가 넘어 끝난 강의 뒤에 기다리고 있는 건, 극한상황에서 '내 몸'을 극복하여 회사를 살린다는 등산과 마라톤이었다. 화합이라는 이름으로 다른 부서 직원들과 팀을 이루었다. 첫 번째 임무는 각 팀의 여직원들의 춤추기 경연대회였다. 분위기에 밀려 직원들 앞에 여직원들이 일렬로 줄을 섰다. 강사의 말은 끔찍했다.

"몸을 사리거나 춤이라고 판단할 수 없는 사람은 잘 출 때까지 계속 춥니다. 각 팀의 명예를 위해 최선을 다하여! 자, 음악 주세요."

김완선의 〈리듬 속의 그 춤을〉 반주가 흘러 나왔다. 여직원들은 움직이지 않았다.

"아, 진짜 이러기입니까? 분위기 살리고, 살리고."

반주가 다시 흘러나왔다. 나는 마지막에 남겨지는 사태를 피하기 위해 있는 힘껏 양팔과 허리를 흔들었다. 태어나서 그렇게 몸을 격렬하게 뒤틀어 본 적이 없었다. 하지만 결과는 참담했다.

"아, 여직원 대표님! 그래 가지고 대표하겠습니까?"

삼십여 명의 여직원 중에 세 명이 남겨졌다. 그중에 내가 포함되었다.

"자 될 때까지 합니다."

반주가 흘러 나왔지만 난 꼼짝도 하지 않았다. 내 옆에서 춤을 추고 있는 두 사람에게 시선이 가는 게 아니라 남자사원들의 시선은 내게 멈춰 있었다. 두 사람이 들어가고 나는 계속해서 반복되는 반주를 들으며 나무토막처럼 움직이지 않고 서 있었다. 박수치는 소리와 함께 우, 하는 야유가 나를 압박했지만 나는 움직일 수 없었다. 그때 배 과장이 성큼성큼 걸어 나와 내 손목을 잡아끌었다. 일순 싸늘해진 분위기를 감지한 사회자가 앞을 막아섰다.

"아, 이러면 곤란하지요? 애인이십니까?"

"아입니더."

매끈한 서울말의 강사는 느물느물하게 웃으며 배 과장 옆에 섰다.

"애인도 아니고…… 뭐 그래도 상관없습니다. 그래도 그냥은 못가십니다. 대신 춤을 추시겠습니까? 다른 장기자랑을 하셔도 됩니다."

"노래해, 노래해."

몇몇이 노래를 하라며 부치기고 있었다.

"노래를 부르겠습니더."

마이크를 잡은 배 과장이 목소리를 가다듬었다.

슬퍼하지 마세요. 하얀 첫눈이 온다고요, 이정석의 〈첫눈이 온다구요〉가 봄바람처럼 품속으로 파고들었다. 벚꽃이 바람에 날려 사푼사푼 내려오듯이 '그때 옛말은 아득하게 지워지고 없겠지요.'의 소절이 직원들 사이로 흩날렸다. 분위기가 숙연해지면서 간간히 들리던 박수 소리마저 그쳤다.

배 과장의 목소리는 사랑을 잃고 추억하는 연인보다 더 서글펐다. 나는 봄날에 첫눈이 온다는 노래를 들으며 이중으로 가슴이 미어졌다. 앞날이 어찌될지 모르는 망국의 국민이 갖는 을씨년스러움과 함께 인생을 걸었던 남자와의 이별까지 배 과장은 나를 두 배로 울렸다.

"아, 수호천사가 되어줄만한 노래 실력입니다. 대단하십니다."

배 과장의 지원으로 웃음거리가 될지도 모르는 민망한 상황에서 벗어날 수 있었다. 그다음은 이마에 전등불을 하나씩 매달고 산을 타는 것이었다. 낙오를 하는 사람은 회사를 말아먹는 배신자라도 되는 듯한 분위기로 몰아갔다.

산을 오르는 동안 나는 휴식을 취할 수가 없었다. 직원들이 휴식을 취하고 일어설 때쯤이면 그 자리에 도착했다. 쉬지 못하는 산행이 계속 되었다.

산을 내려와 들판에 모인 시각은 동 트기 직전이었다. 회사까지 가야 하는 마라톤 구간이 남아 있었다. 직원들의 얼굴에 핀 소금꽃이 어둠 속에서 하얗게 빛이 났다. 몸이 식으면서 얼굴로 땀이 흘러내렸다.

눈은 쓰라리고 침을 삼킬 때마다 입안은 짰다.

조별로 모여 뛰기 시작했다. 회사에 다다랐을 무렵엔 남직원들에게 양쪽 어깨를 붙잡힌 채 질질 끌려서 갔다. 운동장에 들어가지도 못하고 직원들이 회사 정문 입구에서부터 대자로 드러누웠다. 나도 운동장과 도로에 몸을 반쯤 걸친 채 바닥에 누웠다. 숨을 몰아쉬는데 휘익휘익 심장에서 이상한 소리가 났다. 새벽이 오는 동녘 하늘이 보랏빛에서 붉은색으로 변해가고 있었다.

극기 훈련이 끝나고 걸음을 걸을 때마다 뻐근한 종아리는 계단을 오르내리기도 힘이 들었다. 종아리의 근육통이 사라질 때쯤 퍼렇게 멍이 든 엄지발톱이 새까맣게 변하더니 빠져버렸다.

사원들의 염원은 뒤로 한 채 산업합리화 정책은 시행되었다. 열 개가 넘는 계열사를 거느린 세신그룹 내 세경중기로 황성중공업은 합병이 되었다. 월급도 제대로 나오지 않는 회사보다는 국내 삼십 대 그룹 안에 드는 회사 직원이 되는 게 차라리 잘 되었다는 생각이 들기도 했다. 하지만 그 생각은 잠깐이었다. 피를 말리는 막연한 불안감으로 하루하루를 견뎌냈다.

창원공단 내에서도 황성중공업은 회사부지가 가장 넓은 축에 속했다. 넓은 공간에 갖추어진 시설은 썩어도 준치라는 말을 실감나게 했다. 황성중공업은 손바닥이고 세경중기는 주먹이었다. 손바닥이 주먹을 감싸 안아야 하는데 거꾸로 주먹 안으로 손바닥이 들어오는 억지로 끼워 맞춘 산업합리화 정책이었다.

회사는 정신없이 돌아갔다. 관리직들은 강당으로 모이라는 총무부의 공문이 돌았다. 총무부장이 마이크를 잡았다.

"오늘부로 여러분의 보직은 해임되었습니다."

나는 이 말이 무엇을 뜻하는지 한참 동안 생각했다.

"보직을 다시 받을 때까지 당분간 비상기획실 옆 막사로 이동해 주시고……."

그러니까 내가 맡은 업무를 수행할 수 없다는 것이었다. 총무부장은 더 이상 말을 잇지 못했다. 강당에 모였던 직원들은 일제히 고개를 신발 끝으로 떨어트렸다. 적진으로 달려가야 하는 장수의 비장한 어조로 부장은 마지막 명령을 내렸다.

"지금 사무실로 돌아가서 책상 정리를 하시기 바랍니다."

총무부장이 마이크를 놓고 제일 먼저 강당을 떠났다. 설마 이렇게 큰 회사가 망할까, 나는 은연중에 그렇게 생각하고 있었는지 모른다. 회사를 살려보겠다는 일념에 임금동결, 상여금 반납이라는 노사 간 협의에도 희생이 아니라 미래를 보장받는 당연한 보험이라고 생각했다. 내 옆으로 배 과장과 윤 대리가 걷고 있었다. 아무도 입을 열지 않았다. 구부정 걸어가는 직원들의 뒷모습은 등에 잔뜩 짐을 지고 걸어가는 사막의 낙타를 연상시켰다.

손때 묻은 필기도구와 개인 소지품을 챙겨 임시 막사로 몸을 옮겼다. 고르지 못한 시멘트 바닥에 기다란 소파와 의자가 어지럽게 놓여 있었다. 사람들이 문을 여닫을 때마다 바람 끝이 매서운 삼월의 봄바람이 그대로 몰아쳤다. 시꺼먼 비구름이 몰려오더니 오후부터는 바람과 함께 주룩주룩 비가 내렸다. 봄비치고는 제법 많은 양이었다. 이파리 없는 나무들이 속수무책 비에 젖고 있었다. 내 살 속으로 빗줄기가 파고드는 것만 같아 몸을 사렸다. 의자에 앉지도 않고 서성이는 직원들의 모습은 봄비에 젖어 떨고 있는 담장 밑의 키 낮은 나무들만큼이나 처량해보였다. 사무실을 비우라는 이유는 금방 밝혀졌다. 그 자리에 세경중기 직원들이 곧바로 들어왔다. 비로소 회사가 망했다는 것이 실감났다.

세경중기 여사원들은 파란 스커트와 같은 색의 조끼, 줄무늬 와이셔츠의 유니폼 차림이었다. 그들은 막사 안을 힐끔거리며 사무실로 들어갔다. 뒤늦게 막사로 들어온 총무부장 앞으로 모두들 몰려가 질문을 퍼부었다.

"언제까지 이래 있어야 합니꺼?"

"조만간 보직이야 안 받겠나. 문제는."

"뭐가 또 문젭니꺼?"

"중복되는 인원이 많은데……."

경리부장, 경리과장, 구매부장 등 자금담당 직원들은 사표를 내고 떠났다. 부서장이 둘이 되는 부서는 아직도 많이 남아 있었다.

현장직원들, 관리직 사원 할 것 없이 전 직원이 운동장에 모두 모여 집회를 가졌다. 나도 여사원들과 함께 맨 끄트머리에 서서 노조 간부가 외치는 구호에 입을 맞췄다. 첫 번째 구호는 구조조정 없는 전원 승계였다.

협상이 마무리 되어야만 관리직들은 사무실로 돌아갈 수 있다고 했다. 하지만 구호를 외친지 삼 일이 지나자 과장급부터 집회현장에 나타나지 않았다. 대리급은 그 다음 날에 모습을 감추었다. 여사원들도 나를 비롯해 몇몇이 참석을 하다가 나가지 못했다. 누구의 지시를 받은 것은 아닌데 관리직 사원들은 집회에서 모두 빠졌다. 생산직 사원들은 낮엔 일을 하고, 밤엔 운동장에 모여 집회를 계속했다.

전 직원 고용을 승계하라! 승계하라! 임금삭감 없는 승계를 보장하라, 보장하라! 경력을 인정하라, 인정하라! 사회자의 구호 선창에 맞춰 조합원들이 후렴을 따라 했다.

협상 마지막 디데이를 앞두고는 총파업 투표를 거친 현장직원들이 철야농성에 들어갔다. 나는 집회 장소에는 가지 못해도 곧바로 퇴근하는 것은 도리가 아니라는 생각이 들어 막사 주변을 서성거렸다. 배 과장이 퇴근하라는 눈짓을 보냈다. 파업기간 동안 관리직들이 회사에 남아 있는 것을 세경에서 못마땅하게 생각한다는 것쯤은 나도 알고 있었다. 운동장을 뒤로하고 정문을 나서서 회사 밖으로 나오자 세상 한복판에 버려진 느낌이 들었다.

파업은 삼 일, 오 일, 일주일, 한 달이 되어 갔다. 석 달을 넘겼을 때는 출근해서도 차마 운동장을 바라보지 못하고 막사 안 의자에 앉아 있었다.

와와와. 함성과 함께 마이크를 통해 울리는 소리가 회사 구석구석을 파고들었다.

"함께 싸워온 동지 여러분! 마침내 승리했습니다."

보자기에 약재를 넣어 마지막 한 방울까지 비틀어 짜내듯 비장한 목소리였다.

"임금삭감 없는 고용승계가 전원 이루어졌습니다. 우리의 경력도 모두 인정하기로 합의하였습니다. 동지 여러분의 피와 땀이 헛되지 않았습니다."

그럴 때마다 함성이 공장을 뒤흔들었다. 사회자의 외침을 듣고 있는 동안 나는 가슴께가 먹먹하면서 운동장으로 뛰어나가고픈 충동이 일었다. 그때 나와 동갑인 영양사가 전화를 해왔다.

"운동장으로 막 뛰어나가고 싶대이. 우리도 동참해야 하지 않겠나?"

"나도 막 그런 생각이 들었다."

"그렇다고 뻔뻔하게 막 갈 수도 없는 기라. 그리들 생각 안 하겠나?"

뻔뻔하다는 말에도 공감했다. 나는 여직원 회장이어서가 아니라, 동료로서 뭔가를 하고 싶다는 생각이 들었다. 긴급으로 회의를 소집했다.

"우리 몫까지 대신 싸워주었는데 우리 마음을 전할 방법이 없을까 해서 회의소집을 했습니다."

"밥도 제대로 못 먹었다 카데예. 빵과 우유라도 돌리면 어떨까 싶습니다. 여직원 회비정산도 해야 할 거 아입니꺼. 마지막으로 뜻 깊게 썼으면 싶어예."

전화를 했던 영양사가 방법을 내놓았다.

"지는 반대합니더. 막말로 영양사 언니야 전문직인데 잘릴 염려 없다아입니꺼."

인사과 여직원이었다.

"와 없노. 자를라 맘묵으면 천지로 깔린 게 영양산데."

"분위기 파악이 그리 안 됩니꺼? 그렇잖아도 관리직들…… 내는 회사에 찍히고 싶지 않습니다."

총무과 여직원이었다. 찬성과 반대 의견이 팽팽했다. 거수로 결정할 수도 없는 사안이었다. 나는 내 의견을 내놓으면서 한 사람이라도 반대한다면 없는 것으로 하겠다고 선을 그었다.

"마지막으로 한번은 내 권리를 주장하고 싶었는데요, 그렇게 하지 못했습니다. 지금까지 노조에서 협상하고, 파업하고, 투쟁해서 얻어진 것들을 관리직들은 가만히 앉아서 혜택을 보았습니다. 앞으로 보직이야 받겠지만 이 자리를 지킬 수 있을지 없을지도 알 수 없어요. 그 고통이 너무나 커서……."

인사부 여직원도 총무부 여직원도 더 이상 반대 의견을 내놓지 않았다.

"저리 목소리도 나오지 않는데…… 내 가심이 막 터질 것 같습니다."

영양사가 다시 말을 받았다. 매점에 주문을 넣고 빵과 우유가 도착해서 운동장으로 나갈 때는 반대하던 여사원들도 행동을 함께 했다.

"우우우!"

공장이 흔들릴만한 함성 뒤에 마이크를 잡은 사회자의 멘트가 흘러

나왔다.

"관리직 여러분, 부끄러운 줄 아십시오. 여직원들도 몸을 사리지 않는데 뒤에 서서 웃음 흘리지 마시고, 당당히 나오십시오. 구조조정 없는 전원 승계, 관리직에게도 해당되는 사항입니다. 안 그렇습니까. 여러분?"

빵과 우유를 제공한 행동이 관리직 사원들이 집회에 참여하지 않은 것에 대한 비난의 빌미를 제공하려고 했던 것은 아니었다. 나는 급히 사회자에게 다가가 그런 뜻이 아니라고 설명했다.

"예, 여사원들은 조합원들에게 그저 마음을 전달했을 뿐이라고 합니다. 관리직사원 여러분! 속 좁게 말단 여사원들 닦달하지 마십시오."

현장직원들의 박수를 받으며 막사로 돌아왔다. 부서장에게 불려가 꾸지람을 들을 것이라는 예상을 깨고 칭찬을 들었다.

"미스 정, 수고했대이. 누가 그리 기특한 생각을 한 기고?"

평소에 서슬 푸르게 권위적이던 인사부장도, 총무부장도 아무런 말이 없었다. 자신들의 마음을 여사원들이 대신 전해주었다는 암묵적 동의였다.

나는 노조의 조합원으로서 운동장에 모여 있는 현장직원에게 빵과 우유를 사다 나른 건 아니었다. 말만 조합원이지 노조활동을 해본 적도 없었다. 회사와 임금협상을 벌일 때에 참여하는 것도 아니었다. 노사 협의에서 결정한 대로, 주면 주는 대로 받아왔다. 마지막 한 번은 뭔가를 하고 싶었을 뿐이었다. 하지만 여사원들이 조합원들에게 빵과 우유를 돌린 건 세경중기로부터 눈엣가시가 되는 결과를 초래했다. 뿌리 뽑힌 곳에서 다시 터전을 마련해야 할 직원으로서 미운털이 박히는 행동의 빌미가 된 것이었다.

노조원들은 기계를 깎고, 볼트를 조이기 위해 다시 현장으로 돌아갔다. 관리직 사원들은 강당으로 집합하라는 총무부장의 명령을 받았다. 마이크를 잡은 건 세경중기에서 온 이사였다. 성공적인 미래를 위해서는 화합이 우선되어야 한다는 의례적인 발언과 함께 보직명령서 용지를 나누어주었다. 부장은 과장으로, 과장은 대리로, 사원은 더 낮은 호봉으로 떨어진 임명장을 받았다. 이사는 그 어떤 질문도 받지 않고 자리를 떴다. 나와 윤 대리는 회계부로 발령을 받았다. 배 과장과 다른 직원은 생산관리로 발령을 받았다. 생산관리라는 부서가 요상했다. 생산관리로 발령받은 직원은 삼십여 명이 넘었다. 윤 대리가 속삭이며 전해준 내용으로는 얼마 가지 않아서 그 부서는 없어질 것이라고 했다. 임금은 지급하지만 업무가 없으니 아마 삼 개월을 버티지 못하고 다들 그만둘 것이라고 했다.

보직을 받은 다음 날 새로운 유니폼을 맞추었다. 세경중기 것도 황성중공업 것도 아닌 위아래 줄무늬가 있는 꽃자주색의 새로운 모델이었다.

세경에서 온 여사원들은 내게 싫은 내색을 노골적으로 드러냈다. 화장실에서 마주치기라도 하면 일부러 들으라는 듯이 입을 삐쭉거리고 비아냥거렸다. 여사원조차도 점령군이었다. 남자사원들과 마찬가지로 고과를 잘 받아서 진급을 해야 하는 위치에 있었다면 몸을 사렸을 까. 여사원에게 회사는 결혼하고 나면 떠나야 하는 곳이었다. 대체로 스물대여섯이 되면 청첩장과 함께 회사를 떠났다. 하지만 나는 다시 그 시간으로 돌아간다 해도 똑같은 행동을 했을 것 같았다.

*

서울에서의 나에 대한 적대감은 내가 생각한 것 이상이었다. 노조운 동을 했다는 것도 껄끄러운데 마음대로 부릴 수 없는 갓 졸업한 스무 살이 아니라는 것도 이유 중의 하나였다. 스물여덟의 내 나이를 노처 녀라 한다면 회사는 노처녀 천지였다. 경리과에도 기획실에도 비서실 에도 나와 동갑인 여사원들은 많았다. 다행히 여사원들은 외자부 직원 들처럼 텃새를 부리지는 않았다. 그렇다고 살갑게 대하지도 않았다.

효정과 점심을 먹고 사무실로 돌아온 나는 생각이 집중되지 않았다. 의도적인 멸시를 어디까지 감당해야 할지 판단이 서지 않았다. 조 부 장에게 하소연을 해 볼 생각은 이미 마음속에서 접었다. 스무 살, 소금 기 날리는 바닷바람 속에서도 살아냈다. 이제 더 이상 밑바닥에 엎드 리는 굴욕적인 모욕만큼은 당하고 싶지 않았다. 그런데 어떻게 대처를 한단 말인가? 맞설 생각만으로도 가슴이 마구 뛰었다.

점심을 먹고 돌아온 송 과장이 자리에 앉았다. 반말로 지시하기 전 에 커피를 타다 주어야 한다는 생각에 주방으로 갔다. 똑같은 경상도 말투인데 창원에서의 배 과장 억양은 정감이 넘쳤다. 새삼 창원의 사람들이 그리웠다. 후식 커피를 주고 막 돌아서는데 나보다 몇 살 많지도 않은 박 대리가 볼펜을 달라며 '미스 정'을 외쳤다. 일부러 큰 소리를 지르는 것 같은 모욕감이 매번 들었다. 나는 폭풍우에도 흔들리지 않는 바위 같은 심정으로 박 대리 앞에 섰다.

"박 대리님, 저보다 이 사무실에 오래 있었죠?"

"그래서?"

"사물함 박스 어디 있는 줄 모르세요?"

"뭐?"

"사물함 박스 어디 있는 줄 모르냐고요? 박 대리님 앉은 자리에서 오른쪽 서류함 박스 옆 캐비닛에 있어요. 볼펜, 샤프펜슬, 칼, 지우개, 또 뭐가 필요하신가요? 저곳에 다 들어 있어요. 직접 가져다 쓰세요. 그리고 반말하지 마."

숨을 쉬지 않고 빠르게 말을 마친 뒤 돌아섰다.

"야! 너, 거기 서."

"내 이름은 야가 아니고 정은희입니다."

"하, 이……."

박 대리 목에서 이상한 소리가 새나왔다. 나는 꼭 박 대리를 향해서라기보다는 송 과장과 다른 직원들을 향해서 다시 말을 이었다.

"제가 타이핑을 하고 있을 때는 부르지 마세요. 쪼르르 달려가는 강아지…… 길들이는 강아지가 아닙니다."

커피를 마시던 송 과장이 커피 잔을 내려놓는 소리, 커피를 막 한 모금 들이킨 양 대리의 커피 삼키는 소리가 들릴 정도로 사무실이 고요 해졌다. 내 돌발적인 행동에 당황한 건 박 대리뿐만이 아니었다. 송 과 장이 자리에서 벌떡 일어섰다. 심 이사와 조 부장이 사무실로 들어서 고 있었다.

"사무실 분위기가 왜 이래?"

신경질적인 심 이사 질문에 송 과장이 심 이사 앞으로 갔다.

"미스 정이 업무를 거부해서……."

"업무를 어떻게 거부해?"

아무도 입을 열지 않았다.

"미스 정이 말해봐라."

"박 대리님이 볼펜 달라고 해서 직접 가져다 쓰라고 했습니다."

"그래 알았다. 송 과장?"

"네, 이사님."

"앞으로 사무실에서 이따위 큰 소리가 나는 일은 없도록 해라. 아랫 사람 단속, 잘하란 말이다."

나를 나무라는 것인지, 송 과장을 나무라는 것인지 알쏭달쏭한 지시 였다. 그 자리를 모면해 준 사람은 조 부장이었다.

"미스 정, 이 보고서 급한 건데 얼른 좀 쳐줘."

타자기에 백지를 끼웠다. 쿵쾅거리며 뛰는 심장소리가 내 귀로 들리 는 것처럼 크게 울렸다. 손가락이 덜덜 떨려와 자꾸만 오타가 났다. 마 음을 가라앉히려고 숨을 크게 내쉬었다. 효정은 점심을 먹고 온 뒤 벌어진 상황이라 놀란 표정을 감추지 못했다. 직원들이 뒤통수를 쳐다보고 있는 것만 같아 집중이 되지 않았다. 타자기에 다시 백지를 끼워놓고 숨을 골랐다. 어쩌다 이 지경까지 오는 사태를 만들었는지 후회가 되었지만 그렇다고 다시 되돌리고 싶은 생각은 없었다. 떨리는 가슴은 쉽사리 진정되지 않았다. 타이핑은 퇴근할 때까지 마무리하지 못했다.

"미스 정, 양이 많아서 오늘 다 못하겠지?"

대답을 못하고 머뭇거렸다.

"내일 오전까지는 될까?"

생각 같아서는 마무리를 해놓고 퇴근하고 싶었지만 도저히 더는 자리에 앉아 있을 수가 없었다. 그러겠다는 대답을 하고, 송 과장 앞으로 갔다. 신문에서 눈을 떼지 않았다. 쳐다보지도 않는 송 과장에게 먼저 가겠다는 인사를 하고 사무실을 나왔다. 길들이겠다고 하면 길을 들여 주자. 하지만 그다음엔 어떻게 하지? 하루 이틀도 아니고 그럴 수는 없었다. 그럼 언제까지 이렇게 살아야 하나……. 마포대교를 건너 공덕동까지 온 버스는 움직이지 못했다. 버스기사는 시위대 때문에 더 이상 운행할 수 없다며 하차를 요구했다. 나는 통근버스에서 내려 집으로 가는 버스를 갈아탔다. 달리 다른 방도가 없었다.

속도를 내다가 멈추다가 겨우 종로로 진입한 버스는 그대로 서 버렸다. 대학생으로 보이는 시위대들이 버스를 향해 주먹을 앞뒤로 흔들면서 '호헌철폐, 파쇼타도, 전두환은 물러가라'는 구호를 외치고 있었다. 버스 손잡이를 붙잡고 이리저리 흔들리던 나는 그들을 바라보았다. 마주친 시선 하나가 끈질기게 나를 바라보며 구호를 외쳤다. 슬그머니 눈을 피했다. 버스 안의 사람들도 나처럼 가만히 있거나 아니면 불평을 해댔다. 버스 뒤편에 앉아 있던 청년이 중앙으로 나와 구호를 외치며 주먹을 머리 위로 쳐들었다. 버스는 사람이 걷는 속도보다 더 느리게 가다가 멈추어 서곤 했다. 버스가 멈출 때마다 사람들이 내렸다. 나도 버스에서 내려 시위대 속으로 합류했다. 전경에게 밀려 도망친 곳은 을지로 입구 쪽이었다. 늦은 밤까지 명동을 헤매고 다녔다.

유정 언니가 떠올랐다. 1980년 5월의 광주 사람들이 폭도가 아니라고 알려주던 창건 씨도 생각났다. 데모하러 가느냐고 묻던 과장의 말에 말없이 잔업을 거부하던 창건 씨, 박정희가 죽어도 인민군이 쳐들어오지 않는다고 알려주던 유정 언니, 〈파가니니의 집〉에 살던 시절이 그리웠다.

나는 퇴근을 하면 아는 사람 하나 없는 을지로, 명동에서 밤늦도록 구호를 외치며 혹시나 사무실 누군가와 마주칠 수 있기를 기대하기도 했지만 아는 얼굴을 만나지는 못했다. 최루탄 가스로 숨이 막히기도 하고, 전경에게 쫓기면서 잡히면 어떡하나 하는 두려움으로 몸을 떨었다. 그 광장 속 어느 구석엔 만나지 못한 〈파가니니의 집〉 시절의 사람들이 있을 것만 같았다. 그러면 따뜻한 위로가 되어준 사람들과 함께 숨을 쉬고 있는 것처럼 마음이 포근해지는 기이한 느낌을 받았다. 회사 일을 잊어버릴 수 있는 그 시간들이 위로가 되었다. 아침에는 아무 일도 없었던 듯 출근을 했다. 시위는 점점 더 격렬해지고 시내는 교통

체증이 일상화되었다. 점심 시간에도 모이면 전날의 시위 얘기였다. 긴 탁자에는 외자부 직원뿐만 아니라 기획실, 영업부 직원들도 함께 있었다.

"어제 명동 지점 은행에 나갔다가…… 학생들만 있는 게 아니던데요?"

한 대리였다.

"그럼?"

박 대리가 목소리를 높여 반문했다.

"우리 같은 양복쟁이들도 숱하게 있더라고요. 구두 신은 아가씨들도 많고."

"그래서 당신도 거기에 합류했나?"

"그게 왜 궁금한데요?"

"궁금하다기보다는 데모하는 놈들 때문에 오도 가도 못하고 패 죽이고 싶었어."

"그럼 한번 패 죽여 보시지."

같은 대리급이라도 박 대리가 한 대리보다 나이가 많았다. 한 대리의 갑작스런 반말에 비위가 상한 박 대리가 바로 받아쳤다.

"말 하는 게 어째, 비위가 상하는데? 당신 운동권이었어?"

"한때 혁명에 꿈꾸지 않은 청춘이 어디 있다고."

한 대리의 노골적인 비아냥거림이었다.

"그러니까 운동권이었냐고?"

"왜 그렇게 운동권에 집착을 하세요? 난 데모를 해서 차가 막히든 안 막히든 상관없는 사람인데요."

사적인 대화를 나눌 일이 별로 없는 두 사람이었는데 의외였다. 평소에도 한 대리는 조 부장과 가깝고, 박 대리는 송 과장과 가까웠다. 책상에 앉아 그들의 대화에 귀를 기울이면서 나는 창건 씨 생각이 났다. 스무 살, 고등학교를 졸업하고 첫 직장에서 만난 동료이자, 정신적 지주가 되어 주었던 사람이다. 시위 현장에 가기 위해 과장에게 구박을 당하면서 잔업을 하지 않았고, 최루탄 냄새를 안고 사무실에 들어와 과장을 곤혹스럽게 하기도 했던 사람이다.

주변에 있는 직원들은 적극적으로 자신의 의견을 내놓지 않았지만 한 대리 생각에 공감하는 것 같은 느낌을 받았다. 시위대를 탓하는 의견에 동조하지 않는다는 사실도 깨달았다. 한 대리처럼 이십 대 후반, 삼십 대 초반인 샐러리맨들은 시위하는 사람들처럼 그들에게 호의적이었다. 영업부 직원들은 점심때에 맞추어 명동 근처로 나간다고 했다. 에피소드를 영웅담처럼 들려주는 직원도 있었다. 도망치는 시위대를 잡아가려는 전경을 기어코 쫓아낸 얘기를 하는 얼굴엔 자부심이 넘쳐났다.

민주주의니, 호헌철폐니, 군사정권타도니 하는 것들은 대학생만 하는 줄 알았다. 하지만 최루가스 속에서 사무직으로 보이는 여사원들도 많이 보았다. 시멘트 바닥에 앉아 잠시 휴식을 취할 때는 고객에 대한 불만을 털어놓는가 하면 처우에 대한 얘기들도 오갔다. 그들의 대화에서 금융권에 종사한다는 것을 알 수 있었다. 서로의 마음을 위로하며 동료와 함께 하는 그녀들이 부러웠다. 내 모습이 견딜 수 없이 남루해 보이기도 했다. 주말에도 명동에서 보내는 시간이 많았다. 최루탄 가스 속에서 행여 잃어버렸던 사람들을 만나게 될지도 모른다는 기대로 매번 주변을 두리번거렸다. 불처럼 뜨거운 거리에서의 시간을 보내고 집으로 돌아오면 다음 날 출근할 일이 머릿속을 가득 채웠다.

한 주가 시작되는 월요일은 아무리 등을 꼿꼿하게 펴고 걸어도 당당 해지지 않았다. 직원들이 또 어떻게 대할지 나는 또 어떻게 처신을 해 야 할지 막막하여 그 증상이 더욱 심했다.

박 대리와 싸운 뒤 출근하는 월요일이었다. 우울했다. 월요일이면 전체회의를 한다며 한 시간씩 일찍 출근하는 것 때문만은 아니었다. 심 이사부터 조 부장, 송 과장, 대리급 책상에 있는 재떨이를 들고 화 장실에 가는 일은 죽을 만큼 싫었다. 재떨이엔 담뱃재만 있는 것이 아 니었다. 침을 뱉어놓아 수도꼭지를 세게 틀어서 물로 헹구고 걸레로 씻어야만 깨끗하게 닦였다. 깨끗한 재떨이를 보면 마음이 개운해져야 마땅한데 재떨이가 된 것 같은 모욕감에 비감스러워지는 마음을 어쩌 지 못했다. 사무실 정리를 하고 났을 때 효정이 들어왔다.

"언니, 일찍 왔네요. 제가 커피 탈게요."

산뜻한 목소리로 시원하게 인사를 하고 효정이 주방으로 사라졌다. 효정의 입장에서 보면 송 과장이 커피 심부름을 내게만 시키는 것도 부담스러웠을 것이고 내가 먼저 출근해서 사무실 청소를 하고 있는 것도 불편했을 것이라는 것은 충분히 짐작이 갔다. 효정을 도와주려는 마음에 주방으로 들어갔다.

"언니 퇴근하고 남자사원들 또 회의했는데……."

"무슨 회의를?"

"박 대리님이 언니 길들이지 못하면 양 대리님이라도 하겠다고요."

양 대리는 과장 후보 일순위로 호봉이 가장 높은 대리다. 효정에게 그 말을 듣고 나니 가슴이 또 두근두근 뛰기 시작했다. 박 대리와의 한 판으로 여전히 사무실에서 똑바로 눈을 들지 못하고 있는 상황이었다. 그런데 또 무슨 길을 들인단 말인가. 조 부장의 회의 자료를 타이핑하 기 위해 백지를 타이프에 끼웠다.

"미스 정."

'솔'음에 가까운 하이 톤의 양 대리였다. 나는 자리에서 일어나지 않고 양 대리를 향해 무슨 일이냐는 뜻으로 몸만 뒤로 돌렸다. 양 대리 는 내가 돌아보아도 말을 하지 않았다. 나는 돌아앉아 다시 타이핑을 했다.

"미스 저엉."

몸만 뒤로 돌려 다시 양 대리를 바라보았다. 단정한 가르마에 야무 지게 다문 입술에서 결의가 느껴졌다.

"불렀으면 와야 할 거 아냐?"

등에서 송충이가 굼실거리며 기어가는 것처럼 등에 소름이 돋았다.

"주제를 좀 똑바로 알고 까불어?"

두근거리던 가슴이 어쩐 일인지 차분하게 가라앉았다. 갑자기 지난밤 명동에서 지르던 함성이 귓가에 들려왔다. 백골단이 휘두르는 방망이에 얻어터지면서도 구호를 외치는 시위대가 눈앞으로 스쳐 지나갔다. 집으로 돌아와서도 끌려가던 그들의 모습이 머릿속에서 떠나지 않았다. 내 처지를 어떻게든 바꿔야겠다는 생각을 한 것도 지난밤이었다. 나는 입술을 비틀어 위로 올렸다. 과격 시위 주동자를 연행했다는 신문기사도 보았다. 전경이 두들겨 맞는 사진이 곁들어 있었다. 내가 목격하기에는 대부분 시위대가 두들겨 맞았다. 왜 갑자기 거리의 함성과 풍경들이 떠올랐는지 모른다. 타이프 앞에 앉아서 하던 일을 계속했다. 쿵쿵쿵, 바닥을 찍으며 달려오는 발걸음이 내 앞에서 딱 멈췄다.

"제 주제가 어때서요?"

"보면 몰라? 이게 까불고 있어."

"까분다고요? 부끄러운 줄 좀 아세요."

"뭐라고?"

"어디에서 무슨 사주를 받아, 이러는 줄은 모르겠지만, 배웠다는 사람이 창피한 줄 아시라구요."

"보자보자 하니까. 눈에 뵈는 게 없구먼. 한 방에 날려버릴 수도 있어."

"날려 보세요."

양 대리 팔이 순식간에 내 뺨을 칠 듯이 위로 솟구쳤다. 나는 고개를 숙이지도 시선을 돌리지도 않았다. 양 대리가 쳐든 손을 어쩌지 못하고 허공에서 부들부들 떨어댔다. 조 부장이 그만 하라며 양 대리를 막아섰다.

"뭘 그만하란 말입니까?"

양 대리는 분이 풀리지 않는지 조 부장을 향해 소리를 질렀다.

"그만하라면 그만 해."

사무실이 쩌렁 울릴 만큼 큰 소리였다. 그렇게 단호한 목소리로 제지하는 것을 처음 보았다. 껑충하게 키가 커서 어깨가 약간 구부정한 조 부장이 허리를 곧게 펴고 양 대리를 노려보았다. 코 밑으로 팔자 주름을 잡으며 웃을 때면 한없이 선량하게 보이는 조 부장의 표정은 간곳이 없었다. 양 대리 옆으로 온 송 과장이 나를 노려보며 매몰찬 한마디를 던졌다.

"미스 정은 고분고분 말 좀 듣거래이. 미스 정이 오고부터 조용할 날이 없다 마. 시집이나 갈끼지."

"송 과장도 거, 그만 하시오. 여직원 하나를 가지고 원. 쯧."

혀까지 차며 조 부장이 송 과장에게 언성까지 높이는 일은 좀처럼 없던 일이었다. 평소와 다른 조 부장의 다독거림을 뒤로 하고 사무실을 나왔다. 엘리베이터를 타지 않고 비상계단을 이용했다. 국회의사당을 지나 한강 둔치 아래까지 걸어내려 왔다. 서울생활을 한 지 얼마나 되었나. 매일매일 전투를 치르며 살아야 하는 하루가 일 년처럼 길고 지루했다. 문득 생각해보니 서울사무소에 온 이후로 웃어본 적이 없었다. 정신없이 걷던 걸음을 멈추고 돌아보니 사무실에서 너무 멀리 와

버렸다는 것에 생각이 미쳤다. 사표를 쓸 것이 아니라면 아무런 도움이 못 되는 행동이었다. 그대로 퇴근해 버릴 배짱도 없었다.

다시 회사로 돌아와 엘리베이터에서 내렸지만 사무실로 들어가지 못하고 휴게실로 갔다. 커다란 창문으로 국회의사당 담벼락을 타고 장미가 길게 피어 있었다. 봉우리를 맺고 꽃을 피우는 동안 나는 거기에 꽃이 피어 있는지조차 알지 못했다. 꽃을 보고 마음이 아름다워지는 게 아니라 서글펐다. 가면처럼 딱딱한 얼굴이 스스로 보기 싫었고, 황성중공업에서 왔다는 이유 하나로 인격적 모독을 고스란히 받아야 하는 현실이 덧정 없이 싫었다. 다른 곳을 알아보고 싶지만 그것도 쉽지 않았다. 사실은 받아줄 곳도 없었다. 아직은 집안의 생계를 책임져야 하는 가장인 내가 할 수 있는 일은 버티는 것뿐이었다.

고등학교를 졸업한 이후 지금까지 나는 월급을 타면 최소한의 실비만 남기고 집으로 송금을 했다. 평생 경제관념 없이 사는 무능력한 아버지, 상가 청소원으로 생계를 이어가는 엄마, 고등학교를 졸업하고 인쇄소에서 제 앞가림이나 하면 다행인 동생 선희, 내 도움 없이는 대학 졸업은 꿈도 못 꿀 남동생, 나는 입 벌리고 기다리는 어린 새의 입 속에 먹이를 날라야 하는 어미 새나 다름없었다. 사직서 던지고 나가는 건 쉽지만 그 다음이 문제였다. 남자사원들은 나이와 상관없이 직장생활을 할 수 있는데 여사원은 스물 대여섯 살만 되면 시집이나 가라며 퇴사를 종용했다. 황성중공업 직원이라는 것이 꼭 이유가 되는 것은 아니었다. 업무를 주지 않고 허드렛일만 시켜도 상냥하게 웃으며 네, 네 하는 어린 여사원이 필요한 것이었다.

"그만 두면 그들이 원하는 대로 해주는 거잖아."

언제 왔는지 조 부장이 뒤에 서 있었다. 건너편 장미 넝쿨 속에 서 있어도 어울릴 사람이라는 생각이 화르르 뇌리를 지나갔다.

"조금만 더 참아 봐. 괜찮아 질 거야."

그렇게 참았던 눈물이 쏟아졌다. 단 한 사람, 목이 타들어가는 사람에게 내민 물 한 바가지처럼, 조 부장에게서 받은 위로가 견딜 수 있는 힘을 주었다. 스무 살, 고등학교를 졸업하고 취업했던 마산의 수출자유지역에서 든든한 배경이 되어 주던 유정 언니를 다시 만난 기분이었다.

자유지역에 자유가 없다

*

고3, 나는 졸업을 하고 나면 어떻게든 취업이 될 것이라는 막연한 기대를 품고 있었다. 학교의 추천을 받기도 하지만 대부분 가족이나 친지의 도움으로 취업을 나갔다. 내겐 취직을 부탁할만한 친척도 인맥도 없었다. 졸업을 하고 삼월 중순이 다 되도록 면접 한번 보지 못한 상태였다. 유니폼을 입고 은행에서 근무할 것이란 희망은 졸업과 함께 사라진 지 오래였다. 시장 상가에서 청소하는 엄마를 아침이면 배웅하고, 저녁이면 밥상을 차리는 것으로 장녀의 책임을 다하는 것은 아니었다. 일 나간 엄마로부터 전화가 온 건 토요일이었다.

"취직자리가 있다잉께 준비하고 있거라잉?"

"무슨 자리?"

"이따가 집에 가서 얘기할팅게. 준비나 하고 있어. 엄마 퇴근하고 바로 출발허게."

나는 영문을 알 수 없었지만 외출준비를 하고 기다렸다.

"싸게 가자."

나를 앞세워 엄마가 데려간 곳은 중학교까지 다닌 시골이었다. 장터에 취업공고가 붙어 있고 마을 회관에서 면접을 보는 중이었다. 초등학교나 중학교를 졸업하고 집에서 놀고 있는 시골아가씨들을 모집하러 온 것이라고 했다. 이웃에 살던 할머니로부터 우연찮게 사람을 모집한다는 얘기를 엄마가 들은 것이었다. 면접을 보기 위해 회관으로 갔다. 촌수 따지기도 어려울 만큼 먼 친척이긴 해도 책임자는 안면 있는 수철 아재였다. 기회가 이때다 싶었는지 엄마는 나를 끌어당겨 인사를 시켰다. 그렇게까지 호들갑을 떨면서 인사를 나누지 않아도 되는 면접이었다.

컨베이어 벨트에 부품을 꽂는 일이어서 나무판 위에 있는 것들을 이리저리 옮겨보고, 손가락을 쥐었다 폈다 하는 것이 전부였다. 초등학교만 졸업해도 할 수 있는 일이었다. 뛰쳐나오는 나를 본 엄마가 수철 아재 앞으로 갔다. 수철 아재에게 머리를 조아리는 엄마를 보고 난 나는 다시 면접관 앞으로 갔다. 어디든 어떤 자리든 자존심 세워가며 따질 처지가 아니라는 것을 엄마는 온몸으로 보여주고 있었다.

엄마 자랑이 결코 틀린 말만은 아니었다. 나는 성적도 우수한 편에 속했고, 주산 이 단에 한글타자도 수준급이었다. 수철 아재는 현장에서 일을 하다가 자리가 비면 사무실로 옮겨준다는 조건을 달았다. 버스는 새벽에 갈담을 출발하여 청웅, 임실, 전주를 거쳐 마산으로 간다고 했다.

집으로 들어가기 전에 엄마와 함께 양품점으로 갔다. 바지, 스커트, 블라우스, 티셔츠를 사고, 겉에 걸쳐 입는 봄 외투도 하나 샀다. 돈을 세고 또 세어 여자에게 건네는 엄마 손이 알코올 중독인 아버지 손처럼 가늘게 떨렸다. 아주 멀리 낯선 곳으로 간다는 게 그제야 실감이 났다는 듯이 엄마가 찔끔찔끔 눈물을 짜냈다. 그날 저녁상엔 대추와 인삼까지 넣고 삶은 닭이 올라왔다.

"엄마, 오늘 무슨 날이야?"

남동생 선우가 손을 뻗어 닭다리를 집어 들었다. 숟가락을 든 엄마 손이 잽싸게 손등을 후려쳤다.

"이놈의 자식아, 인자 중학생이 되었으면 철 좀 들거라, 어잉?"

선우가 슬그머니 상 아래로 손을 내렸다. 엄마가 닭다리 하나를 죽 찢어서 내 손에 쥐여주었다.

"큰누나, 낼 새벽차로 멀리 간다."

늘 술에 취해 있는 아버지가 그날만큼은 말짱한 얼굴이었다. 나는 닭다리를 얼른 접시에 내려놓고 사발에 막걸리를 따랐다. 무슨 말인가를 꺼낼듯하던 아버지는 그대로 막걸리를 목으로 넘겼다.

"술만 마시지 말고, 한마디 해보소."

엄마의 말이 떨어지고도 한참이 지나서야 아버지가 입을 뗐다.

"아프지 말고……."

아버지는 남은 막걸리를 꿀꺽꿀꺽 들이마셨다. 아무리 반가운 손님이 와도 왔냐, 하면 그것이 최고의 환영인사인 아버지다운 한마디였다. 아프지 말라는 말속에 담긴 아버지 마음이 읽혀 콧잔등이 찡해졌다. 아버지가 다시 말을 하려고 입술을 달싹였으나 선희가 먼저 나섰다.

"언니. 친구들 데리고 놀러 가도 돼지?"

"그럼."

"자식도 아롱이다롱이라더니 저건 언제 사람이 될랑가 모르것다."

급히 말하다 사례 들린 엄마는 입속의 밥알을 선희 얼굴에 뿜고 말았다.

"아이, 왜 나한테만 그래?"

선희는 불만 가득한 입을 비죽거렸다. 내가 다니는 상업학교에 입학하기를 희망했으나 성적이 안 되는 선희는 3차까지 시험을 치르고서야 미달인 학교에 들어갈 수 있었다.

"너하고 언니하고 같아, 이년아. 공부도 못하는 주제에 어디서 터진 입이라고 나불거려, 나불거리긴. 언니가 취직이라도 되었으니 망정이지……."

막 삼키려던 닭다리 살점이 목에 콱 걸리고 말았다. 취직이 되었으니 망정이지……. 그랬다. 등나무 아래 벤치에 낙엽이 뒹굴기 시작한 가을로 접어들면서 친구들이 하나둘 교실을 떠났다. 졸업할 때까지 남아 있는 아이들은 뭔가 부족하고 모자라서 교실을 지키는 못난이란 생각이 들게 만들었다. 어쩐지 선생님들도 무시하는 것 같은 느낌이 들었다. 하지만 국어선생님만큼은 좀 달랐다.

"공부는 때가 있는 것이다. 졸업하고 취업을 해도 늦지 않다. 지금 대학을 가지 못했다고 실망하지 마라, 나중에라도 기회가 되면 언제든지 갈 수 있다……"

자괴감에 빠져 있는 학생들을 격려해주는 말일 수도 있었으나 나는 기분이 좋았다. 기회가 되면 대학에 가라는 말이 머릿속에 콕 박혔다.

인문학교에 진학한 친구들이 영어 학원, 수학 학원을 다니며 대학 진학의 꿈을 키울 때 나는 주산시험을 치르고 타자연습을 했다. 하지만 마음은 늘 허전했다. 시험기간도 도서관에 앉아 교과서를 펼쳐놓고 공부하는 아이들 옆에서 빅토르 위고의 『레미제라블』을 읽었다.

상업학교 교과과정은 기본적으로 회사 조직을 이해하고, 기본적인 운영의 틀을 공부하는 것이었다. 특별히 숫자에 대한 감각을 익히는 것은 취업을 하기에 좋은 조건이었다. 하지만 나는 소설을 읽고 시를 감상하는 국어 시간을 훨씬 좋아했다.

생계를 책임지기 위해 취업을 해야 하는 압박과 대학에 가고 싶다는 욕망 사이에서 번민의 나날을 보내야 했다. 대학진학을 하지 못한 상처는 흉터가 가라앉은 딱지처럼 언제든 생채기를 낼 준비를 하고 있었다. 갈 수만 있으면 꼭 가라는 국어선생님의 '대학'이란 단어는 상처가 되어 손톱 끝으로 살짝만 건들어도 핏방울이 배어나올 것 같았다.

*

이불 보따리와 옷가지를 넣은 가방을 마루 끝에 내어놓고 잠을 청했다. 일자로 나란히 붙은 두 개의 방은 네 식구가 살기엔 좁은 집이었다. 나와 선희가 작은방을 쓰고 큰방을 막아 남동생 선우와 부모님이 사용했다. 아버지가 마루에 앉아 담배 피우는 기척이 들렸다. 지명으로만 알고 있는 마산. 전주에서 마산까지의 거리가 얼마인지 짐작도 되지 않았다. 또 내가 취직이 되어 갈 동양전자는 어떤 회사인지 몹시 궁금했다.

깜빡 눈을 감았다 뜬 것 같은데 엄마가 흔들어 깨웠다. 삶은 달걀과 주먹밥을 싼 비닐봉지를 가방 안에 넣어주었다. 마루에 내어놓은 보따리를 아버지는 몇 번이나 풀어서 다시 싸곤 했다.

이불 보따리와 가방을 양손에 들고 버스에 올랐다. 또래 여자들이 하나둘 버스에 올라 빈자리를 채웠다. 마산에는 회사가 얼마나 많기에 사람을 버스로 실어 나른단 말인가. 취직이 되었다는 가슴 벅찬 기쁨도 잠시, 태어나 한 번도 가보지 못한 곳이라는 것도 두렵고, 사무실에서 일하지 못하고 현장에서 부품을 끼워 맞추는 일을 하게 되면 어떻게 해야 하나, 미래에 대한 걱정으로 차창 밖의 풍경 따윈 눈에 들어오지 않았다.

남원, 진주를 거쳐 여덟 시간을 달려 도착한 곳은 마산수출자유지역이었다. 수출자유지역 내 정문을 지난 버스는 늘어선 공장 건물 사이를 뚫고 직진했다. '사원을 가족처럼, 회사를 내 집처럼'이라는 표어가 큼지막하게 붙어 있었다. 깔끔하게 포장된 시멘트도로였다. 매립지를 막아 건설된 수출자유지역 도로 옆으로 바닷물이 출렁였다. 공장을 몇 개나 지나왔는지 셀 수도 없었다. 함께 버스를 타고 온 열여덟 살 혹은 스무 살의 아가씨들이 공장 안으로 사라지고, 나는 수철 아재를 따라 사무실로 올라갔다. 로비에 앉아 기다리는 시간이 초조했다.

"은희야, 니는 운이 억세게 좋은갑다."

밝은 얼굴로 수철 아재가 사무실에서 나왔다. 다음 날 사무실 직원을 뽑는 시험을 본다는 것이었다. 이력서로 봐서는 채용이 될 것 같다는 것이었다. 오전 여덟 시까지 관리부 사무실로 오라고 했다.

다시 버스를 타고 기숙사로 향했다. 기숙사 철문 앞에서 하차를 했다. 어른 팔뚝만한 굵기의 철제문이 철거덕 소리를 내며 등 뒤에서 닫혔다. 순간, 세상 밖으로 나갈 수 없을 것 같은 느낌을 받았다. 모인 곳은 식당이었다. 보따리를 구석에 놓고 기숙사 규칙에 대한 사감 선생의 훈시를 들었다. 사감 선생은 귀가 훤히 보이는 커트머리였다. 잠에서 금방 깬 듯한 걸걸한 목소리가 들리자 삽시간에 주위가 조용해졌다.

밤 아홉 시가 되면 점호를 하고, 열 시가 되면 소등을 하는데 세 번 이상 점호에 빠지면 기숙사에서 쫓아낸다고 했다.

나는 배정받은 이 층 삼 호로 들어갔다. 가로로 봉이 하나 걸려 있는 옷장은 상의를 걸칠 수 있는 길이의 크기였다. 옷과 소지품을 정리하고 벽에 기대어 우두커니 앉아 있었다. 한 방에 보통 예닐곱 명 정도가 생활을 하는 모양이었다.

스물다섯 살로 나이가 가장 많은 방장 언니는 여고를 졸업한 전라도 아가씨였다. 식구들을 소개해 주었다. 충청도가 고향인 진옥이만 나와 나이가 같고, 나보다 한두 살이 많은 대부분 전라도나 충청도의 농촌에서 온 아가씨들이었다. 수출자유지역의 다양한 회사만큼 원생들의 회사도 각각 달랐다.

저녁을 먹기 위해 기숙사 식당으로 향했다. 식판을 들고 긴 줄을 따라 미역국과 밥을 받아 식탁에 앉았다. 생선을 넣고 끓인 미역국은 난생처음이었다. 무슨 생선인지는 더더욱 알 수 없었다. 김치는 짜고, 미역줄기는 밍밍했다. 목으로 넘어가지 않았다. 잔밥통에 음식을 버렸다. 진옥이도 밥맛이 없다며 나를 따라 일어섰다.

아홉 시가 되니 노크 소리가 나고 점호가 시작되었다. 방장 언니는 열 시가 되자 불을 껐다. 내 자리는 문 옆이었다. 복도를 지나다니는 발소리와 텔레비전 소리도 들려왔다. 휴게실은 좀 더 늦게까지 불을 켤 수 있고, 텔레비전을 볼 수 있다는 말이 생각났다. 피로가 한꺼번에 쏟아졌지만 잠은 오지 않았다.

남쪽지방이라고 해도 삼월은 봄이 아니었다. 밤이 깊어갈수록 방바닥의 온기는 사라져갔다. 얇은 캐시미론 이불로 스며드는 냉기는 여덟 시간을 버스에 시달린 피로도 날려버릴 만큼 살속을 파고 들었다. 무릎 사이로 손을 맞잡아 끼우고 몸을 최대한 작게 말았다. 기숙사에서의 첫 날밤을 거의 뜬눈으로 보냈다. 깜박 잠이 들었는가 싶은데 갑자기 부산스러워졌다. 진옥이 수건을 목에 걸치고 칫솔을 입에 무는 동작이 어찌나 빠른지 나에게 눈짓을 하고 사라진 뒤에야 세면대로 가는 것이란 것을 알아차렸다.

정신없이 중앙에 위치한 세면대를 향해 덩달아 뛰었다. 욕실 앞에서 발을 멈추었다. 하나같이 수건을 목에 걸친 채 칫솔을 입에 물고 있었다. 이십여 명이 들어갈 수 있는 욕실은 이미 꽉 차 있는 상태였다. 입안에 고인 치약을 몇 번이나 삼키고서야 세면장으로 들어갈 수 있었다. 샤워기 앞에 섰으나 따뜻한 물은 나오지 않았다. 원생들이 다 씻을 때까지 따뜻한 물이 나오는 것이 아니라 정해놓은 시간에 잠깐 나오다 마는 모양이었다. 온수가 나오는 시간대에 몰려들어 아수라장이 되는 것이었다.

차가운 물이 머리칼을 적시는 순간 머릿속까지 얼얼해졌다. 새벽마다 전쟁을 치러야 할 것 같은 예감에 저절로 손이 오그라들었다. 스킨과 로션을 바르고 식당으로 향했다. 식판을 들고 긴 줄을 따라 국과 밥을 받아 식탁에 앉았다. 된장국이었다. 한 숟갈 떠 넣은 된장국도 생선 넣은 미역국처럼 목으로 넘어가지 않고 입안에서 맴돌았다. 진옥은 아침을 먹지 않는다며 아예 식당엔 오지도 않았다.

입사시험은 거창했다. 필기시험인 상식과 국어를 보고 한문 시험은 따로 보았다. 고등학교 내내 매주 신문사설에 나오는 한자 공부를 한 게 도움이 되었다. 필기시험이 끝나고 오십여 명은 집으로 돌아가고 스무 명이 남아 식당에서 점심을 먹고 오후에 면접을 보았다.

회의실에 두 사람씩 들어갔다. 내가 첫 번째였다. 관리부 상무, 경리부장, 총무부장, 인사부장과 일본인이 긴 탁자에 앉아 있었다. 한국 사람들이 돌아가며 질문을 하고, 그곳을 통과해 일본사람 앞으로 갔다.

통역이 옆에 앉아 있었다. 한자를 써놓고 읽어보라고 했다. 한자가 어렵지는 않았다. 왜 그 먼 데서 여기까지 왔느냐는 질문을 받았다. 잠깐 곤혹스러웠다. 생산직은 멀리 충청도나 전라도에서 와야 할 만큼 인원이 부족했지만 관리직은 이곳 출신만으로도 충분했다. 그곳엔 취직할 데가 없다, 라고 솔직하게 대답했다. 취직할 자리가 생기면 돌아갈 것이냐고 물었을 때도 곤혹스럽긴 마찬가지였다. 갈 데가 생기지 않을 것이라고 대답했다. 의자에서 일어나 한 바퀴 돌아보라는 요구를 받았다. 나는 고등학교 삼 년 내내 키 순서대로 적히는 출석부에서 이십 번대를 넘어간 적이 없을 만큼 키가 작았다. 거기에 밥 좀 잘 먹어야겠다는 말을 인사로 달고 사는 깡마른 몸이었다. 바닥을 한 바퀴 빙글 도는 종아리에 면접관들의 시선이 멎는 느낌이 들었다. 굽 높은 구두 위의 종아리가 화분 위에 옮겨 심은 코스모스 대궁처럼 위태롭게 보였을 것이란 생각이 들었다. 나가보라는 손짓에 회의실 밖 의자로 나와 앉았다. 땀이 밴 손바닥을 스커트 자락에 문질러 닦았다. 시퍼런 가운을 입은 여사원이 내 앞을 지나쳐 갔다. 면접실로 들어가다 말고 나를 돌아보았다. 귀를 살짝 덮은 단발머리를 뒤로 넘기며 턱을 약간 치켜들었다. 나와 눈이 마주치자 빙긋 웃었다. 나도 그녀와 눈을 맞추며 살짝 웃었다. 마음이 편안해졌다. 회의실 문이 열리며 단발머리 여사원이 명단을 들고 다시 나왔다. 열 명의 이름을 불렀다. 내 이름은 없었다. 갑자기 눈앞에 아무것도 보이지 않았다.

"방금 부른 사람들은 집으로 돌아가고, 나머지는 회의실로 들어가세요."

리듬을 타는 억양 때문에 무슨 말인지 정확히 알아들을 수 없었다.

"정은희, 퍼뜩 드가라."

그제야 합격이라는 사실을 알아차렸다. 회의실에는 인사부장과 직원들이 기다리고 있었다. 나는 경리과로 발령을 받았다. 남자처럼 경중경중 걷는 단발머리 언니를 따라 경리과로 갔다. 곁눈질로 앞가슴에 붙은 사원증을 살펴보았다. 총무과 서유정이었다.

환영인사를 하는 경리과 직원들의 말은 무척 빨랐다. 어리둥절한 표정을 짓는 내가 우스운지 인사말을 두 번씩 해주었다. 두 사람씩 마주 보며 세 팀이 앉도록 되어 있고, 과장 자리는 가로로 가운데에 있었다. 내 자리는 맨 끝이었다. 내 바로 옆자리는 나보다 두 살 많은 상고출신의 창건 씨 자리였다. 퇴근 무렵 나이가 가장 많은 경리과 언니가 나를 따로 불렀다. 청소하는 아주머니가 있지만 직원들 책상은 닦아야 하고 특히 재떨이를 깨끗이 씻으라고 했다. 직책이 없는 남자사원들을 부를 때는 성씨 뒤에 선생을 붙여서 부르고, 여사원들은 나이가 많든 적든 김양 언니, 이양 언니 등으로 부르면 된다고 했다. 나도 정양이 되었다. 서유정이 있는 총무과는 바로 경리과 옆이었다.

기숙사 앞에서 버스를 타고 첫 출근을 하던 날, 나는 벌린 입을 다물지 못했다. 골짜기를 향해 거대한 물줄기가 쏠려 가듯이 버스가 멈출 때마다 한 무리의 아가씨들이 내려 수출자유지역으로 쏟아져 들어갔다. 경기가 끝나고 수만 명이 한꺼번에 운동장을 빠져나오는 것 같은 착각이 들 정도였다.

직원들이 출근하기 전에 청소를 마치려면 부지런을 떨어야 했다. 출근하자마자 담배를 입에 물고 재떨이를 바라보던 김 과장의 칭찬이 쏟아졌다.

부서 환영회를 마친 다음 날부터 야간근무가 시작되었다. 열 시 이후, 기숙사 정문을 통과하려면 부서장의 직인이 찍힌 잔업사유서가 필요했다. 기숙사의 지침에 따라 잔업사유서를 만들어 핸드백에 보관했다. 한 달 내내 잔업을 해야 했으므로 잔업사유서를 아예 월별로 작성하라고 했다.

첫 월급! 나는 월급 명세서를 몇 번이나 바라보았다. 분명 한 달 월급이었다. 이 월급을 받으려고 이렇게 머나먼 곳까지 왔나, 이 월급을 주면서 그렇게 거창하게 시험을 치렀나, 하는 생각들이 꼬리를 물고 이어졌다. 하지만 마음을 돌려먹었다. 이곳이 아니면 갈 곳이 있기는 하단 말인가. 슬그머니 월급명세서를 서랍 안으로 집어넣었다. 1979년 사월에 받은 첫 월급은 이만 원이 조금 넘었다. 실망한 내게 창건 씨가 위로의 말을 건넸다.

"월급이 마이 적제? 잔업 꼬박꼬박 하고, 특근하믄 좀 나아질끼다."

첫 달이라고 잔업과 특근을 많이 하지 않아서 월급이 적다는 것이었다.

마산에 온 지 벌써 한 달이 가고 두 달째 접어들고 있었다. 잔업을 마치고 돌아온 늦은 시간, 살금살금 방으로 돌아왔다. 진해에 복무 중인

해군과 연애 중인 진옥이 편지를 쓰느라 랜턴을 켜놓은 채 엎드려 있었다. 내가 세면대를 다녀온 뒤에도 진옥은 편지를 쓰고 있었다. 조심조심 내 자리에 누웠다. 사각사각 연필 굴리는 소리가 바로 귓전에서 들렸다. 열두 시가 다 되어 가는데 진옥은 내 옆구리를 쿡 찔렀다.

"과자 사 먹자."

"이젠 못 사먹어."

"왜?"

돈이 없다는 말을 하지 못하고 침을 꿀꺽 삼켰다. 군것질에 대한 유혹을 버려야 했다. 진옥은 혼자 나가 휴게실에서 먹고 들어왔다. 내륙지방에서 자란 나는 생선요리가 익숙지 않았다. 음식도 몹시 짰다. 처음엔 대충 먹는 시늉으로 끼니를 때우고 군것질에 맛을 들였다. 담장 밖에 있는 간이매점에서 방 호수와 이름만 대면 외상으로 주었다. 정문으로는 나갈 수가 없으니 담장에 허리를 반쯤 걸치고 주문을 하면 담장 위로 올려주었다. 외상이면 소도 잡는다던 엄마 얘기가 생각 난 건 월급날이 되어서였다. 집으로 생활비를 보내주고 외상값을 갚고 나자 꼭 필요한 교통비와 생리대, 스타킹 등을 사는 데에도 모자랄 액수가 남았다.

정시 근무시간은 여덟 시부터 오후 다섯 시까지였지만 다섯 시에 제대로 퇴근을 해 본 적이 한 달에 몇 번인지 손가락으로 꼽을 정도였다. 기숙사에 들어가 봐야 딱히 할 일이 있는 것도 아니었다. 한 달에 네 번 있는 일요일도 두 번은 특근을 했다. 잔업과 특근을 하지 않으면 생활할 수 없을 정도의 임금이었다. 날마다 했던 야근수당과 특근수당이 월급에서 차지하는 비율이 그렇게 높을 줄은 상상도 하지 못했다.

마음대로 불도 켜지 못하고, 정해진 시간에 들어와야 하고, 외박도 맘대로 하지 못하고, 자유를 박탈당한 기숙사를 나갈 수 없다는 뜻이기도 했다.

멀리 있는 가족들과 친구들에 대한 그리움을 달랠 수 있는 것은 가끔씩 주고받는 편지가 고작이었다. 음식에 적응하며 정신없는 시간이 지나는 동안에도 외로움은 봄날, 햇살 속에 숨은 칼날 같은 바람처럼 품속으로 파고들었다. 바람막이가 되어 준 건 유정 언니였다.

## 우연한 동반자

일요일 아침이었다. 방 식구들이 기숙사를 빠져나가고 커다란 방에
혼자 남았다. 동생 선희에게서 온 편지를 읽고 있었다.

"언니, 먼 타관에서 생활하느라 많이 고달프지? 봄이 가고, 여름이
왔을 뿐인데 언니가 없는 집이 십 년은 더 된 것 같아. 언니, 거기 마산
에는 어떤 과일이 맛있어? 말라깽이 우리 언니. 돈 아끼지 말고 사 먹
어. 밥 굶지 말고. 입맛이 없다는 언니 편지 받고 엄마랑 아빠랑 걱정
많이 하서. 언니가 보내는 돈은 적금으로 붓고 있어. 선우 등록금으로
쓸 거래. 보고 싶은 우리 언니, 조금만 고생하면 우리 식구도 다 함께
모여서 살 수 있겠지……. 그런데 언니. 나는 걱정이 많아. 공부 잘한
언니도 이곳에서 취직을 못했는데 난 공부도 못하고, 언니 있는 곳으
로 가서 취직을 해야 할까 봐."

철딱서니가 없는 줄 알았는데 가슴이 먹먹할 만큼 대견해 보였다.

보고 싶었다. 마산에서 선희와 함께 살면 외로움이 덜 할까. 하지만 선희까지 마산으로 불러들일 생각은 없었다. 꿈도 꾸지 말라고, 어떡하든 그곳에서 자리를 알아보라고 했다. 나도 성급하게 서두르지 않고 여유를 가졌다면 마산까지 오지 않아도 되었는지 모를 일이었다. 가족과 떨어져 생활하는 사람은 나 하나만으로 족하다는 생각이 들었다.

답장을 다 쓰고도 시간이 남았다. 늘 혼자 있고 싶다는 말을 입에 달고 살면서도 막상 혼자가 되고 보니 가슴 한복판이 숭숭 뚫린 것처럼 거친 바람이 가슴속을 마구 헤집었다. 휴게실로 나가 텔레비전을 보았다. 나처럼 갈 곳 없는 원생들이 모여서 운동경기를 보고 있었다. 다시 방으로 돌아왔다. 무엇을 해도 허전함이 메워지지 않았다. 누구를 만날 약속도 없으면서 시내로 나갔다. 하릴없이 창동 거리를 이쪽에서 저쪽으로 걸어 다니다 고전음악 감상실이라는 필하모니 간판을 보고 들어섰다. 사내 도서관을 찾을 때마다 들려오던 고전음악이 흐르고 있었다.

구석에 앉아 음악을 듣고 있는 유정 언니를 발견했다. 회사에서만 보던 유정 언니를 밖에서 만난 건 우연이었다. 반가운 마음에 다가가려다 머뭇거렸다. 언니에 대한 소문 때문이었다. 남자인지 여자인지 구분하지 못할 정도로 남성적인 외모에 화장하지 않는 맨얼굴, 통바지, 짙은 눈썹, 결정적인 건 여자를 좋아한다는 쑥덕거림이었다. 유정 언니 곁으로 가지도 못하고 다른 자리에 앉지도 못하고 주춤거렸다.

유정 언니는 회사 내 도서실을 관장하며 책을 구입하고 빌려주는 담당자이기도 했다. 말은 거창하게 도서실이었지만 주로 현장에서 일하는 십 대 소녀들이 좋아할만한 수필집이나 시집 종류들이었다. 나는 점심을 먹고 나면 도서관에서 책을 보며 시간을 보냈다.

도서실은 언제나 클래식 음악이 흘렀다. 모르는 음악이 대부분이었지만 내가 알고 있는 베토벤의 〈운명교향곡〉이 흘러나올 때는 반가운 마음이 들었다. 음악시간에 감상했던 때와는 사뭇 다른 느낌이었다. 도서실에 있다 보면 점심을 먹고 남는 삼십여 분의 짧은 시간이 금방 지나갔다. 머리에 하얀 스카프를 쓰고, 시퍼런 가운을 입은 현장 아가씨들이 책을 빌려가기도 하고, 반납을 하러 오기도 했다. 그 사이사이 유정 언니는 볼펜을 쥔 오른손을 위아래로 흔들며 음악에 맞춰 지휘를 하기도 했다. 나는 긴 탁자에 앉아 책을 보는 것이 아니라 유정 언니를 바라볼 때가 많았다. 어느 날은 범인을 쫓는 형사의 표정이거나 또 어느 날은 마당에 엎드려 늘어지게 잠을 자는 순한 개의 표정일 때도 있었다. 그럴 때 언니가 듣고 있는 음악이 무슨 곡인지 궁금하기도 했다. 일요일 허기를 채우듯 나온 외출에서 본 유정 언니 표정은 떠나보낸 애인의 뒷모습을 놓지 못한 간절한 표정이었다.

머뭇거리며 서 있는 나를 손짓하여 부르더니 옆자리에 앉게 했다. 파가니니의 〈바이올린 협주곡 1번〉이라고 일러 주었다. 나는 유정 언니 옆자리에 앉아 언니처럼 눈을 가늘게 뜨고 음악을 들었다. 일요일에 혼자서 음악을 들으러 나온 언니도 나처럼 외로운 사람이라는 동지의식이 생겼다. 나는 시간 가는 줄을 몰랐다. 유정 언니가 시계를 보았다.

"점심은 묵고 나왔나?"

"……."

"밥 묵으러 가자. 니 아귀찜은 묵어봤나? 이게 마산의 명물인데……."

커다란 접시에 찜이 나왔다. 콩나물은 전주에서도 많이 먹던 것이었으나 생선과 함께 버무려진 콩나물은 처음이었다. 몇 젓가락 먹지 않았는데 목덜미에 땀이 묻어났다. 전주에서 먹던 콩나물과는 사뭇 다른 매운맛이었다.

"입에 맞나?"

나는 입안에서 혀를 이리저리 굴리며 고개를 끄덕거렸다. 미더덕을 한 입 깨물었다. 입천장이 벗겨질 만큼 뜨거웠다. 머릿속까지 땀으로 젖어 축축했다.

"니 입천장 데었제? 한분 데 봐야 진짜 맛을 아는 기라."

그게 그리 우스운지 유정 언니는 장난꾸러기처럼 웃어젖혔다. 속옷이 땀으로 범벅이 될 만큼 매콤한 아귀찜을 먹고 나니 살 것 같았다.

"고향이 전라도라 했제? 전라도 어디고?"

"어릴 때는 섬진강 댐이 있는 회문산 근처에서 살았어요. 고등학교 때부터 전주에서 살았구요."

"전라도는 예술의 도시 아이가, 전라도 말에 장단만 탕, 탕 치면 바로 판소리가 된다 하더만. 니도 한 대목 할 줄 아나?"

서편제의 슬픈 정조가 뚝뚝 묻어나는 애절한 표정으로 언니가 물었다. 내 대답을 기다리지 않고 언니가 다시 말을 이었다.

"쉽게 부를 수 있는 유행가 같은 건 아니니께…… 가끔 들어보기는 한다만. 전라도라캄서 니는 사투리도 많이 안 쓰네? 그란데 전라도에는 니 하나 들어갈 자리가 그리 없더나?"

졸업식을 마치고 마산으로 오기 전까지의 초조한 시간들이 까마득히 멀게 느껴졌다. 가족과 떨어져 산다는 걸 한 번도 생각해보지 않았던 때였다. 최고의 목표는 은행원이 되는 것이었다. 그러나 은행의 문은 좁고 좁았다. 주산, 부기 좀 잘한다고 들어갈 수 있는 곳이 아니었다. 졸업을 하고서야 사람들이 말하는 소위 '빽'이 없으면 취직도 할 수 없다는 것을 알게 되었을 뿐이었다.

"여기 사람들은 좋겠어요. 공장이 많아서……."

"수출자유지역은 바다를 막아서 공장을 안 지었나. 공장만 많제 월급도 짜고."

"가족들과 함께 살잖아요."

맛있는 것도 많이 사 먹으라는 선희 편지가 생각났다.

"스무 살도 안 된 어린 친구들이 일하는 거를 보면 참말로 기특하다는 생각이 드느마. 은희 니도 대단타."

유정 언니 칭찬을 들으니 기분이 나아졌다.

"기숙사 생활도 힘들제? 그래도 기숙사 생활하는 친구들은 좀 나은 기다. 자취를 할라카믄 더 힘들꺼다."

기숙사는 회사에서 보조금을 받아 운영되는 터라 일단 기숙사에 들어가면 혜택을 보는 것이라고 했다. 유정 언니는 덧붙여 수출자유지역은 말 그대로 수출을 목적으로 제조, 가공 또는 조립하는 기업체들이 입주해 있는 곳이라고 했다. 또한 입주기업은 국내 일반기업체에 적용되는 각종 법령상의 인허가, 등록, 면허 등에 관한 적용을 면제받는다는 것이었다. 외국인 투자업체 및 합작업체의 경우 입주 후 오 년간 소득세, 법인세, 재산세, 취득세를 백 퍼센트 면제받는다는 것까지 알려주었다.

유정 언니와 헤어져 기숙사로 돌아온 나는 아무것도 없는 허허벌판에서 기대어 쉴 수 있는 나무 한 그루를 만난 기분이 들었다. 유정 언니는 내가 책을 가까이 해서 좋다고 했다. 책을 가까이 하지 않았다면 잔업 없고, 특근 없는 시간을 견디지 못했을 것이었다. 기숙사에서 같은 방을 쓰는 식구들하고는 여전히 서먹했고, 사무실에서 만난 동료들과도 거리감이 있었다.

산뜻해진 마음으로 출근한 월요일이었다. 일찌감치 점심을 먹고 도서실로 향했다. 책장 앞에서 기웃거리는 나를 보더니 유정 언니가 다가왔다.

"한 권 골라주까?"

"네. 재밌는 것으로요."

"이기 재미있을 기다."

소설책이었다. 지금까지 주로 보았던 에세이가 아니었다. 박경리의 『토지』였다. 야근을 하고 기숙사로 돌아와서는 잠자는 것도 잊고 휴게실에서 책을 보다 늦잠을 자기도 했다. 도서실에 들어서면 유정 언니의 인사는 언제나 밥 묵었나였다.

유정 언니는 고전음악 마니아이기도 했다. 유난히 파가니니 바이올린 협주곡을 즐겨들었다. 나는 유정 언니를 "파가니니의 연인"이라고 불렀다. 언젠가 시간이 되면 언니에 관한 궁금증을 물어 볼 생각이었다.

내가 다니는 동양전자의 본사는 일본이었다. 국내 결산이 끝나고, 일본으로 보내주는 결산을 한 번 더 하면 잔업과 특근이 끝이 났다. 잔업 없는 토요일이 되면 만날 사람 없는 마산은 더욱 쓸쓸했다. 유일하게 외박이 허용되는 토요일은 더욱 그랬다. 그렇다고 아무도 없는 사무실에 남아 있을 수는 없었다. 책상 정리를 주섬주섬하고 있을 때였다.

"은희야, 오늘 약속 없으면 언니 집에 가까?"

반가운 마음에 캭, 소리가 나왔다.

"그기 무슨 소리고?"

"좋아서요."

"그리 좋나?"

유정 언니 집은 이 층으로 된 양옥이었다. 낮은 담장에 대문은 높았다. 마당 한가운데로 하얀 자갈이 깔려 있고, 그 옆으로는 옥잠화, 백합, 산수국이 피어 있었다. 포도넝쿨이 길게 늘어진 벤치는 마치 누군가를 기다리는 듯 한가하게 흔들거리고 있었다. 벤치 뒤 담장 아래엔

보랏빛 달개비가 피어 시멘트 도시에 와 있다는 사실을 잊게 해주었다. 벤치에 앉으면 동화 속 공주님처럼 세상 근심을 다 잊을 수 있을 것 같았다.

이 층 언니 방문을 열며 벽면을 가득 채운 엘피판을 보고 벌린 입을 다물지 못했다. 한쪽 벽면 책꽂이엔 책이 가득했다. 그 옆으로 쌓아놓은 책은 위태로웠지만 보기에 좋았다. 내가 읽던 산문집이나 시집, 소설책이 아닌 평소 접해보지 못한 책들이었다. 화려한 집의 외양과 달리 언니 방은 소박했다. 나뭇결을 살린 두 짝짜리 옷장과 작은 거울이 달린 화장대가 전부였다. 벽면의 책과 엘피판이 아니면 수출지역 아가씨들의 자취방과 별다르지 않을 것이었다. 사치를 부린 것이 있다면 커다란 오디오였다. 어른들께 인사를 드려야 하지 않느냐는 뒤늦은 내 말에 유정 언니는 고개를 흔들었다.

"다들 큰집에 갔대이. 파가니니나 들어보자."

내게 편히 앉으라는 말과 함께 손때 묻어 닳고 닳은 파가니니의 엘피판을 턴테이블에 올렸다. 익숙하지 않은 클래식 음악인데도 언니와 함께 들으면 예전부터 들어온 것처럼 낯설지가 않았다. 음악을 듣고 나자 언니는 파리의 신낭만파인 리스트나 쇼팽, 베를리오즈가 파가니니에 열광했다는 설명을 해주었다. 그가 무대 위에 서면 관습과 권위는 사라지고, 자유분방함으로 청중은 넋을 잃었다고도 했다. 나폴레옹 여동생도 그의 연주를 들으며 쓰러지곤 했다는 설명을 할 때엔 유정 언니도 쓰러질 것 같은 몸짓을 하며 눈을 반짝였다.

악마에게 영혼을 팔아 천재성을 얻어냈다는 마법의 연주, 소름끼치도록 신기에 찬 바이올린 선율이 청중을 광풍 속으로 몰아넣었다는 것이다. 악마에게 영혼을 팔았다는 이유로 죽어서도 지하납골당에 안치되었다가 삼십육 년이 흐른 뒤에야 교회 묘지에 정식으로 묻힐 수 있었다는 불우한 그의 사후조차도 사랑한다고 했다. 광적인 음악의 열정으로 처절하게 살다간 그의 생애가 부럽다는 말로 설명을 마무리 지었다. 나는 왜 유독 파가니니를 좋아하는지가 더 궁금했지만 물어보지 못했다. 언니의 설명이 계속되어 중간에 말을 자르지 못했고, 말을 마친 후에는 물어봐서는 안 될 것 같은 예감 때문이었다.

"저녁 묵자. 그라고 자고 가도 된대이."

유정 언니와 함께 일 층 주방으로 내려갔다. 주방과는 전혀 어울릴 것 같지 않은 유정 언니가 오이를 썰고, 당근을 자르는 뒷모습이 보기 좋았다. 고등어조림에 양파, 풋고추를 넣고 볶은 돼지불고기, 멸치볶음, 예쁜 접시에 담긴 김치, 나는 오랜 만에 집으로 돌아온 것 같은 밥상 앞에서 가슴께가 뻐근했다.

"뭐하노? 푹푹 퍼 먹그래이."

밥그릇에 소복하게 담긴 밥을 먹어본 지 오랜만인 나는 밥으로 숟가락이 쉬 가지 않았다.

"상추에 고기 싸아가 이리 먹는기다. 자 봐라."

유정 언니는 입을 크게 벌려 상추쌈을 한 입 먹었다. 그러더니 하나를 더 싸서 내 입에 넣어 주었다. 나는 언니가 권하는 대로 밥 한 그릇을 다 비우고, 누룽지까지 먹었다.

"커피 타가 방으로 가자. 니 커피는 우째 타줄까?"

"커피 한 스푼, 프림 두 스푼에 설탕 세 스푼이요."

"하이고, 마 설탕물을 마시는 게 낫겠다."

유정 언니는 커피 한 스푼 반을 넣고 물만 부었다. 시커먼 한약 같은 커피 색깔인데 은은한 향은 반찬 냄새를 날려버렸다. 컵을 들고 유정 언니 방으로 간 나는 벽에 기대어 앉았다. 언니도 벽을 기대고 앉았다.

"은희야, 니, 내 좋아하제?"

나는 놀란 나머지 막 마시려던 커피 잔을 바닥에 내려놓았다.

"니는 그냥 내게 동생인기라."

나는 고개를 끄덕였다.

"고맙대이. 날 믿어줘서."

여자를 좋아한다는 그 소문, 나는 상관없었다. 그게 뭐 어떻단 말인가. 언니 등 뒤에서 수군거리는 사람들은 유정 언니를 야릇하고, 비루하게 만들었다.

"수출자유지역 덕분에 내도 만나고 이래 인연은 알 수가 없는 기라. 독서 서클이 있는데 가입해 볼 생각 있나? 책 읽는 것을 좋아하는 니한테 딱 맞을 낀데."

나는 생각도 해보지 않고 무조건 좋다고 했다.

"거기 가면 고향 사람들도 만날끼고. 내는 전라도 친구들이 많다 아이가."

"언니 고향은 경상도잖아요."

"경상도라케도 이곳은 전라도 사람들이 억수로 안 많나? 내하고 젤 친한 영숙이 고향도 광주다."

현장 라인에서 품질검사를 한다는 영숙 언니는 도서실에서 가끔 보았다. 전라도 얘기를 하면서 유정 언니 얼굴이 어두워지는 느낌을 받았다.

"언니, 혹시 전라도에 애인 있어요?"

"가스나, 소설 쓰나? 쓸데없는 상상 고마 해라."

단호한 유정 언니 표정 아래 쓸쓸함이 묻어나는 건 어쩔 수 없었다. 말하고 싶지 않은 언니에게 자꾸 묻는다는 건 천박한 호기심에 불과할 것 같아 나는 더 이상 사랑이니 실연이니 하는 말을 하지 않았다.

"그만 자자."

그러면서 옆구리를 쿡 찔렀다. 나는 간지러워 몸을 움츠렸다. 이불과 요를 나란히 깔고 누웠다. 늘 시끌벅적한 곳에서 잠을 자다가 갑자기 조용한 방 안에, 그것도 유정 언니와 함께 누워 있으니 잠이 오지 않았다. 유정 언니는 몇 번의 뒤척임 끝에 가늘고 고른 숨소리를 뱉어 냈다. 언니가 자고 있는 이불 속으로 손을 집어넣어 언니의 손을 가만히 잡았다. 땀이 약간 밴 언니의 손은 촉촉하고 따뜻했다.

아침에 눈을 떠 보니 나는 유정 언니 등 뒤에 꼭 붙어 자고 있었다. 언니는 내 손을 허리 위로 잡아당겨 잡아 주었다. 지난밤 내가 잡은 손처럼 따뜻하고 촉촉한 감촉이 좋아 유정 언니 손 안에서 꼼지락거리며 한참을 그대로 있었다. 커튼을 젖히자 등나무 아래 벤치가 눈에 들어왔다.

"언니, 벤치에서 커피 마시면 안 될까요?"

"안 될끼 뭐 있노. 니 먼저 가 있거래이."

벤치에 앉아 자갈 건너편으로 보이는 꽃밭을 바라보았다. 이슬에 젖어 촉촉한 이파리들이 햇살에 반짝였다. 유정 언니가 커피 잔을 들고 벤치로 왔다.

"언니, 얘기해 주세요."

"뭘?"

"제가 궁금해 하는…… 언니 애인 얘기요."

"다음에 해주꾸마. 내 노래 함 불러줄까?"

목소리를 흠흠 가다듬은 유정 언니는 벤치에서 일어나 내 앞에 섰다. 단발머리를 한번 흔들고 두 손으로 머리를 뒤로 쓰다듬어 넘겼다. 그리고 하늘엔 한 점의 구름이 떠가고를 시작으로 노래를 불렀다. 그건 노래가 아니었다. 누군가에게 보내는 애절한 신호였다. 언니는 혼신의 힘으로 쫓아가는 듯하다 그 자리에 멈춰서며 아쉽게 돌아서는 몸짓을 하며 노래를 끝마쳤다. 나는 다시 묻지 못했다.

늦은 아침을 먹고 기숙사로 돌아왔다. 입안의 혀를 천장으로 감아올릴 만큼 매운 아귀찜, 미더덕의 쓰라린 맛, 유정 언니가 차려준 따뜻한 밥상…… 아무리 먹어도 채워지지 않던 허기가 가시는 것 같았다.

독서 서클에도 가입했다. 수출자유지역 내에서 글 쓰는 걸 좋아하거나, 책 읽는 걸 즐기는 사람들이 회원의 추천을 통해 가입한다고 했다.

나보다 여섯 살이 많은 유정 언니는 코끝에 땀방울이 송송 맺히도록 먹은 아귀찜처럼 마산에서의 내 이십 대를 살맛나게 해주었다. 가자미를 넣고 끓인 미역국에 익숙해지면서 검은 물로 출렁이는 바닷물과 끈적이는 바닷바람과도 친숙해졌다.

여직원 회식이 잡혀 있는 날이었다. 아침부터 내리기 시작한 빗방울은 언제 장대비로 바뀔지 모를 조짐을 보이고 있었다. 회식을 연기하자는 의견이 있었지만 식당에 예약을 해놓아서 곤란하다는 총무인 세미의 완강한 주장에 회식은 진행되었다. 날씨 탓인지 식당은 한산했다. 구매부에 새로 입사한 여사원 환영회이기도 한 회식자리는 돌아가면서 노래를 부르는 것으로 마무리를 할 예정이었다. 노래를 잘하지 못하는 나는 그 시간이 고역이었다. 차례를 기다리는 동안 유정 언니가 자리에서 일어났다. 나는 유정 언니의 노래가 듣고 싶었지만 흠흠 목소리를 가다듬은 언니는 내 기대와 달리 보고 싶은 마음이 호수만해서 눈감을 수밖에 없다는 시를 낭송했다.

유정 언니 목소리는 노래를 부를 때와 마찬가지로 절절했다. 웃을 때면 눈이 먼저 웃는 언니 눈빛은 시를 읊을 때만큼은 웃지 않았다. 호수처럼 잔잔하고 고요했다. 언제부터인지 언니 얼굴이 예쁘다는 생각이 들었다. 립스틱을 바르지 않아도 입술은 매끈하게 생기가 돌았고, 천년 궁궐을 바치고 있는 황금소나무처럼 뒤태는 늘 당당했다. 한층 달아오른 분위기가 유정 언니의 시 낭송으로 차분하게 가라앉아 버렸다. 세미의 표정에 불만이 가득했다.

"언니예. 분위기는 와 망칩니꺼. 우리 고고장이나 가입시더."

"가스나야. 회식만 했다카믄 나이트클럽이야? 좀 고상하이 놀아보자."

팔과 다리가 따로 노는 것처럼 몸을 흔들어야 하는 고고장에 가는 게 영 내키지 않았지만 나는 따라나서지 않을 수 없었다. 밖으로 나오자 빗줄기는 제법 굵어져 있었다. 비도 오는데 다음에 가자고 하는 사람이 몇 명 있었지만 이런 날일수록 몸도 마음도 풀어줘야 한다는 강경파에 밀려 둘씩, 셋씩 우산을 쓰고 고고장으로 향했다. 빗줄기는 더 굵어져 있었다. 나는 유정 언니 우산 속으로 들어가 언니의 팔짱을 꼈다.

"언니, 아까 그 시……요."

"아, 호수! 정지용 시인이 쓴 시인데 북으로 간 시인이라서 함부로 입에 올리면 안 되는 기라."

"예? 근데 언니는…….

"여기서 이 시에 관심 갖는 사람은 니밖에 없을 기다. 그라고 정치적인 시도 아이고."

십여 분을 걸어 나이트클럽에 도착했다. 입구에 들어서자마자 귀가 찢어질 것 같은 음악소리에 옆 사람의 소리도 들리지 않았다. 입구에서 멀리 떨어진 무대 가까이에 자리를 잡았다. 테이블에 맥주와 과일 안주가 놓이고 쿵쾅쿵쾅 음악이 바뀌자 여사원들은 벌써 무대 위로 올라가 몸을 흔들기 시작했다. 자리를 지키던 나도 무대 위로 끌려 올라갔다. 삼십여 명이 둥글게 원을 그리며 춤을 추었다. 그 사이로 남자들이 엉덩이를 비집고 들어오려고 해 사이를 좁혀 공간을 없앴다. 세미는 둥글게 모여 몸을 흔드는 한가운데에서 구불구불 파마머리를 좌우로, 앞뒤로 사방팔방 흔들며, 팔은 위아래로, 엉덩이는 깨를 털듯 탈탈 털었다. 몸을 흔들고 노는 것이 거의 로봇 수준인 나조차 저절로 몸이 흔들릴 만큼 세미는 신바람 나게 춤을 추었다.

블루스 곡으로 바뀌자 주위를 맴돌던 남자들이 여사원들을 낚아채기도 했다. 몇몇은 뿌리치고 자리로 돌아오고, 몇몇은 모르는 남자와 찰싹 달라붙어 춤을 추었다. 내게 손을 내미는 남자의 손을 뿌리치고 자리로 돌아왔다. 그만 돌아갔으면 좋겠다는 생각을 하는 찰라, 스파크가 팍팍 튀던 조명이 나가버렸다. 아무것도 보이지 않는 암흑, 순식간에 공포가 밀려왔다. 출입구가 어디인지도 모르고 무조건 뒤로 몸을 돌렸다.

"봐라, 내 목소리 들리나. 움직이지 말고 가만히 있거래이."

유정 언니였다. 사람들은 입구 쪽으로 한꺼번에 몰려가고 있었다. 여기저기서 넘어지며 질러대는 비명과 울음소리는 방금 전 시끄러운 음악소리와는 비교도 되지 않았다.

"괘안타. 쪼매만 참아봐라."

사람들이 웬만큼 빠져나갈 때까지 조바심을 누르고 유정 언니 말대로 가만히 서 있었다. 유정 언니는 무대에 있는 여사원들한테도 움직이지 말라고 고함을 질렀다. 유정 언니를 따라 조심조심 입구 쪽으로 다가갔다. 지상으로 나가는 계단은 세찬 물줄기가 쏟아져 들어와 걸음을 떼기도 쉽지 않았다. 숨도 제대로 쉬지 못하고 빠져나와 맞이한 바깥 풍경은 스산했다. 상가들은 문을 닫았고, 거리엔 사람들도 눈에 띄지 않았다. 어둠만이 가득한 텅 빈 도시는 아무 곳으로도 갈 수 없는 섬이었다. 넘어져서 무릎이 깨진 여사원은 있어도 다행히 크게 다친 사람은 없었다.

유정 언니는 마지막까지 인원을 확인하여 걸어서 갈 수 있는 사람과 버스를 타고 갈 사람으로 팀을 나누었다. 나는 버스를 기다렸다. 하수구에서 솟구쳐 나오는 물이 발목을 덮치고 무릎까지 올라왔다. 우산을 써도 소용없을 정도로 비는 쏟아졌다. 간혹 경적을 울리며 달리는 버스가 눈에 띄었지만 정류소에 정차를 하지 않았다. 택시도 그냥 질주해서 달려가 버렸다. 세미는 온갖 투정을 부리며 가만히 서 있지 못하고 서성였다. 그때 빵, 하는 경적소리와 함께 한 남자가 내려와 세미에게 아는 체를 했다. 사촌동생이라는 남자의 차를 타고 세미는 횅하니 사라졌다. 간간히 지나치는 택시도 잡을 수 없었다. 집으로 돌아가지 못한 여사원들이 회사로 가자는 유정 언니를 따라 나섰다. 가장 가까운 곳이 회사였다.

"외박하면 안 되는데……."

"이 상황에 외박이 문제가? 퍼뜩 가자."

아침부터 날씨가 좋지 않은 탓에 회사와 멀리 떨어진 외곽으로 빠지지 않은 것만도 다행이었다. 발목까지 감기는 폭우 속에 회사까지 걸어가는 데는 사오십 분이 걸렸다. 회사엔 집으로 돌아가지 못한 현장 아가씨들이 정문 앞에 웅성거리며 서 있었다. 유정 언니를 보자 도둑질이라도 하러 왔다가 들킨 것처럼 쭈뼛거렸다.

"아이고야. 니들도 몬 들어갔나? 큰일 날 뻔했대이. 마. 따라 온나."

유정 언니는 식당 문을 열고 그리로 모이게 했다. 관리직 여사원들도 식당으로 갔다. 유정 언니는 총무과 창고에 있는 수건을 들고 나와 젖은 머리를 닦으라고 했다. 그리고 물을 끓여 따뜻한 차를 만들어 돌렸다. 찻잔을 들고 자연스럽게 모여 앉았다.

"아하, 이기 뭐 노사협정 하는 거 같구마. 이리 모인 김에 우리 이바구나 함 하자."

"총무과 언니예."

유정 언니 말이 끝나자마자 그중 나이가 어려 보이는 아가씨가 기대를 담뿍 담은 눈으로 유정 언니를 불렀다.

"이바구 하기 전에예, 라면 좀 끓여 묵으면 안 됩니꺼?"

"배고프나?"

주방으로 들어가 큰 솥에 물을 붓고 라면을 끓였다. 빙 둘러 앉아 있을 때는 찻잔만 만지작거리던 어린 친구들이 라면을 먹으면서는 금방 친근하게 다가앉았다.

"총무과 언니예, 우리 야근할 때, 간식으로 빵 말고, 라면주면 안 됩니꺼?"

"라면?"

"빵 먹고 일하면 배도 고프고예, 목도 팍팍하고예……."

"내는 그런 힘이 없다아이가. 노조도 아이고, 내가 사장이라카믄 몰라도……."

라면을 달라던 어린 아가씨 표정에 허기가 잠시 어리는 듯했다.

"근데 총무과 언니예."

"와 또?"

"그런 걸 노조 언니들에게 말해도 되는 깁니꺼?"

"하모."

"그라믄 우리 월급 올려달라카는 것도 노조언니들에게 말하믄 되는 기네예?"

"말한다고 다 되는 기는 아이다. 그래도 자꾸 하다보면 안 되겠나."

유정 언니는 총무과 직원으로서가 아니라 집안의 큰언니처럼 밤새 얘기를 들어주었다. 나이 어린 십 대들은 정에 굶주린 보육원 아이들처럼 유정 언니에게 '총무과 언니예'를 연신 부르며 달라붙었다. 새벽이 되어 빗줄기가 가늘어질 때쯤 모두들 의자를 포개놓고 구부려 잤다. 나는 휴게실로 가고 싶은 마음을 억누른 채 식탁 위에 엎드려 새벽 꽃잠을 잤다.

다음 날 아침, 헤드라인 뉴스는 물에 휩쓸려 죽은 사망자 소식이었다. 여사원들이 놀았던 나이트클럽에서도 사망자가 나왔다. 뒷사람에게 밟혀 죽었다고 했다. 등골이 섬뜩했다. 중상을 입은 사람 몇 명이 병원에 입원했다는 기사도 뒤따랐다. 맨홀에 휩쓸려 죽을 수도 있었고, 나이트클럽에서는 발밑에 깔려 죽을 수도 있었다. 유정 언니의 빠른 판단으로 이리저리 휩쓸리지 않고 회사로 돌아와 무사히 밤을 넘겼다는 안도감과 달리 유정 언니는 총무부장에게 그것도 사무실 직원들이 다 있는 곳에서 꾸지람을 들었다.

"미스 서, 니가 뭔데 식당으로 끌어들여 라면을 끓이고, 회사 기물을 맘대로 사용하노? 어이?"

"부장님요. 그라믄 어�짭니꺼? 차도 안 다니고, 택시도 몬 잡고……."

"가스나들이 일 끝났으면 빨랑빨랑 집구석으로 들어가 디비 잘 것이지 빌빌 돌아댕기다가 그리된 기 아이야?"

"무슨 말씀을 그리 하십니꺼?"

"무슨 말씀을 그리해? 그라고 뭐? 노조대표에게 말하면 된다고? 와 어린아아들을 선동하노?"

"아입니다, 부장님. 물어보길래 대답만 했는데예."

"시끄럽다 마, 치아라."

어젯밤 대화의 모든 내용을 총무부장은 이미 알고 있었다. 총무과 언니예를 연발하던 생산직 직원이 일러바쳤는지, 사무실 여직원 중에서 일러바쳤는지 알 길은 없으나 그중의 한 사람인 것만은 틀림없었다. 얼굴 하나하나를 눈앞에 그려보았지만 그중의 누구도 짐작갈만한 직원은 없었다.

기숙사로 돌아간 나는 충격적인 소식을 들었다. 소재 파악이 되지 않는 원생 두 명이 공사 중인 하수구에 휩쓸려 시체로 발견되었다는 것이다.

충청도 어느 시골에서 유품을 가지러 왔다는 부모들 행색은 너무 익숙하여 고향의 부모를 만난 듯한 착각이 들었다. 한 방에서 생활한 건 아니지만 세면대에서 혹은 식당에서 몇 번은 마주쳤을 것이란 생각이 들자 가슴이 먹먹해졌다. 그 와중에서도 담 밖의 가게에서는 밀린 외상값을 받으러 왔다.

*

1979년 시월이 시작되면서 대학가에서 불붙기 시작한 시위는 점차 일반 시민들까지 합세하는 추세가 되었다. 수출자유지역 노동자들도 시위대와 함께 한다는 소문이 한 입 건너 퍼졌다. 과장은 월말 결산이 끝나고 잔업이 없는 날에는 회식을 하자며 퇴근을 막았다. 회식 자리에서는 데모하는 곳엔 절대로 가지 말라는 말로 시작하여 사회혼란을 염려하는 것으로 끝을 맺었다.

친구들과 약속이 있다며 퇴근하려는 창건 씨를 억지로 끌고 온 김 과장은 의혹의 눈초리로 쏘아보았다.

"이창건, 니는 날마다 무슨 사무가 그리 바쁘노? 데모하러 가나?"

"……."

"와 말이 없노? 데모를 자꾸 하니까 시국이 점점 더 시끄러바 지는 기라. 우리는 일만 하믄 되는기제. 각하께서 얼마나 잘하고 계시노. 데모하는 저것들, 한 방에 쫙 밀어뿌야 된대이."

"머로 밀어뿐다 말입니꺼?"

창건 씨 목소리가 갑자기 커졌다.

"머긴 머야, 탱크로 확 밀어 뿌야지. 저것들 다 빨갱이 선동을 받아 가 저리 된 기야."

창건 씨가 자리에서 일어섰다.

"어디 가노?"

"집에 일이 있어서 가봐야 됩니더."

창건 씨는 잔업도 잘하지 않고, 퇴근을 막는 회식은 거절하기 일쑤였다. 파출소가 불타고, 부산, 마산에 군병력이 필요하다는 위수령이 발령되었다.

월말 결산 때는 철야를 하지 않을 수 없어 창건 씨도 어쩔 수 없이 밤을 새워 일을 했다. 철야를 마친 10월 27일 새벽, 나는 라디오를 켰다. 박정희 대통령이 총탄을 맞고 서거했다는 소식과 함께 비상사태를 선포한다는 보도가 흘러나왔다. 각자 자리로 돌아가 잠깐이라도 눈을 붙이려던 차에 모두들 라디오 앞으로 우우 몰려들었다.

"이기 무슨 소리고? 인자 우리는 망했다는 말이구마."

김 과장의 한탄 소리가 아니어도 사무실 분위기는 급격하게 가라앉았다. 눈꺼풀이 가라앉을 만큼 졸리던 잠은 이미 달아나버렸다. 나는 당장이라도 북한에서 인민군이 쳐들어올 것 같은 공포가 밀려왔다. 이제 가족들도 만나지 못하고 죽는 것인가. 가슴이 쿵쾅거리며 뛰기 시작했다. 빨갛게 충혈 된 눈으로 유정 언니가 출근하기만을 기다렸다.

"와 우노?"

"전쟁이 날까봐…… 대통령이 돌아가셨으니 호시탐탐 노리는 김일성이 쳐들어올 거 아닙니까?"

"누가 그카더나? 전쟁 같은 거 안 일어난대이……."

유정 언니 말을 들으며 나는 주위를 두리번거렸다. 뭔가 불온하고 들어서는 안 되는 말을 들은 것 같았다. 말을 뱉은 언니도 언제 그랬냐 싶게 시침을 떼고 있었다.

북한은 천리마 운동에 죽도록 일을 하고, 잘못하면 아오지 탄광으로 끌려가고, 거지들이 득실거린다는 것을 한 치의 의심 없이 믿고 있었다. 고개를 갸우뚱하게 만든 사건이 없었다면 유정 언니 말을 곧이곧대로 믿지 못했을 것이다.

동양전자는 일본에 본사가 있었다. 그러다보니 일본에서 발행되는 신문을 모아 일주일에 한 번씩 한국으로 보내주었다. 신문을 정리하다 보면 군데군데 칼로 오려낸 부분이 있었다. 잘린 기사가 궁금했지만 누구도 설명해 주지 않았다. 그것이 북한 관련 기사라는 것도 알지 못했다. 어느 날, 일본에서 미처 걸러내지 못하고 그냥 보낸 기사를 보게 되었다. 굶주리고 헐벗고, 천리마 운동에, 새벽별 보기까지. 다리 밑의 거지처럼 살고 있는 것으로 알고 있었는데 북한 아이들이 멋진 베레모를 쓰고 저택 앞에서 활짝 웃고 있는 사진이었다. 평소 생각하고 있던 북한 아이들의 모습이 아니었다. 뭔가 뒤통수를 한 대 맞은 기분이었다.

나를 혼란스럽게 하는 사건은 또 있었다. 인사부장에게 유정 언니가 불려가 몇 차례 상담한 건 알고 있었다. 사직을 강요하는 상담이라는 소문이 떠돌았다. 물어보면 언니는 별일 아니라고만 했다. 도서담당인 유정 언니가 구매하는 책을 가지고 꼬투리를 잡는다는 것은 비밀도 아니었다.

점심을 먹고 난 뒤 도서실에서 빌려 온 『난쟁이가 쏘아올린 작은 공』을 읽고 있었다. 총무부장이 내 곁으로 다가와 읽고 있던 책을 말도 없이 가져가 이리저리 뒤적거렸다.

"정 양아, 이 책이 그리 재밌나? 사람 오는 줄도 모리고."

회사 소속이라는 로고가 찍힌 책을 살펴보던 총무부장은 다시 물었다.

"뭐가 재밌노?"

"제 얘기를 하고 있는 거 같아서……."

더 이상은 묻지 않았다. 총무부장이 운동장 근처 벤치에 앉아 책을 읽고 있는 현장 아가씨들 곁에 가서 이것저것 물어보는 모습이 눈에 자주 띄었다. 창문 밖으로 보이는 총무부장과 현장 아가씨들이 함께 있는 풍경은 따뜻한 호빵을 먹을 때처럼 하얀 김이 모락모락 피어오르는 착각을 불러일으킬 만큼 정감 있어 보였다. 머리에 하얀 스카프를 쓰고 앉아 있는 소녀 앞에 키 큰 떡갈나무처럼 그늘을 만들어 주는 총무부장은 다정한 아버지로 보이기까지 했다.

말꼬리를 올리며 내 앞에서 사라진 총무부장의 표정이 이상하게 머릿속에서 떠나지 않았다. 그로부터 며칠 뒤, 총무부장은 유정 언니를 자신의 책상 앞으로 불렀다.

"서 양아, 좋은 책도 많은데 와 하필 어려븐 책만 골라서 사오노?"

"어떤기 어려븐 책인데예? 우리 직원들, 그 정도는 다 읽을 정도 됩니더."

"어렵다기보다는 마음에 평화를 주고, 마 또 현모양처가 되는 그런 거 안 있나? 명망 있는 대학교수님들이나 저명인사가 쓴 그런 거 말이다."

"하이고, 부장님요. 일하느라 데이트도 몬하고, 먹고 사느라 시집도 몬가는 아아들인데 현모양처가 다 무신 말입니꺼."

"참말로 말귀 몬 알아듣네. 책을 사도 와 꼭 빨강물 비스므리 든 거만 사오노 이 말 아이가."

"그런 적 없는데예."

"아직도 몬 알아묵겠나? 시대 운운하는 소설책이나 시집 따위는 사지 말란 말이다."

"빨강물은커녕 분홍물도 없습니더. 읽어보고나 그런 말씀을 하십니꺼?"

"그걸 꼭 읽어봐야 아나?"

"읽어보지 않고서 우째 압니꺼?"

"분명히 경고했대이."

벌겋게 달아오른 얼굴로 화를 벌컥 낸 총무부장은 자리를 박차고 나가버렸다. 그 뒤로는 직원들이 있거나 없거나 유정 언니만 보면 시비 걸듯 말을 걸었다.

"서 양은 시집 안 가나?"

"아직 멀었십니더."

"나이가 몇인데 아직도 멀어? 퍼득 가그라."

"와 남의 사생활에 이리 관심이 많습니꺼?"

"내가 와 남이야? 아버지 같은 사람이지."

"집에 있는 아버지 간섭만으로도 벅찹니더. 고마 신경 꺼 주이소."

총무부장이 한 마디만 더 하면 고드름이 될 것처럼 유정 언니 말끝에 냉기가 돌았다.

총무부장과 아슬아슬 줄타기를 하던 유정 언니가 회사를 그만 두었다. 외부압력이 있었다는 소문이 돌았다. 나는 혹시 불온한 시를 읊조리는 것을 누군가 국가기관에 일러바친 것이 아닌가 하는 의혹이 들었다. 만약에 그랬다면 회사를 그만 두는 게 아니라 어딘가로 끌려갔을 것이다. 총무부장과의 면담 내용을 들었다는 총무과 직원의 말은 시집이나 가라면서 사직을 강요했다는 것이었다. 서른 살도 되지 않은 언니 나이가 무엇이 많다고 시집이나 가라는 것인지 이해할 수 없었다. 오후에 업무를 인계하고 바로 짐을 싸서 나갔다.

그때 막 생긴 노조가 있었지만 유정 언니 해고를 문제 삼을 만큼 성장하지 못했다. 생산직 여사원들 중심이었고, 위원장은 총무과 남자사원이었으나 임금이나 복지를 위한 협상은 이루어지지 않았다. 회사에서 먼저 노조를 만들어 이용한다는 소문도 돌았다. 노사협상이 끝나고 나면 사무직 여사원들에게는 필요 없는 요구가 늘어났다. 자신들이 쓰는 하얀 스카프를 사무실 여사원들은 왜 쓰지 않느냐는 것이었다. 현장의 라인에서는 섬세한 부품을 다루는 일이라 머리카락이 부품 사이에 끼면 안 되는 일이어서 스카프를 써야 했지만 장부 정리하는 관리직 여사원들은 스카프를 써야 할 하등의 이유가 없었다. 하지만 노사협의회를 마치고 나면 책상서랍에 들어 있는 하얀 스카프를 덮어 써야 했다. 나는 유정 언니에게 불만을 토로하곤 했다.

"니 말이 맞대이. 내도 안타깝다. 현장 아가씨들은 사무실 아가씨들하고 스카프를 함께 써야 동등해진다고 생각하는 모양이라. 노사협의 때, 스카프를 쓰니 안 쓰니, 이런 거 논의하지 말고, 생리휴가 돈으로 안 받고, 생리할 때 쓸 수 있도록 하고, 잔업 안 하면 월급이 얼매나 작노, 월급 올려 달라고 해야제, 쓸데없는 것만 요구하는 노조가 회사에서는 얼매나 고맙겠노. 이런 노사협의는 매일 해도 좋다고 할기다."

"……."

"그라고 위원장은 현장에서 해야 맞는기제, 현장에는 다 아가씨들인데 위원장은 남자에다가 그것도 사무실 직원이 하는 기 말이 되나. 그라고 우리가 받는 그기 어디 월급이가? 니도 좋은데 있으면 미련 갖지 말고 가거라."

"갈 데가 있으면 얼마나 좋을까요."

먹고 살만큼도 되지 않는 월급을 받아도 여기 말고는 갈 곳이 없다는 것을 유정 언니가 모를 리 없건만 오죽 답답했으면 내게 그런 말을 했을까. 가질 수는 없어도 하늘의 별은 보이기라도 하지 않는가. 가지 못해도 바라보며 꿈꿀 수 있는 곳이라도 있으면 좋겠다는 생각이 문득 들었다. 유정 언니가 없는 사무실은 아무리 큰 소리로 웃어도 허허롭기만 했다.

힘이 없어 보인다며 창건 씨가 가끔씩 위로의 말을 해주었지만 힘이 없어 보이는 건 창건 씨도 마찬가지였다.

# 한 끼 밥의 위로

　서울은 출퇴근 시간 자체만으로도 피곤했다. 창원에서 다닐 때하고는 비교가 되지 않을 만큼 출퇴근에 시간을 많이 할애해야 했다. 내가 가진 돈으로는, 아니 내가 받는 월급으로는 여의도 가까운 곳에 집을 구할 수 없었다. 출퇴근 시간의 육체적 괴로움보다 나를 길들이겠다는 직원들과의 불화가 더욱 힘들었다. 한 주를 새로 시작하는 월요일의 출근은 생리통을 앓을 때처럼 몸도 마음도 묵직했다. 오늘은 또 무슨 일로 '미스 정'을 불러댈까, 오늘은 또 무슨 일로 마음에 상처를 입을까, 사무실을 나오면 나도 모르는 사이 땅을 보고 걸었다. 당당해지려고 고개를 빳빳이 들어도 주눅이 드는 건 어쩔 수 없었다. 송 과장의 목소리가 뒤편에서 들리면 가슴부터 두근거렸다. 박 대리, 양 대리가 부르는 소리도 마찬가지였다.

　내가 꿀 수 있는 꿈은 아무도 내 이름을 부르지 않는 곳으로 가는 것이다. 하루에 꼭 한 번씩 커피를 가지고 트집을 잡거나, 타이프 친 서류를 앞뒤로 단어 몇 개 바꿔서 다시 치게 하는 송 과장의 꿈은 부장이 되는 것이고, 어떤 경우에도 자리에 앉아 물을 달라는 양 대리는 과장이 되는 것이 꿈인가. 조 부장은 무슨 꿈을 꾸나? 고작 회사를 그만 두는 것이 꿈이라니. 단 한 번도 나를 위한 꿈을 꾸어보지 못했다는 것에 생각이 미쳤다. 마산으로 취업이 되었을 때 돈을 벌어 적금을 붓고, 그러면 나중에 대학을 가야지. 그 생각을 언제 했었는지조차 까마득하게 잊어버렸다. 잊었던 꿈이 생각났다는 게 신기했다. 하지만 곧 현실이 가로놓여 앞길을 막았다. 아직 대학을 졸업하지 못한 남동생 학비는? 군대를 다녀오고, 복학을 하고, 졸업을 하고, 취직은 바로 할 수 있을까. 그러면 내 대신 집안의 생계를 책임질 수 있을까. 회사를 그만 다닐 일이 생긴다면 얼마나 좋을까. 결혼하면 자동으로 회사는 그만두어야 할 테니까 시집이나 가 버릴까.

문득 병호가 떠올랐다. 유정 언니 말처럼 그때 병호와 결혼하지 않은 건 천만다행이었다. 병호는 힘들었던 내 이십 대의 위안이었고, 등을 기댈 수 있었던 벽이었다. 그에게 등을 기댄 기간은 잠깐이었지만 그와 함께 꿈꾼 미래는 길고 행복했다.

병호와 헤어지고 바닷바람 부는 창원을 떠나 서울에 온 나는 이제 서른을 바라보는 나이가 되었다. 남자에게 내 생을 걸지 않았던, 병호를 만나기 이전의 시절로 다시 돌아왔다. 평생 고졸 여사원으로 남자 사원의 시중이나 들면서 인생을 끝마칠 수 없다는 꿈 하나가 출렁, 가슴에서 물결을 이루었다. 여전히 사무실 분위기는 냉랭했지만 희망 하나 갖는 것으로 허리를 바로 펼 수 있다는 게 신기했다.

토요일 회사로 선희가 찾아 왔다. 마산에 있을 때는 기숙사를 핑계로 오지 못하게 했고, 창원으로 직장을 옮겨 자취를 할 때에도 핑계를 만들어 방문을 막았다. 힘든 모습을 보여주고 싶지 않았다. 서울로 발령을 받고 나서는 막을 이유가 충분하지 않았다.

선희와 함께 버스를 타고 장위동 집으로 향했다. 도로에서 버스를 내려 육교를 건너고, 다시 골목길을 돌아 언덕에 있는 집 앞에 설 때까지도 선희는 아무 말이 없었다. 이웃집 담장과 주인집 담 뒤쪽을 돌아 직각으로 꺾어지는 계단을 내려왔다. 쪽문을 열고 들어서며 선희는 방바닥에 주저앉아 눈물을 뚝뚝 떨어트렸다.

"창원에서도 이렇게 살아서 오지 말라고 한 거였어? 그랬어? 언니?"

"아냐. 서울은 모든 게 비싸잖아. 거기선 이보다 좋은데 살았어."

"언니한테 미안해서 어떡해."

"뭐가?"

되묻는 내 질문에도 선희는 머뭇거리며 말을 하지 못했다. 다시 독촉하는 내 눈을 바라보지 않고 결혼하려고 한다는 말을 빠르게 쏟아냈다. 얼굴을 들지 못하는 선희에게 먼저 말을 건넸다.

"알았으니까 밥부터 먹자. 맛있는 거 사줄게."

"아니. 내가 밥해줄게. 엄마가 해준 반찬도 가져왔는걸."

선희가 고등학교를 졸업하고, 마산으로 오겠다는 것을 나는 극구 말렸다. 겉보기에 좋아 보이는 관리직보다는 볼품없어 보여도 기술을 가지라는 조언도 잊지 않았다. 내 바람대로 선희는 인쇄소 청타수가 되었다. 글자를 하나하나 찍어내는 일이라 오른쪽 손목에 무리가 많다고 했다. 그래도 본인이 일한만큼 돈을 받고, 대학을 나오지 않았다는 이유로 남자사원들 시중드는 일은 하지 않으니 얼마나 다행인지 모른다고 선희는 나를 위로했다.

"근데 그런 얘기 왜 한 번도 안했어?"

"언니 같으면 할 수 있겠어? 언니는 선우 대학 마치고 취직할 때까지 결혼하지 않겠다고 했다면서."

"꼭 그런 것만은 아니야."

"직접 말해야 할 것 같았어. 아버진 언니보다 먼저 하는 건 안 된다고 하셔."

"알았어. 내가 내려가서 아버지한테 잘 말씀드릴게."

일요일 새벽, 선희와 함께 전주로 향했다. 미리 연락이 되었는지 제부 될 사람도 와 있었다. 나는 당장 결혼할 생각도 없으면서 어쩐지 쓸쓸해지는 기분을 숨기려니 자꾸만 헛웃음이 나왔다. 아버지가 반대한다는 선희 걱정거리부터 해결을 하고 나섰다.

"요즘 세상에 그런 거 따지지 않아요. 전 괜찮으니까 선희 먼저 보내세요."

아버지는 내 눈을 마주치지 않고 시선을 창밖으로 던졌다. 이른 저녁을 먹고 서울로 오기 위해 나는 집을 나섰다. 아버지가 끝까지 따라 나왔다.

"야야, 이거."

"뭔데요."

"택시 타고 가거라잉."

내 주머니에 한사코 반으로 접은 지폐 한 장을 넣어주었다. 택시를 타고 터미널에서 내렸다. 고등학교를 졸업한 이래 아버지한테 처음으로 받아보는 돈이었다. 네모 반듯하게 접은 만 원짜리 한 장이었다.

선희 결혼은 일사천리로 진행되었다. 찬바람 도는 사무실의 냉랭한 분위기 속에서 선희 결혼식을 부서에 알리지 못했다. 일요일에 치러진 결혼식에 참석하고 곧바로 서울로 돌아왔다. 선희 손을 잡고 결혼식장에 들어서는 아버지는 추레했다. 병석에서 막 일어난 사람처럼 눈두덩이도 푹 꺼져 있었다. 터미널까지 따라온 아버지는 내 두 손을 끌어당겨 감싸 안았다.

"은희야, 미안허다."

아버지 눈빛이 촉촉하게 젖는 것 같아 일부러 명랑하게 말을 받았다.

"선희가 먼저 시집가서요? 에이, 아버지도 별걸 다 가지고……."

"아프지 말고……."

"걱정 마셔요. 아버지."

버스가 도착해 아버지 손을 억지로 떼어냈다.

"은희야."

대답 없는 나를 향해 다시 또 간절히 물었다.

"언제 또 올 테냐?"

"시간 봐서요."

출발하는 버스 뒤로 멀어져가는 아버지가 오래도록 손을 흔드는 모습이 보였다. 철들고 아버지 손을 잡은 기억은 처음이었다. 내 이름을 그렇게 불러준 것도 처음이었다. 집안 내력을 모르진 않았지만 술만 마시고 돈도 벌지 않는 아버지가 원망스러울 때가 많았다. 면장을 했다는 큰아버지는 좌익에 맞아죽고, 공부를 많이 해 집안의 기대를 받았던 작은아버지는 북으로 갔다. 그러다보니 큰아버지와 작은아버지로 인해 동네에서는 한 집 건너 원수가 되었다. 아버지는 폐인으로 살 수밖에 없었다. 엄마는 오히려 그런 아버지를 두둔하고 나섰다. 엄마와 결혼하여 고향을 떠나 처가 쪽에 터를 잡았다고 한다. 아버지는 취직을 할 수도 없었고, 노동으로 생활할 수밖에 없었다. 못 배운 엄마는 많이 배운 아버지와 결혼한 걸 자랑스럽게 생각했다. 아버지는 큰 소리를 치는 법도, 욕을 하는 법도, 손찌검을 하는 경우도 없었다. 집에 내려가 함께 밥을 먹을 때면 내 젓가락이 많이 가는 반찬을 내 쪽으로 밀어놓거나, 내가 덮고 잘 이불을 펴놓고 베개를 다독거리는 것들이 대학 공부도 시키지 못한 딸자식에게 생계를 의존해야 하는 괴로움을 표현하는 방식이라는 것을 나중에 깨달았다.

아버지가 돌아가셨다는 연락을 받은 건 그로부터 석 달 뒤였다. 선희 먼저 결혼을 시켰으면 좋겠다는 말을 했을 무렵 말기 암 판정을 받은 아버지는 자식들에게 남겨줄 돈 한 푼 없는데 무슨 병원이냐며 오히려 엄마를 설득하여 병원치료를 거부한 상태였다고 했다. 아버지 유언은 '은희가 걸린다.'는 것이 전부였다고 했다.

월요일이 발인이라 토요일이나 일요일엔 부서 직원들이 내려올 것이라는 기대를 하고 있었다. 친척들도 서울 회사 직원들은 왜 오지 않느냐며 은근히 눈치를 주었다. 나는 아무도 내려와 보지 않는다면 회사를 정말 그만두어야 하지 않을까, 아버지 죽음을 앞에 두고 심각한 고민을 하지 않을 수 없었다. 먹고 사는 것보다 중요한 자존의 문제였다.

일요일 오후가 되어서 조 부장이 장례식장에 들어섰다.

"미스 정, 내가 대표로 왔다. 너무 상심하지 말고……."

직원들이 내려오지 못해서 상심하지 말라는 것인지, 아버지 죽음에 대해서 상심하지 말라는 것인지 애매한 말이었다. 부서에서 전달해 준 부조금을 보고도 놀라지 않았다. 경조사가 생기면 정해진 금액이 있었다. 이사는 오만 원, 부장은 삼만 원, 과장은 이만 원, 그리고 대리, 사원은 일만 원씩이었다. 타부서 직원들의 경우, 얼마를 해야 할지 애매한 상황에서 적용하는 금액이었다. 심 이사와 송 과장, 대리급은 한 치도 어긋나지 않는 정해진 금액대로 부조를 했고, 대리급 이하 사원들은 내가 생각한 것보다 많은 금액을 했다. 부모 사망 시에는 대부분 문상을 가는 게 관례였지만 나에게는 해당이 되지 않은 모양이었다. 일주일 만에 출근한 나는 심 이사에게 장례를 마쳤다는 인사를 했다.

"그래 큰일 치렀다. 앞으로 어려운 일 있으면 언제든 얘기해라."

심 이사 앞을 물러나왔다. 송 과장에게도 박 대리, 양 대리에게도 고맙다는 말을 했다. 조 부장에게는 다른 인사말을 찾았지만 딱히 떠오르는 말이 없었다. 눈물이 핑 돌아 그냥 고개만 숙였다.

조 부장은 부서를 책임지고 있으면서도 부서를 통제하지 못하고, 나처럼 겉돌고 있다는 것을 알고 있었다. 직원들은 '부부싸움하고 난 화풀이를 우리에게 하는 것이야.'로 시작해서 심 이사 사생활까지 폭로하는 험담에 열을 올리면서도 이상하게 조 부장에 대해서는 심한 말을 하지 않았다. 모든 권한을 가진 심 이사에게 한 주도 거르지 않고 닦달을 당하는 조 부장이 사원들의 동정을 사는 것은 당연한 것인지도 몰랐다. 부서 경비와 관련해서는 조 부장의 권한은 아무것도 없었다.

외자부는 다른 부서에 비해 업무추진비나 복리후생비 같은 소모성 경비 배정이 많았다. 업무추진비는 심 이사 몫이었다. 부장까지 업무추진비를 쓸 수 있지만 어림없는 일이었다. 직원들의 몫인 복리후생비까지도 심 이사가 사용을 했다. 복리후생비는 야간근무 시에 식대나 직원들의 친목을 위한 회식비로 사용하지만 이것도 규정일 뿐이었다. 업무추진비나 복리후생비가 모자라는 날이면 사사건건 조 부장을 걸고 넘어졌다. 직원들이 있거나 없거나 상관없었다. 서류를 집어던지는 것은 예사였다.

"대체 당신이 하는 업무가 뭐야?"

"지난번……."

심 이사는 본인이 사인을 해서 처리한 것임에도 마치 조 부장이 몰래 사용한 것처럼 몰아붙였다. 부장으로서의 체면을 좀 생각해서 조용히 말할 법도 한데 심 이사는 개의치 않았다. 면상에 서류를 집어던지지 않은 것만으로도 감사하게 생각하고 있는지 모를 정도로 도를 넘을 때가 많았다. 내가 보기엔 사원들도 심 이사와 별반 다르지 않았다. 심 이사의 부당한 처사에 대해 욕을 하다가도 심 이사가 사무실에 나타나면 배꼽에 손을 얹고 허리가 반쯤 접혀지게 인사를 했다. 나는 욕을 하지 말든가, 욕을 할 테면 배꼽인사를 하지 말든가 둘 중 하나를 선택하라고 말하고 싶었다.

업무추진비는 그 달에 다 사용해야 한다. 다른 경비는 다음 달로 이월이 가능한데 업무추진비는 이월이 안 되었다. 월말이 되면 심 이사는 손수 계산기를 꺼내어 남아 있는 금액에 대한 청구를 요구했다.

"빈 영수증 하나 구해다 나머지 금액 처리해라. 이런 것은 좀 알아서 해주면 안 되나? 그리 센스가 없어가지고."

하지만 나는 알아서 영수증을 구해오지 않았다. 심 이사에 대한 소심한 반항이자 조 부장을 대신한 내 나름의 복수였다.

토요일 주말이었다. 직원들은 데이트 약속이다, 영화구경이다 하면서 회사를 빠져나가고 나는 버스정류장으로 걸어가고 있었다. 뒤에서 클랙슨이 울렸다. 조 부장이었다.

"데이트 없으면 저녁이나 먹을까?"

사무실에서 직원들에게 다정한 말 한 번 들어보지 못한 나는 조 부장의 친절에 코끝이 싸해지도록 감격했다. 마음 한 구석이 허전한 토요일 오후이기도 했다. 차는 남산 쪽으로 달리고 있었다.

남산 아래에 있는 레스토랑으로 들어섰다. 심 이사 앞에서 늘 구부정한 모습으로 변명조차 제대로 하지 못하는 모습만 보다가 허리를 곧게 펴고 앉아 있는 모습을 보니 당당해서 보기 좋았다.

"언제고 밥이나 한 번 먹어야지 생각했는데, 마침 오늘 시간이 좋네. 챙겨주지 못해서 늘 미안하고……."

목이 뻐근해지며 침이 잘 넘어가지 않았다.

"직원들이 특별히 나빠서 그러는 건 아니야. 다들 사는 게 각박해서, 만만한 게 여직원이라고 미스 정한테 화풀이를 한다고 생각해."

"부장님도 힘드실 텐데요."

"그래, 나도 힘들지. 회사를 그만 둘 생각부터 하지 말라는 얘기를 꼭 해주고 싶었어."

"버티면 살아남을 수 있을까요? 경력이 아무리 늘어나도 진급 같은 건 안 될 테고, 진로에 대한 고민을 하고 있는데 힘들어요."

"그렇겠지. 사회가 여직원들을 특히, 민간 기업은 공무원하고 달라서 결혼할 때까지만 쓰려고 하니까. 그래도 사표부터 덜컥 쓰지 말고, 차근차근 생각하고 난 다음에 결정하도록 해요."

"부장님은 알고 계시죠? 저 그만 두라고 서울로 발령 냈다고 들었어요. 여기서 다시 영업소나 지방으로 발령 내면 어떡하나, 그런 걱정하면서 출근하는 날도 많아요."

"그러면서 그렇게 배짱을 부리나? 적당한 시기에 해고 시키라는 말이 있긴 있었지. 창원에서도 황성중공업 여직원들은 많이들 그만 두었지?"

"거의요. 남자사원들도 많이 관두었죠. 진급, 급여, 차별받느니 갈 수 있으면 다른 곳으로 가면 좋겠지요. 저처럼 갈 곳이 없는 게 문제지만. 여사원들은 어차피 결혼하면 그만 두니까 회사에서도 특별히 신경 쓰지는 않은 거 같아요. 저 한 사람 빼고는요."

생산관리 부서로 발령이 난 직원들은 한두 달 사이에 거의 그만 두었고, 한두 명 남아 버티다가 결국 다 퇴사를 했다고 윤 대리가 전해 주었다. 배 과장도 그만 두고 식당을 차렸다는 소식은 들었다. 그리고 다시 조직에도 없는 부서를 만들어 발령 내 그만 두게 했고, 계속 그런 식으로 반복하며 자신들의 손에는 피 한 방울 묻히지 않고 백여 명의 관리직을 잘라냈다. 세경중기와 합병이 되면서 관리직은 자동적으로 노조에서도 탈퇴가 되었다. 월급은 주지만 자존감에 심한 모욕을 주어 스스로 그만 두게 만들었다. 함께 싸워볼 생각은 애초에 하지 않았고, 뿔뿔이 살길을 찾아 떠났다고 했다. 그 사실은 조 부장도 알고 있을 터였다.

"내가 중매나 한 번 서 볼까?"

"성질 못되었다고 소문났는데요?"

"성질이 못 되긴. 상황이 그렇게 만들었지."

그러면서 조 부장은 웃었다. 내가 좋다고만 하면 당장 사람을 데려올 태세였다. 병호 얼굴이 다시 떠올랐다. 아무 의심 없이 따라나선 그날 이후 내 이십 대는 열정으로 가득 찬 청춘이 아니라 절망의 회색빛이었다. 사랑의 배신뿐 아니라 인간에 대한 신뢰를 의심하게 만든 병호가 중매를 서겠다는 조 부장 얼굴 위로 겹쳐졌다. 인생의 한 부분이 토막 나고, 틈이 생긴 상처는 아직도 아물지 않았나보다.

"아직 결혼할 마음 없어요. 나중에 좋은 남자 소개시켜 주세요."

"언제든 말만 해. 그리고 직원들하고의 관계는 미스 정이 지혜롭게 풀어봐. 저것들, 큰 소리만 칠 줄 알지 알고 보면 불쌍해."

그렇다고 강아지 훈련시키듯이, 왼발, 오른발 할 때마다 손바닥에 발을 올려놓을 수는 없지 않은가. 나는 조 부장의 지혜롭게라는 말을 곰곰 생각했다.

유정 언니 역시 조 부장처럼 지혜롭게 이 상황을 헤쳐가라고 조언해줄 것 같았다.

## 파가니니의 연인

*

유정 언니가 없는 도서관에는 파가니니의 바이올린 협주곡도 브람스의 헝가리 무곡도 들리지 않아 시멘트 건물처럼 삭막했다. 신규로 들여오는 책도 많지 않았다. 총무과 직원들이 돌아가면서 마지못해 도서실에 앉아 건성건성 책을 빌려주고 반납을 받았다. 나는 잔업과 특근 때문에 독서모임에도 나갈 수 없었고, 눈 뜨면 출근하고, 퇴근하면 기숙사에 들어가 잠만 자고 나오는 생활이 계속 되었다.

잔업은 하루도 거르지 않는 상황이 계속되었다. 5·18이 일어나고 전두환 정권이 들어선 이후 폭력배와 사회혼란 세력을 잡아 사회정화 운동을 벌인다는 보도가 매일 언론을 장식하던 때였다. 김 과장은 신문을 펼칠 때마다 나라꼴이 엉망이라며 걱정을 했다. 내 옆자리의 창건 씨는 늘 말이 없었다. 달마대사처럼 진한 눈썹이 아니라면 여자로 분장을 해도 의심받지 않을 만큼 잡티 하나 없는 깨끗한 피부와 호리

호리한 키에 귀공자 타입의 창건 씨는 화가 나면 김 과장도 슬슬 눈치를 볼 정도로 얼굴에 푸른빛이 돋았다. 가끔씩 윗사람에게 핀잔을 당하면서 야근을 하지 않았고, 특근도 잘하지 않았다. 월말 결산을 위해 철야작업을 한다는 과장의 지시에 강한 거부의사를 표시했다. 군대에 가려고 휴직을 생각 중이라는 것은 알고 있었다.

"이창건? 니 데모 가나?"

과장의 질문에 창건 씨는 대꾸를 하지 않았다. 잔업보고서를 올린 사람들은 책상에 코가 닿도록 머리를 박았다. 월말 결산은 다음 주부터 시작해도 늦지 않는데 과장은 창건 씨의 퇴근을 막았다. 데모하는 데 갈까봐서 야근과 특근을 시킨다는 소문이 사실처럼 느껴졌다.

"와 답이 없노? 참말로 데모 가는 거 맞는갑네."

"데모 안 갑니더. 내일 일찍 나와서……."

"치아라 마. 니가 매입매출 마감을 안 하면 일이 되겠나? 납득 갈만한 이유를 좀 대봐라."

창건 씨의 닫힌 입은 열리지 않았다.

"참말로 니 대답 안 할기가?"

"잠깐 나갔다가 오겠습니더."

과장이 무슨 말을 하기도 전에 휙 나가버렸다. 가라앉은 분위기 속에서 모두들 일만했다. 철야를 할 때는 퇴근을 해야 할 부담감이 없어서인지 분위기가 느긋해지는 것도 사실이었다. 과장은 밖에 나가 주전부리를 사오기도 했다. 실없는 농담 한마디 하지 못하고 새벽까지 일만 했다.

내가 하는 일은 구매부서에서 올라오는 세금계산서 부가세를 합산하는 일이었다. 월말이 되면 부가세 금액을 맞추느라 진땀을 흘렸다. 어느 때는 일 원이 모자라서 또 어느 때는 일 원이 남아서 밤샘을 한 적도 있었다. 한 번은 구매부서 세미가 일 원이 모자란다며 본인의 돈을 넣어버리는 바람에 일 원을 찾느라고 꼬박 밤을 새운 적도 있었다. 다음 날 출근하자마자 김 과장이 세미를 불렀다.

"과장님요. 그깟 일 원 가지고 뭘 그랍니꺼?"

오히려 큰소리를 쳤다. 김 과장은 허허 웃으며 설명을 해주었다.

"오 양아, 그기 그리 간단한 게 아이다. 어젯밤 정 양이 그 일 원 찾아내느라 꼬박 밤새웠다 아이가. 앞으로는 그리하면 안 된대이. 알긋나?"

세미는 알았다며 돌아섰다. 이번 달에는 제발 일 원, 이 원 가지고 실랑이 하는 일은 없었으면 좋겠다는 심정으로 장부에 부가세를 기입했다. 오히려 금액이 크면 찾기가 수월했다. 밤 열두 시가 다 될 무렵에 창건 씨가 돌아왔다. 최루탄가스 냄새가 났다. 과장은 창건 씨를 붙들고 닦달을 했다.

"데모 갔나? 옷에서 와 최루탄 냄새가 나노?"

"길거리가 온통 최루탄 천지 아입니꺼?"

"인자 말문이 터졌는갑네. 들어왔으이 됐다. 다 니를 생각해서 하는 말이대이."

과장의 말에 창건 씨는 다시 입을 다물어버렸다.

"이 정도 했으이 나머진 월욜 하자."

남자사원들은 책상에 엎드리거나 의자 위에서 잠을 잘 채비를 했다. 함께 일하던 언니들은 휴게실로 먼저 가버리고, 나는 주춤거리다 사무실에 남게 되었다. 가로등만 하얗게 빛나는 운동장을 건너가려니 겁이 났다.

"창건 씨, 휴게실에 좀 데려다 줘요."

내 말이 떨어지자마자 창건 씨는 의자에서 가볍게 일어났다. 운동장 근처에 군데군데 켜져 있는 가로등이 나무 그림자를 길게 늘어뜨렸다. 가로등 밑으로 놓여 있는 벤치에 창건 씨가 잠시 앉았다 가자고 했다. 데이트 나온 남녀를 배려하기라도 하듯 가로등은 희미했다.

"정 양아."

불러놓고 침을 한번 꿀꺽 삼켰다.

"광주사람들 폭도 아이다."

가로등 불빛만큼 희미하고 낮은 목소리였다.

"예?"

"죄인처럼 살지 말그래이."

뭐라 더 물어볼 사이도 없이 창건 씨는 벌떡 일어나 휴게실 앞으로 걸어갔다. 뒤따르던 내가 휴게실 문을 닫고 들어갈 때까지 창건 씨는 한참을 서 있다 돌아섰다. 좁은 간이침대에 누워 눈을 감았지만 잠이 오지 않았다. 폭도가 아니라는 말, 그냥 세상이 한번 홀딱 뒤집힌 느낌이었다. 1980년 5월, 신문을 장식한 광주관련 보도를 보면서 내가 전라도 사람이라는 것이 무척 괴로웠다. 출근과 동시에 신문을 읽는 것으로 업무를 시작하는 김 과장이 신문을 펼치며 전라도 사람들을 싸잡아 욕을 했다. 간첩에 의한 소요사태, 폐허 같은 광주, 무정부, 폭동, 폭도, 데모 엿새째…… 아침마다 신문을 펼치며 김 과장이 욕을 하면 직원들은 맞장구를 쳤다. 나는 그럴 때마다 고개를 들지 못했다. 내가 죄인이 된 기분이었다.

잠을 자면서도 행복했다. 창건 씨가 그렇게 말을 해주었으니 김 과장이나 직원들도 모두 알고 있는 사실일 것이라는 생각이 들었다. 하지만 곧 창건 씨의 태도로 보아 그건 은밀하고도 세상을 향해 떠들어댈 소리가 아니라는 것을 짐작케 했다.

잠깐 눈을 붙이고 사무실에 왔을 때 모두 책상에 앉아 있었다. 아침을 먹자는 과장을 따라 나와 식당으로 향했다. 창건 씨는 고개만 꾸벅 숙이고는 말도 없이 퇴근해버렸다.

"절마가 와 저라노. 불평분자가 틀림없대이. 말 많은 빨갱이도 아이고."

과장은 누구에게랄 것도 없이 혼잣말로 중얼거렸다. 나는 사라지는 창건 씨의 뒷모습을 오랫동안 바라보았다. 지난밤, 창건 씨에게 못다 들은 얘기를 좀 더 자세히 물어 볼 작정을 했다.

거리는 데모대로 늘 뒤숭숭했다. 9월 1일 전두환 대통령 취임식이 치러졌다. 월요일, 임시공휴일이었지만 경리과 직원들은 모두 출근을 했다. 대통령 취임사는 성실하게 일하는 사람은 노력한 대가만큼 잘살 수 있도록 하겠다는 것이었다. 사회정화운동을 벌여 국민의 기대에 어긋나지 않을 것이라고도 했다. 나 역시 바라는 바였다. 가난한 자는 뼈 빠지게 일을 해도 겨우 살아간다. 철들고부터 엄마가 쉬는 것을 보지 못했다. 나 또한 야근에 특근에 쉬는 날 없이 출근을 해도 생계유지밖에 되지 않는 현실에서 취임사는 가슴에 확 다가왔다. 이런 솔직한 심정을 창건 씨에게 털어놓았다

"대통령이 잘 살게 해주는 기 아이라 우리가 열심히 해서 잘 사는 기다."

"박정희 대통령이 잘 살게 해주었다고, 그래서 전두환 대통령이 바통을 이어 받아서 우리가……."

창건 씨 표정에 안타까움이 묻어났다. 폭도가 아니라는 말을 들었을 때처럼 나는 혼란스러웠다. 박정희 대통령이 세상을 떠났을 때 전쟁이 일어날까봐 걱정하던 내게 유정 언니도 세상이 더 좋아진다는 말을 했다. 학교에서 배운 것과 유정 언나나 창건 씨가 알려주는 것은 많은 차이가 났다.

"혹시 유정 언니 소식 들은 거 있어요?"

"아직…… 모임에는 자주 가나?"

"나갈 시간도, 마음의 여유도 없어요."

유정 언니와 영숙 언니가 없는 독서모임이 잘 될 리가 없었다.

오랜만에 잔업 없는 토요일을 보내고 있을 때였다. 마땅히 갈 곳도

없었지만, 그렇다고 기숙사로 곧바로 퇴근하는 건 더 내키지 않았다. 자리에 앉아 도서실에서 빌린 책을 읽고 있었다. 퇴근을 한다며 일어선 창건 씨가 보던 신문을 나에게 주고 나갔다. 지방 신문이었다. 빨간 볼펜으로 그어진 구인광고에 눈이 멈추었다. 창원 공단에 있는 황성중공업에서 여사원을 모집한다는 공고였다. 지원해 볼만한 부서가 있었다. 특기사항으로 주산 자격증이 필수였다. 경력사원에 주산 유단자는 우대한다는 당구장 표시가 나를 위해서 있는 것만 같았다. 주산이라면 자신이 있었다. 가슴이 두근거리기 시작했다. 이력서 용지를 사기 위해 후문으로 나왔다. 수출자유지역에서 나오는 아가씨들을 기다리는지 서성이는 남자들이 여럿 보였다. 환하게 표정이 밝아지는 남자 앞으로 긴 머리 아가씨가 다가가 팔짱을 꼈다.

나를 기다려줄 사람이 있었으면 좋겠다는 생각을 하면서 나는 유정 언니를 기다리고 있다는 것을 깨달았다. 아는 사람 하나 없는, 돌멩이, 풀 한포기, 거리의 가로수도 낯선 땅에서 아침이면 씩씩하게 출근할 수 있게 해준 유정 언니, 다 내던지고 돌아갈 수 없는 상황을 견디게 해준 유정 언니가 몹시 그리웠다. 나는 유정 언니 없는 수출자유지역을 이젠 떠나고 싶었다.

유정 언니가 나타나기라도 할 것처럼 시멘트벽에 부딪히는 파도를 바라보며 한참을 서성였다. 손을 담그면 파랗게 물이 들 것 같은 바다가 아니라 어두운 감청색 바다였다. 바다를 매립해 지은 공장을 생각해 보면 놀랄 일도 아니었다. 이렇게 많은 공장 중 몇 개만이라도 내가 살던 전주에 있었다면 이 머나먼 남쪽 땅까진 오지 않아도 되었을 거란 생각이 들었다. 이젠 추석이나 설날, 일 년에 서너 번밖에는 가지 못하는 곳이 되어 버렸다. 꿈속에서나 가능한 일이지만 다시 전주로 돌아갈 수 있기를 기원했다. 돌아갈 수 없다면 수출자유지역을 떠나 창원공단으로 가고 싶었다. 날이 갈수록 기숙사 점호시간이 지켜졌다. 사육장에 들어서는 느낌이었다. 등 뒤에서 철문이 닫힐 때마다 섬에 갇혀 버린 듯 고립되는 적막함, 기숙사 주변을 감싸고 있는 철조망이 없었다면 견딜 수 있었을까. 그건 견디고 말고의 문제가 아니었다. 이 월급으로는 기숙사에서 나가는 순간 매달 집으로 보내주는 돈을 끊어야 한다는 뜻이기도 했다.

이력서를 사 들고 기숙사로 돌아왔다. 외박이 허용되는 토요일이어서인지 방엔 아무도 없었다. 넓은 방에서 혼자 자게 되는 행운을 누릴지도 모르겠다는 생각이 들었다. 이력서를 방바닥에 펼쳐놓고 엎드려 볼펜을 들었다.

이름을 쓰고, 주소를 쓰는 난에서 잠시 머뭇거렸다. 기숙사로 주소를 이전하지 않아 주민등록상 주소는 여전히 전주로 되어 있었다. 주소를 적지 못한 채 창문에 기대어 밖을 내다보았다. 해가 지지 않을 때 들어오기는 실로 오랜만이었다. 선희에게 답장을 하지 않은지가 오래되었다는 것에 생각이 미쳤다.

"보고 싶은 언니에게. 시국이 혼란스러운데 그곳은 어떤지 궁금해. 언제쯤 집에 올 거야? 지난번 편지에도 답장이 없고, 이 편지 받으면 답장 보내줘."

창밖 농구대가 있는 놀이터에서 떠들썩한 소리가 들렸다. 나는 일어나 농구대를 바라보았다. 몇몇이서 공놀이를 하고 있었다. 비어 있는 벤치가 눈에 들어왔다. 슬리퍼를 신고 밖으로 나갔다. 군데군데 녹이슨 녹색 철조망 옆으로 코스모스가 빙 둘러 피어 있었다. 꽃을 따라 철조망 근처를 걸어보았다. 코스모스 옆으로 보라색 과꽃도 보이고, 향이 짙은 주황색 서광도 어우러져 있었다. 기숙사에 삼 년 가까이 살면서 녹색 철조망만 보았을 뿐 꽃은 보지 못했다. 철조망을 따라 자전거 한 대가 위태롭게 지나가고 있었다. 벤치에 앉았다. 몇 번을 넘어지고 일어나기를 반복하더니 제법 능숙하게 철조망 주변을 빙빙 돌았다. 어느새 농구대가 조용해지고 운동장은 텅 비었다. 하늘 끝이 보랏빛으로 물들고 있었다. 비틀거리며 철조망을 돌고 있던 자전거는 한 폭의 풍경화처럼 오래도록 시야에서 떠나지 않았다. 삼만 원도 되지 않던 임금이 기본급 삼만 육천 원에 잔업 특근수당, 생리휴가를 쓰지 않아 받는 생리수당까지 합하면 칠만여 원이 되었다. 그렇다 해도 기숙사가 없었다면 이나마도 생활하기는 쉽지 않았을 것이다. 각 회사에서 보조금을 주기 때문에 기숙사 비용은 저렴하다고 했다. 보조금도 보조금이지만 비용이 저렴한 데에는 이유가 있었다. 한겨울이 되어도 따뜻한 물은 마음 놓고 쓸 수 없고, 열 시가 넘으면 소등을 하고…… 방으로 돌아왔지만 여전히 아무도 오지 않았다.

어차피 경력사원 모집이니 주소는 회사 주소를 적었다. 지금보다는 조금 더 나은 곳으로 가게 될지 모르겠다는 답장을 선희에게 썼다. 점점 더 집으로 돌아갈 길이 멀어지고 있다는 증거였다. 시국이 뒤숭숭하기는 마산이라고 다를 게 없었다. 하지만 그 얘기는 쓰지 않았다.

늦은 시간 진옥이 먹을 걸 사들고 돌아왔다. 주전부리를 들고 텔레비전을 보겠다며 진옥은 휴게실로 나가고, 나는 다 쓴 이력서를 가슴에 품었다. 소등이 이루어지고도 잠을 이루지 못했다. 다른 날보다 일찍 일어나 월요일 출근을 했다.

자리에 앉자마자 전화벨 소리가 요란하게 울렸다.

"은희야."

유정 언니였다. 몇 개월 동안 소식 한 번 없다가 나타난 사람이라고는 믿어지지 않을 만큼 평소와 다름없는 목소리였다. 마산에 왔다며 토요일에 보자는 언니가 앞에 있기라도 하듯 나는 투정을 부렸다.

"토요일까지 어찌 기다리라는 거예요?"

"그럴 일이 있대이. 주소 함 적어봐라."

궁금한 게 많았지만 이것저것 물어볼 처지가 아니었다. 나도 모르게 크게 지른 목청과 달리 목소리를 점점 낮추어 소곤거리고 있었다. 만나서는 안 될 사람을 접선하듯이 살금살금 속삭이며 전화를 받았다. 회사에 해를 입힌 사람도 아니고, 범죄를 저지른 사람은 더욱 아니고, 오히려 이유 같지도 않은 이유를 들어 해고했는데 뭐가 무서워 주변을 살피는지 나 스스로도 알 수 없었다.

유정 언니 목소리를 듣고 나자 오래도록 혼자 버려둔 것에 대한 설

126

움과 함께 무슨 감정인지 꼭 집어 말할 수는 없지만 부아가 났다. 회사라는 매개체를 통해 오다가다 만난 사람 밖에 되지 않았다는 배신감도 들었다. 유정 언니에게 나는 특별한 존재라고 생각했는데 나 혼자만의 착각이었다는 생각이 깊어갈 때쯤 연락이 온 것이었다.

뜻밖의 유정 언니 소식을 들었다는 게 좋은 일이 일어날 것 같은 징조로 느껴졌다. 핸드백에 들어 있는 이력서를 다시 한 번 살펴보았다. 외출증을 끊었다.

"과장님이랑 부장님 점심 약속 있어서 좀 늦을 기다. 접수 잘하고 온나."

"고마워요. 창건 씨."

"뭐가?

"전부 다요."

나는 구인광고가 난 신문을 준 창건 씨 마음을 알고 있었다. 수출자유지역 후문으로 나와 창원공단으로 가는 직행버스를 탔다. 전자회사가 주를 이루고 있어 대부분 여성들이 근무하는 마산과는 달리 창원은 기계공업이 주를 이루었다. 버스가 스쳐갈 때 언뜻언뜻 보이는 공단의 규모는 어마어마했다. 바다를 매립하여 만든 마산의 수출자유지역과는 사뭇 다른 풍경이었다. 아기자기할 정도로 아담하고 옹기종기 모여 있는 회사만 보다가 벌판에 세워진 드넓은 공장들을 보자 감탄사가 절로 나왔다.

팔 차선 도로에서 황성중공업 입구까지는 십여 분이 걸렸다. 경비

실에 주민등록증을 맡기고 회사로 들어갔다. 빨간 이 층 건물로 가라
고 했다. 아득히 멀어보였다. 키 큰 나무들이 즐비하게 서 있는 아스팔
트길을 따라 걸었다. 회사 안에서 걷고 있다는 느낌이 들지 않았다. 흰
색 건물 하나를 지나쳤다. 그 건물 하나만 해도 동양전자만큼의 규모
였다.

진한 황색 가운을 입은 남자들이 줄 지어 오고가는 식당도 동양전자
하고는 비교가 되지 않았다. 간간히 코발트색 원피스 유니폼을 입은
여사원들이 눈에 띄었다. 무릎길이에 허리가 잘록하게 들어가 걸을 때
마다 경쾌하게 움직이는 스커트 자락이 보기 좋았다. 시퍼렇게 물들인
작업복 같은 윗도리만 지급받는 가운하고는 폼이 달랐다. 드넓은 운동
장이 있는 왼편을 돌아 기역자로 꺾어 다시 걸었다. 다시 오른쪽으로
거대한 은색 건물이 드러났다. 중간에 출입문이 몇 군데 나있었다. 그
곳으로 지게차가 드나들었다. 공장 안이 얼마나 넓고 크기에 지게차가
드나들까. 건물의 끝과 끝을 지나는데 십여 분이 넘게 걸렸다. 건물이
끝나는 지점 건너편으로 빨간 이 층 건물이 나타났다. 쭈뼛거리며 인
사과로 향했다. 내 또래 여사원이 사무적으로 이력서를 받았다.

"연락은 언제쯤……."

"서류심사도 해야 하고."

"그러니까 언제……."

대꾸가 없었다. 어찌 그리 쌀쌀한지 더 이상 물어보지 못하고 돌아
나왔다. 책상 위에는 이력서가 수북이 쌓여 있었다. 들어왔던 건물 반

대편 쪽으로 걸어가 보았다. 잔디가 깔린 넓은 운동장이 펼쳐졌다. 남자들이 모여 족구를 하고 있었다. 운동장을 지나자 매점과 공장 내 예비군 사무실이 보였다. 건물 앞으로 파랗게 깔린 잔디 위에 군데군데 벤치가 놓여 있었다. 여사원들 몇몇이 앉아 커피를 마시고 있었다.

마산에서 삼 년여를 살면서도 바로 옆에 있는 창원공단에 와 볼 엄두는 내지 못했다. 손을 뻗어도 닿을 수 없어 미리 포기해 버린 재취업 희망이었다. 창원공단은 수출자유지역보다 월급이 많다는 얘기는 누차 들었다.

주민등록증을 찾아 회사를 나왔다. 당장 취직이 되어도 걱정이었다. 혼자서는 자취할 경제적 여력이 없었다. 하지만 공단으로 옮길 수 있든 없든 이젠 기숙사 생활은 정리해야 될 것 같았다. 땀을 뻘뻘 흘리며 들어서는 나를 보고 창건 씨는 잘하고 왔느냐고 물었다.

"접수는 잘했는데 자신이 없어요."

사람 일은 알 수 없다며 창건 씨는 기다려보자고 했다. 그러면서 유정 언니도 돌아왔으니 좋은 징조가 아니냐며 희망 섞인 말을 해주었다. 어떻게 일주일을 보냈는지 모른다. 퇴근을 서두르는 내게 야근 좀 하자며 과장이 불러 세웠다.

"회사를 그만 둘게요."

"뭐라? 그기 무슨 말이고?"

"오늘 야근하라고 하면 회사 그만 둔다고요."

"니, 점심을 잘몬 묵었나? 말하는 거 하고는…… 못됐네."

하도 들떠 있는 모습에 농담 좀 한 걸 가지고 파르르 떠느냐면서 말 많은 빨갱이도 아니고 어른한테 무슨 말버릇이 그 모양이냐며 한참을 세워두고 잔소리를 해댔다.

"니 생각해서…… 월급도 많이 받고 좋아할 줄 알았더만 아닌가베?"

과장은 잔업확인서에 직인을 찍어줄 때에도 보호자라도 되듯이 '이거 믿고 함부로 나다니면 안 된대이. 알긋나?'라며 매번 같은 말을 반복했다. 휴일이면 아무 곳에도 갈 곳 없고, 만날 사람은 더욱 없고, 수당 올리는 야근이나 특근을 시켜주면 감지덕지할 것이라는 김 과장의 생각이 전혀 틀린 말은 아니었다. 하지만 야근과 관련한 농담은 기분이 나빴다. 다나까 부장과 일본말로 한참을 얘기하던 과장은 곧바로 퇴근을 했다.

오동동 뒷골목에 유정 언니가 차린 술집 이름은 〈파가니니의 집〉이었다. 뜻밖의 상호였다. 목판에 조그맣게 새겨 세로로 세워놓은 간판은 눈에 잘 띄지 않았지만 상호만큼은 단연 튀었다. 파가니니의 집이라는 간판이 어울리지도 않는 술집이었다. 주변엔 딱 한잔 집이니, 원조 아귀찜이니 고갈비집이니와 같은 작고 오밀조밀한 술집들이 즐비했다. 나무문을 밀고 들어가자 베토벤, 파가니니, 카라얀 등의 사진이 벽면을 차지하고 있었다. 카운터 책상 뒤의 벽은 엘피판이 빼곡하게 채워져 있어 술집이 아닌 음악 감상실에 들어온 것 같았다. 항아리에 담긴 노란 국화꽃이 흑백사진들과 잘 어울렸다. 카운터 책꽂이 위에는 주근깨가 더덕더덕한 얼굴로 노란색 옷을 입고 입을 죽 내민 못난이, 붉은 옷을 입고 천정을 향한 벌렁코로 웃고 있는 못난이, 양쪽 볼에 눈물을 매달고 아래로 쳐진 입술에 푸른 옷을 입은 못난이 삼총사가 부처님처럼 가부좌를 틀고 앉아 나를 맞아 주었다.

"못난이 어서 온나."

유정 언니 인사도 여전했다. 나는 입술을 비죽거리며 말도 못한 채 반가움을 대신했다.

"니 인자 못난이라 캐도 화 안내나?"

이마와 입이 잔뜩 튀어나온 못난이 삼총사 인형을 선물로 준 이후로 유정 언니는 가끔씩 못난이라고 불렀다. 노골적으로 싫어하는 내게 못난이 예찬론을 펼쳤다.

"못난이가 얼마나 귀여운지 니가 몰라서 그렇다아이가."

"잘 알아도 그렇지. 하필 못난이가 뭡니까."

"그럼 바보 같은 공주님이 니는 좋나?"

"공주님이 왜 바본데요?"

"사과 먹고 죽은 공주님 모르나? 왕자님 키스로 살아나는 공주님 말이다. 니도 백설 공주나 하든지."

"왕자님만 만날 수 있으면 못할 것도 없어요."

"그라믄 참말로 못난이가 될 낀데?"

유정 언니를 만난 반가움보다 그동안 연락을 하지 않은 무심함이 더 섭섭했다. 유정 언니의 모습은 많이 변해 있었다. 귀를 덮던 단발머리는 귀가 훤히 보이도록 커트머리가 되어 있고, 튀어나온 이마는 더 도드라져 보였다. 유정 언니를 기다리느라 목을 길게 빼고 있던 내 목보다 더 길어 보일 만큼 말라깽이가 되어 있었다. 웃을 때면 온전히 감겨버리는 눈엔 주름살이 늘어나 있었다.

〈파가니니의 집〉은 등 없는 의자를 앞뒤로 두 개씩 놓아 네 사람이 앉을 수 있는 탁자 두 개와, 두 사람이 앉을 수 있는 탁자 네 개가 전부인 작은 공간이었다. 메뉴는 막걸리와 소주, 그리고 술에 어울리는 안주 서너 개만 팔 것이라고 했다.

주방 아주머니는 월요일부터 오기로 되어 있어 음식은 배달을 시켰다. 아귀찜이 오고, 유정 언니와 함께 소식이 끊긴 영숙 언니가 왔다. 영숙 언니는 동양전자로 재취업이 되었다고 했다. 품질검사를 하는 예전의 일을 그대로 한다는 것이었다. 영숙 언니 역시 볼이 홀쭉하게 들어가 핼쑥한 게 십 년은 더 나이 들어 보였다. 광대뼈는 더 튀어나오고, 쌍꺼풀진 눈은 중환자실에서 막 퇴원한 사람처럼 눈두덩이 푹 꺼져 있었다. 무슨 말인가를 해야 했지만, 아무 말도 할 수 없었다. 나는 영숙 언니 손만 잡았다 놓았다. 그동안 어디서 무엇을 하다 왔기에 얼굴들이 저 모양인지 알 수 없었다. 실로 오랜만에 유정 언니와 영숙 언니, 셋이서 한 자리에 모였다.

"우리끼리 전야제나 할까?"

유정 언니가 혼잣말로 내뱉고는 파가니니의 〈바이올린 협주곡 1번〉을 턴테이블에 올렸다. 바이올린 협주곡은 저 혼자 이리저리 흩날리는 꽃잎처럼 주위를 맴돌며 실내를 가득 채워 나갔다. 신들린 듯한 바이올린 켜는 소리가 소름 돋을 만큼 가슴을 쥐어뜯었다. 회원들이 모이는 일요일에 다시 오겠다며 잔만 비우던 영숙 언니가 돌아갔다. 나는 유정 언니와 단둘이 남았다.

유정 언니는 가게 문을 닫았다. 주방 뒤로 방이 하나 있었다. 유정 언니가 부유한 집안의 딸인 것은 이미 알고 있었다. 아버지가 고위직 경찰이라는 것은 비밀도 아니었다. 하지만 왜 대학은 가지 않았는지, 아버지와 사이는 왜 나빠졌는지 그동안 궁금했지만 상처가 될 것 같아 물어보지 못한 것들, 특히 언니에 대한 소문의 실체를 직접 듣고 싶었다. 지금 듣지 않으면 앞으로 다시 들을 기회가 없을 것 같았다.

"언니에 대해서 떠도는 소문…… 언니도 알죠?"

"그래. 그래서 니를 기특하다 안 하나. 이제 와서 숨길 것도 없지만서도."

유정 언니는 한숨부터 쉬었다. 언니는 삼남매 중 둘째라고 했다. 오빠와 여동생은 대학을 나왔지만 유정 언니만 대학을 나오지 않았다.

"고등학교를 졸업한 것도 기적이제."

*

유정은 고등학교에 입학해 알게 된 대학생 언니가 있었다는 말로 가슴속에 묻어둔 얘기를 털어놓았다. 유정이 다니는 학교 앞에서 빵집을 하며 엄마와 단둘이 사는 대학생 언니였다. 유정은 친구들과 몰려가서 빵을 먹다가 혼자서 가는 날이 점점 많아졌다. 용돈을 털어 빵을 사가 곤 했다.

"언니는 와 안 보입꺼?"

"혜령이? 학교에서 안즉 안왔대이."

장학금을 받기 위해 지방 국립대에 다니는 역사학도라는 것까지 알 아내는 데는 많은 시간이 필요치 않았다. 딸 자랑을 할 때와 달리 흥얼 거리는 콧노래는 가슴을 묵직하게 했다.

"어무이요. 디게 슬프게 들리네예. 무슨 노랩니꺼?"

"제법이네. 소리를 다 알아듣고…… 흥타령이라고 안하나."

"지한테 갈켜주면 안되겠습니꺼?"

"이런 노래 배워가 뭐할라고."

"지도 혼자 있을 때 함 불러 볼라고예."

"그라믄 나중 우리 혜령이한테 배워보라 마."

혜령과 만날 수 있는 기회는 쉽게 왔다. 토요일, 집으로 돌아가는 혜 령를 만나 함께 가게 되었다. 허름한 단독주택이었다. 방 두 개에 주방 겸 거실이 전부인 바깥채에 세를 들어 살고 있었다. 거실 벽면 책장엔 책이 가득 꽂혀 있고, 책상 옆에도 길고 높게 책이 쌓여 있었다.

"책이 진짜 많네예."

"보고 싶은 책 있으면 봐도 되지만서도 공부해야제."

"진짜 그래도 됩니꺼?"

"안 될게 뭐 있노."

유정은 친구들과 노는 시간보다 혜령의 집에 가는 시간이 더 많았다. 헐렁한 남방차림에 등 뒤로 생머리가 흘러내리는 혜령을 바라보는 게 좋았고, 혜령이 듣는 고전음악이 좋았다. 유정은 길게 쌓아놓은 책 중에서 아무 책이나 펴들고 마루에 엎드리곤 했다. 턴테이블에 엘피판을 올려놓으며 혜령이도 유정의 옆에 엎드려 함께 책을 보았다. 혜령의 엄마가 가끔씩 흥얼거리며 가슴을 저미게 만드는 홍타령과 턴테이블에서 흘러나오는 바이올린 소리가 닮았다는 생각을 많이 했다. 홍타령을 가르쳐 달라고 했지만 혜령은 단박에 거절했다.

"내도 노래는 좀 합니더."

"하긴, 가심으로 부르는 게 노래제. 울 아부지가 돌아가시기 전엔 판소리를 마이 들었다. 저거이 아부지 유물 아이가."

그러면서 턴테이블을 가리켰다.

"울 아버지 판소리에 엄마가 반해가 결혼했다지. 울 엄마는 경상도 부산이고, 아부지는 전라도 순천이 고향이다. 그 먼 데서 만나 결혼한 것을 보면 인연이라는 기 참 요상타."

부산 아가씨들이 전남 순천의 선암사로 여행을 간 것이 인연이 된 것이었다. 순천의 총각들도 선암사를 찾았다. 순천만으로 내려와 저녁을 먹은 뒤, 어우어진 자리에서 부산 아가씨들은 흔하게 듣던 유행가가 아닌 어딘지 모르게 애 간장이 끊어지게 애달픈 노래를 듣게 되었다. 노래를 부른 주인공은 혜령의 아버지가 된 총각이었다. 혜령의 엄마 역시 이상하게 그 소리가 귓가에서 떠나지 않았다고 했다. 다시 선암사를 찾은 날, 약속이나 한 듯이 남도 민요를 부르던 주인공도 선암사에 나타났다. 그렇게 두 사람은 결혼을 하게 되었다. 혜령이 초등학교에 다니던 시절까지는 아무런 걱정이 없었던 것이다. 아버지가 세상을 떠나자 마산수출자유지역 부근으로 이사를 오게 된 것이라고 했다.

"지금 나오는 음악이나 잘 들어보거래이."

아버지 얘기를 하면서 혜령의 눈빛이 아련해졌다.

"파가니니의 바이올린 협주곡 1번이대이."

"어쩐지 가심이 싸해지면서 먹먹합니더."

"니는 앞으로 시인이 되어도 손색이 업긋다."

화려한 기교 뒤에 환상적인 상상의 세계를 들여다볼 수 있다는 말에 유정은 시인이 된 기분으로 눈을 감고 음악 감상을 했다. 유정은 혜령을 만나면 이유 없이 기분이 좋아지고, 가슴이 설레었다. 시인이 되어도 손색이 없겠다는 말조차 칭찬으로 들렸다. 집에서는 잔소리가 심했다.

"공부는 안 하고 어델 그리 쏘다니노? 그 성적으로는 서울로 몬 가는 거 알제?"

"어무이, 과외 시켜주면 안됩니꺼?"

순간적으로 해낸 생각이었다. 유정은 혜령에게 물어보지도 않고 허락부터 받아냈다. 여자대학생이라는 것과 장학금을 받는다는 것만으로도 허락을 받는 것엔 어려움이 없었다. 엄마에게 면접만 보이고 혜령의 집에서 과외를 받기로 했다. 부모님이 놀랄 만큼 성적이 올랐다.

"니 과외선생 실력이 엄청 좋은가베?"

좋아하는 사람과 함께 하는 공부인데 성적이 오르는 것은 당연한 결과였을 것이다. 자신의 집에서는 느끼지 못하는 아늑함, 없는 것이 많은 집인데도 그 집에서는 부족함을 느끼지 못했다. 집에서는 어쩌다 식탁에 둘러앉아 가족과 함께 밥을 먹을 때조차도 유정은 마음이 편안하지 않았다. 입만 열면 나라 걱정하는 아버지. 표정 없이 밥만 먹는 엄마는 숨이 막히게 했다. 아버지가 말을 하지 않으면 음식 씹는 소리만 들렸다.

아버지 설교는 점점 그 강도가 세어졌다. 설교를 듣는 건지 밥을 먹는 건지 모를 정도로 빨갱이들 때문에 나라가 망한다는 말로 시작하여 빨갱이를 싹쓸이해야 한다는 것으로 끝을 맺곤 했다. 유신헌법에 찬성을 해야 한다며 담임선생이 일일이 가정방문을 하고 다니던 때였다. 그날도 아버지는 박정희의 장기집권을 위한 유신헌법에 대해 얘기를 하고 있었다.

"아버지예, 그거 나쁜 거라 카던데예."

"누가?"

"과외 선생님……."

유정은 싸늘해진 분위기에 말을 멈추었다. 유정은 이 말 밖에는 한 기억이 없는데 혜령이 한밤중에 잡혀갔다는 것이었다.

"유정아, 니 아부지 높은 사람이잖아. 우리 혜령이 좀 살려도고."

울먹이는 혜령 엄마의 연락을 받고 집으로 달려갔다. 벽 쪽으로 가지런히 쌓아놓은 책은 모조리 흐트러지고 그중 몇 권은 그들의 손으로 넘어갔다는 것이었다. 유정은 아버지에게 부탁하면 혜령이 하나쯤은 어디 있는지, 아니 그냥 돌아올 줄 알았다. 아버지가 퇴근하기를 초조하게 기다렸다.

"아버지예. 어데로 잡아갔습니꺼?"

"죄 없으면 나올끼다."

"어데 있는지는 알려 주이소."

"조사 받고 있다 안 카나?"

그 집엘 한 번만 더 가면 살아남지 못할 줄 알라는 아버지 엄포는 살벌했다. 며칠 만에 나온 혜령은 정신이 온전하지 않았다.

빚쟁이 도망치듯 소리 소문 없이 이사를 가버린 혜령을 보면서 아버지가 하는 일이 옳지 못한 것이라는 의문은 확신으로 변했다. 한 집안을 망쳤다는 죄책감으로 더 이상 공부를 할 수 없었다. 아버지가 보지 말라는 책만 골라서 보았고, 대학은 스스로 포기했다. 대학 시험을 치르던 날, 혜령의 주소를 들고 집을 나섰다. 광주에서도 한 시간을 달려간 곳은 순천이었다. 혜령의 엄마는 유정과 제대로 눈을 마주치지 못했다. 미움이나 원망이 아닌 그것은 공포의 눈빛이었다.

"와, 누구를 또 망치려고 여까지 왔노? 다시는 오지 말거래이."

아버지 대신 용서해 달라는 말조차 할 수 없었다. 혜령은 유정을 그저 바라보았다. 아무것도 담겨져 있지 않은 텅 빈 눈이었다. 피를 쏟아 놓은 듯 붉은 태양이 혜령을 비켜 들판으로 뚝 떨어져 내렸다. 돌아서서 나오는 유정에게 혜령은 파가니니 엘피판을 내밀었다. 엘피판을 가슴에 안고 덜컹거리는 국도를 따라 광주를 거쳐 마산으로 돌아왔다. 닳고 닳은 파가니니 엘피판은 혜령이 준 마지막 선물이었다.

대학을 가지 않을 거면 신부수업이나 제대로 받아 결혼하라는 아버지 말을 못들은 척 유정은 수출자유지역 동양전자에 취직을 했다. 그리고 독립할 계획을 세웠다.

속죄하는 마음으로 뭔가를 해야 한다는 강박에 시달렸다. 월급을 받으면 직장 후배들에게 밥을 사주는 것으로 소진해버렸다. 총무과에 근무하는 특성상 주로 반장들이긴 하지만 현장에서 일하는 여성노동자들하고도 접촉이 잦았다. 잔업이 끝나는 시간이면 총무과 직원이라는 이름으로 먹을 것을 사주는 인심을 쓰기도 했다. 그렇게 몇 달이 지났다. 월급을 받아 먹을거리를 잔뜩 사서 무작정 한 보육원을 찾아갔다. 그러다 한 달에 한 번씩 정기적으로 방문을 하게 되었다. 마음이 조금씩 안정을 찾아갔다. 애정에 굶주린 아이들은 금세 달려들어 안기는데 한 아이만큼은 여러 번 찾아가 만났는데도 늘 뒷전에서 머뭇거리거나 한쪽 구석에 쭈그리고 앉아 있기 일쑤였다.

"니 이름이 뭐꼬?"

"혜줍니더."

'혜'자를 듣는 순간, 가슴이 쿵 내려갔다. 혜령이 생각이 났다.

"혜주! 이름 이쁘네. 내 처음 보는 거 아니제?"

"응."

다른 날과 달리 눈을 똑바로 마주치며 대답을 했다. 함께 살던 할머니가 세상을 뜨자 보육원으로 오게 된 것이었다. 혜주는 좀처럼 아이들과 섞이지도 않고, 찾아오는 후원자에게 매달리지도 않는다는 것이었다. 하나라도 더 차지하려는 욕심도 없었다. 유정을 만날 때 혜주 나이 아홉 살이었다.

"니는 와 맨날 혼자 노는기고? 친한 친구 없나?"

"있어예."

"그기 누군데?"

"언니예."

그러면서 유정을 향해 고개를 까딱했다.

"뭐? 내 하고?"

유정은 가장 친한 사람이 자신이라는 끄덕거림에 혜주를 개인적으로 후원하기 시작했다. 언제까지 어떻게 후원하겠다는 계획이 있었던 것은 아니었다. 학기 초가 되면 학용품을 따로 준비하고, 계절이 바뀌면 옷을 사 입혔다. 혜주는 크게 기뻐하는 기색도 없었고, 그렇다고 살갑게 따라붙지도 않았다. 혜주가 중학교에 진학하게 되었을 때는 수업료를 후원하고, 교복을 맞춰주었다. 중학생이 되어 첫 방학을 맞았을 때 집으로 데려왔다. 엄마와 달리 아버지는 못마땅하다는 것을 노골적으로 드러냈다.

유정은 직장생활을 하면서 혜령에 대한 속죄의 마음으로 살았다. 그러다 해고를 당하고 나니 집에서는 맞선자리를 물어오기 시작했다. 얼떨결에 두 번 만난 남자가 있었다. 가족들은 조건이 맞는다며 바로 약혼식 준비를 서둘렀다. 하지만 마음에도 없는 결혼을 위해 더 이상 자신을 속일 수는 없었다. 결혼 상대자는 아버지와 함께 근무하는 경찰이었고, 당사자도 유정을 좋아하는 눈치였다. 아버지 사위가 되는 것은 출세에도 나쁘지 않을 것이었다. 절대로 결혼할 수 없다는 유정의 말에 아버지는 얼굴색 하나 변하지 않고 말을 뱉었다.

"내가 살아 있는 한, 니가 다시 취직하는 일은 없을 기다. 널 자르는 건, 취직시키는 것보다 더 쉽다는 것만 알아 두거래이."

양가부모들까지 상견례를 마쳤다. 남자를 만나며 마음을 다독였다. 남자랑 사는 게 별 게 아닐 수도 있겠다는 생각을 했다. 유정이 몸을 사리자 손가락 하나 몸에 대지 않았던 남자가 청첩장이 나오고부터는 대담해지기 시작했다. 드레스를 입어보고 오던 날, 잡은 손이 어깨로 올라왔다. 유정은 비로소 남자와 함께 산다는 것이 실감났다. 몸을 비틀자 남자는 어깨에 올린 손을 내려 손목을 틀어쥐었다. 유정을 끌고 간 곳은 여관 앞이었다. 필사적으로 거부하는 유정을 담벼락에 밀어붙였다. 머리통 하나는 더 크고 운동으로 단련된 남자는 꿈쩍도 하지 않았다.

"유정 씨, 남자가 처음부터 여자 몸에 손을 안 댔으면 몰라도 이리 물러나는 건 수치입니더."

숨을 한번 고른 남자는 유정의 손을 뒤로 그러모으고 몸을 밀착해왔다. 가슴을 짓누르는 남자의 체중에 정신이 아득해지고 현기증이 일었다. 입속으로 남자의 혀가 들어오자 순간적으로 혀를 깨물어버렸다.

집으로 돌아가지 못하고 영숙의 자취집으로 갔다. 도저히 결혼은 할 수 없었다.

유정이 자신의 성정체성을 확연하게 알게 된 계기였다. 남자에게서는 성적 매력을 느끼지 못한다는 사실을 알기 시작한 것은 오래전이었다. 처음엔 혜령의 생각에 가슴이 미어지는 게 죄책감인줄 알았다. 하지만 그건 죄책감이 아닌 떠나보낸 연인에 대한 그리움이었다는 것을 뒤늦게 알게 되었다. 영숙은 그런 마음으로 결혼하는 건 두 사람 모두에게 불행이라며 집을 떠나라는 충고를 해주었다.

영숙과 친구가 된 건, 혜령을 만나지 못하고 돌아오는 길에서였다. 파가니니 엘피판을 건네주며 온전한 정신으로 돌아와 준 혜령에게 기적이 일어날 것 같은 기대감을 떨쳐버릴 수 없었다. 그 다음해에 다시 순천을 찾았다.

집 앞에 도착했지만 선뜻 들어서지 못했다. 혜령이 마루 끝에 앉아 하늘을 보고 있었다. 마당 안으로 들어서지 못하고, 어둠이 짙어갈 때까지 담 밖을 서성였다. 그러던 혜령이 마루에서 내려와 후적후적 마당을 가로 질러 유정 앞으로 걸어왔다. 유정은 가슴이 쿵 내려앉았다. 자신을 알아보고 오는 줄로 생각한 것이었다. 우물가에서 푸성귀를 씻는 엄마를 향해 갔던 것이다. 잠시 뒤, 두런두런 나누는 모녀의 얘기를 울타리 밖에 쭈그려 앉아 듣고 있었다.

"혜령아, 의사는 뭐라 하드나?"

"응, 많이 좋아졌대. 우울증만 조심하면 된다고."

"좋아졌다니 다행이다. 우울증도 차츰 안 좋아지겠냐."

예전, 마산에서 빵집을 하던 때처럼 모녀의 목소리는 밝았다. 혜령이 좋아진 것만은 분명해 보였다. 하지만 차마 들어가 안부를 묻지 못하고 광주터미널로 돌아왔다. 마산으로 가야 할 막차를 타야 했지만 대합실을 나와 우두커니 서 있었다. 이제 떠나면 다시는 혜령을 만날 수 없을 것 같았다.

"저기, 혹시 총무과 서유정……."

유정은 모르는 얼굴이었지만 그쪽에서 유정을 먼저 알아보았다. 주말을 맞아 고향인 광주에 다니러 온 영숙이 먼저 알은체를 해왔다.

"여기는 무슨 일로……."

왜 그랬을까? 유정은 자신을 알아보는 사람을 붙들고 그냥 펑펑 울어버렸다. 영숙은 아무 말 없이 자신의 집으로 유정을 데려갔다. 아침 밥상에 앉은 유정은 자신의 집에서는 느껴보지 못한 사람 냄새를 맡았다.

"아이고, 우리 영숙이 다니는 회사에 높은 양반이라고라. 시상에 근디 무슨 일로 얼굴이 이리 안되야쓰까. 이것도 좀 먹어보소."

숟가락을 문 채 씰룩거리는 입을 진정하느라 한동안 밥을 삼키지 못했다. 따뜻한 밥상보다 음식을 권하는 식구들의 마음이 더 뜨겁게 가슴을 데워 주었다. 일요일 오후 마산으로 함께 돌아오는 길, 마주 잡은 두 사람의 손도 뜨거웠다. 현장의 나이 어린 친구들을 친언니처럼 보살펴 주는 유정에게 영숙이 평소 호감을 가지고 있었던 터에 동갑이라는 물리적 나이를 떠나 자연스럽게 마음을 주고받는 사이가 되었다.

결혼할 수 없다는 유정의 말을 집에서는 이해하지 못했다. 고백을 들은 엄마는 그런 줄 알았으면 낳자마자 엎어놓고 죽여 버렸을 것이라고 했다.

유정 언니는 얘기를 잠시 멈추더니 한숨 섞인 말을 했다.

"내는 아부지도 무섭고, 자식에게 악담하는 어무이는 더 징그럽다. 회사에다 내를 해고시키라 한 건 아버지였대이."

"설, 설마요."

유정은 영숙이 소개해준 광주 근처 암자로 도망갈 수밖에 없었다.

여동생 결혼에 지장을 줄까봐, 가문에 해를 입힐까봐 강제로 결혼을 시켜버리려고 했던 부모의 계획은 실행되지 못했다. 유정이 집을 떠나 있는 사이 여동생은 결혼식을 치렀다. 집에서는 아예 더 먼 곳으로 떠나주기를 바랐는지 모른다. 하지만 다시 마산으로 돌아왔다.

마산에서 조용히 살겠다는 유정의 말에 결혼자금으로 준비해둔 돈을 내주었다. 여자로서 체면이 서는 수예점 비슷한 가게를 내기로 약속했지만 술집을 차려 또 한바탕 집안을 시끄럽게 만들었다. 유정은 사람들이 많이 드나들고 왁자하게 떠드는 게 좋아서 술집을 차렸다고 했다.

"은희 니처럼 차라리 가족과 떨어져 있으면 좋겠구마. 내는 그것도 안 되는갑다…… 오늘은 여, 가게에서 자고, 다음에는 집으로 온나. 내랑 함께 살 사람이 있다."

"누군데요?"

"혜주."

불을 끄고 자리에 누웠지만 잠은 오지 않았다.

"소식 한 번 주지 않고……."

"머리 깎고 산에서 살라 안 했나."

"……."

"인자는 그리 생각 안 한다. 여기서 살아 낼기다. 내는 이제 부모도 형제도 집도 없는 고아인기라. 『신의 희작』 주인공 맹키로 말이다."

"신의 희작이요?"

"손창섭이란 작가가 쓴 작품이다. 니도 함 읽어보그라."

정작 듣고 싶었던 얘기는 다 듣지도 못했는데 창문이 훤히 밝아왔다. 혼자 있는 시간이 될 때마다 부모님과 동생들이 생각나는 나와 달리 유정 언니는 같은 시내에 살면서도 집엘 갈 수 없다는 것이 마음 아팠다. 얼굴을 보지 않는다고 인연이 끊어지는 것인가. 나는 멀리 있어서 가족들을 자주 만나지 못하는 게 늘 마음이 쓰리고 아픈데.

"인제 여기에서 창건이도 자주 만날 기다."

일요일 늦은 오후, 개업식은 따로 하지 않고 서클 회원들과 저녁을 먹는 것으로 대신한다는 유정 언니 선언대로 회원들이 하나둘 도착했다. 일곱 시가 되니 대부분 모였다. 평균 서너 명일 때가 많았는데 일곱 명이 다 모였다. 안주는 막걸리와 소주에 잘 어울리는 부추전, 해물 파전과 낙지볶음이었다. 큰 사발에 막걸리를 따라 잔을 높이 들었다.

울퉁불퉁 고르지 못한 바닥에 놓인 탁자가 흔들릴 때마다 술잔 속의 술이 물결을 탔다.

유정 언니는 영숙 언니와 함께 지내온 시간들에 대해서는 입을 다물었다. 두 사람이 1980년 난리와 관련이 있다는 것을 어느 정도 짐작은 하고 있었다. 큰 일을 치렀다는 것도 얼굴에 생생하게 드러나 있었다. 신문에 나왔던 기사보다도, 김 과장과 직원들이 하는 말보다도 그리고 죄인처럼 살지 말라는 창건 씨의 말보다도 나는 실제로 광주에 있었던 사람들로부터 얘기를 듣고 싶었다.

영숙이 광주에서 온 전보를 받은 건 난리가 나고 한참이 지난 뒤였다. 무슨 일이 있는 건 같기는 한데 심각하게 생각하지 않았다. 옆집을 통해야 전화를 할 수 있어 그것도 하지 못하고 편지를 보냈다. 집에서는 답장이 오지 않고 '어머니 위독'이라는 유정의 짧은 전보가 왔다.

암자에 있던 유정이 광주 소식을 들은 것은 광주에서 온 한 보살의 얘기를 듣고서였다. 광주에 난리가 나서 올 수가 없었다는 것이었다. 광주에서 한 시간 거리에 있으면서 유정은 아무것도 알지 못했다. 보살의 말을 듣자마자 영숙의 집으로 향했다. 영숙 엄마는 유정을 붙잡고 마른 눈물만 흘렸다. 영재가 행방불명이 되어 흔적 없이 사라져버린 것이었다. 영숙의 회사로 편지를 보냈는데 소식이 없다는 것이었다. 유정은 전보를 쳤다. 영숙이 집으로 돌아올 때까지도 영재는 돌아오지 않았다.

아버지는 아들을 찾아 피투성이 된 시신들을 봐야했고, 병원의 부상

146

자들 속을 헤매고 다녀야 했다. 부상자들 속에서 아는 얼굴을 보았을 때만 해도 희망을 잃지 않던 아버지는 영재랑 함께 다니던 친구의 시신을 발견하고는 스스로 목숨을 끊어버렸다. 휴학계를 내고 군대 갈 준비를 하던 영재였다. 데모하러 다닌다고 성화를 부리던 부모님도 안심하고 있던 참이었다. 영재 친구들 몇몇이 다녀갔지만 누구도 영재 소식은 알지 못했다. 어머니 역시 시름시름 앓으며 자리보전을 했다.

영숙이 견딜 수 없었던 건 사람이 죽고 사라졌다는데 아무것도 할 수 없다는 것이었다. 어떻게 가족이 되어 동생이 행방불명이 되었는데도 같은 대한민국 땅에 살면서 찾을 수도 없느냐는 것이었다.

영숙의 어머니는 예전의 건강을 회복하지 못한 것은 물론 정신 줄까지 놓아버렸다. 아버지가 스스로 목숨을 끊은 집, 동생이 살아서 돌아올 가망 없는 집. 병원에서도 고칠 수 없다는 마음의 병을 얻은 어머니. 그렇게 기다리던 아들을 보지 못하고 어머니마저 결국 세상을 등졌다. 동생이 언제 돌아올지 모른다며 지키려 했던 광주를 버리고 영숙은 마산으로 다시 돌아왔다.

"이젠 알 것 같다. 내 동생이 왜 그리 데모를 하고 다녔는지. 그리고 방송국 같은 거, 믿지 않는다. 군인이 총을 들고, 국민의 가슴팍에 총질을 해대는데 난 그것도 모르고 헤벌쭉 입 벌리고 앉아 텔레비전을 보았다. 내가 소식을 알게 된 건 전보 한 장이었다."

마산의 방송국도 아니 광주의 텔레비전에서도 화려하게 치장한 가수들이 노래를 불렀고, 광주 근처에 있던 유정 언니도 사건에 대한 보도는 듣지도 보지도 못했다. 광주로 돌아와 집안 꼴을 보고, 이웃들의 증언을 들으면서 심장이, 허파가, 온몸이 찢어지지 않은 것이 기적이라고 두 사람은 입을 모았다. 특히 언론은 믿지 않는다고 했다.

광주시민은 나라를 망치게 하는 빨갱이 집단이라고 김 과장과 직원들이 입을 모아 했던 말을 나는 기억하고 있었다. 그것은 신문에 보도된 내용들이었다. 전라도 사람이란 것 때문에 나는 경상도 사람에 대해 얼마나 많은 죄책감에 시달렸던가. 김 과장은 신문을 읽고 나면 특히 전라도 사람에 대한 증오를 드러냈다. 청소하는 아주머니가 신문을 버리고 나면 나는 화장실로 몰래 가져가 숨죽여 읽었다.

"'여자들 옷까지 벗겼다'는 얘기가 나돌기 시작했다. 충돌이 계속되는 가운데 오후 일곱 시 사십 분 광주고속터미널 앞에는 천여 명이 공중전화박스를 파괴하고 대형화분을 부숴 바리케이드를 치고 있다가 경남 번호판을 단 화물트럭이 지나가자 차를 세우고 운전사를 끌어내린 뒤 트럭에 불을 질렀다."

경상도 사람이 무슨 죄가 있다고 그랬을까, 나는 이해하지 못했다. 김 과장이 증오를 드러낼 때는 충분히 그럴 수 있다는 생각까지 들었다. 신문을 읽던 과장과 총무부장 등은 일 할 생각도 하지 않고 "계엄군이 드디어 광주를 장악하여 '어떻게 지냈느냐'며 인사를 나누고, 공무원과 경관들이 출근하여 기능이 회복되었지만 아침 아홉 시까지 간간이 총성이 들렸다. 시민들은 사후처리에 관심을 집중하고 있다"는 기사가 나왔다며 안도하는 목소리로 시국상황에 대한 논의를 하고 있었다. 또한 광주시민을 돕자며 부산, 대구, 경남 민간단체 등에서 전극 호응을 하고 삼성에서 이익을 기증했다는 기사를 큰 소리로 읽어주면서 김 과장은 우월감을 드러내기도 했다.

광주는 영남을 비방했지만, 영남은 광주를 돕는다는 분열과 갈등의 조장이라고 유정과 영숙은 동시에 소리를 질렀다. 서울에서도 충청도에서도 하지 않는 후원을 유독 영남지방에서만 했을 것이라고는 믿지 않는다고 했다.

신문 기사라면 모든 것이 사실이라고 믿었던 나는 두 사람의 얘기를 들으며 머릿속이 너무나 혼란스러웠다. 그때 보았던 신문기사는 띄엄띄엄 기억나는 것만으로도 흥분한 시민의 모습, 폭도로 변한 사람들과 불순분자에 의해 자행되는 폭력행위였다. 유정 언니는 왜곡된 언론에 흔들리지 말아야 한다고 덧붙였다.

음악소리는 점점 커지고, 목소리는 점점 작아져 가을비에 젖어든 것처럼 마음이 싸늘해졌다.

"내 동생은 죽었을까, 살았을까, 살았으면 어디에 있을까……."

영숙의 독백이 베토벤의 운명 교향곡 속으로 녹아들어 갔다. 물안개처럼 발아래로 낮게 스며들더니 발가락을 간질이며 발목을 적시고, 무릎 위로 올라왔다. 유정이 젓가락을 집어 들어 허리를 구부리며 자세를 낮추었다. 젓가락을 든 오른손이 서서히 머리 위로 솟구쳐 올라가더니 동그랗게 원을 그렸다. 오디오를 향해 선 유정의 뒷모습은 마치 오케스트라 단원을 앞에 두고 지휘봉을 잡은 지휘자의 모습처럼 장엄

했다. 노란 유채꽃밭을 따라 걷는 한가로운 발걸음 같은 몸동작, 바람에 살랑살랑 흔들리는 가을 코스모스 같기도 한 손놀림, 자세를 낮추어 가슴에서부터 멀리 흩어져가는 물결처럼 왼손을 내저어갔다. 허리를 약간 구부린 모습은 눈 속에 뾰족이 솟아난 보리를 사뿐사뿐 밟고 가는 농부 같기도 했다. 음악이 절정으로 치단을수록 유정의 몸동작은 신들린 무당처럼 흔들렸다. 이리저리 흔드는 머리를 따라 짧게 자른 머리칼이 춤을 추었다. 오른쪽으로 살짝 몸을 비틀어 바로 세우는 몸동작은 물고기가 물속을 헤엄치듯 이리저리 빠르게 나선형으로 뻗어나갔다. 사뿐히 마무리를 하며 돌아서서 인사를 했다. 유정 언니의 이마에서 땀이 흘러내렸다.

운명처럼 영숙 언니 가족사와 함께 소용돌이 한복판에 선 느낌이 들었다. 밤이 깊어가는 줄도 모르고 음악 속에 흠뻑 빠져 들었다.

그동안은 말만 독서모임이었지 특별한 규율이 있는 것도 아니었고, 꼭 참석을 해야 하는 의무도 없었다. 매번 모임을 할 만한 장소가 없기도 했다. 야근이 많아 전체 인원이 모이기엔 더더구나 힘든 상황이었다. 자연스럽게 〈파가니니 집〉으로 장소가 결정되고 독서목록이 선정되었다. 일차로 선정된 소설이 막심 고리키의 『어머니』였다. 표지는 유명 수필가가 쓴 수필집으로 되어 있었다.

"이 책은 내가 선물로 주는 기다. 읽어 보고…… 안 와도 탓할 사람 없을 기구마."

"이런 책들을 읽으면 언니들처럼 똑똑해지는 깁니꺼?"

"똑똑해지기야 하겠지만도 세상살이가 피곤해질꺼다."

유정 언니 답변이었다.

"지는 피곤해져도 상관없어예. 꼭 집어 말할 수는 없지만 그리 잔업과 특근을 밥 먹듯이 하는데 월급은 우찌 그리 작습니꺼. 똑똑해지고 싶습니더. 머를 알아야 요구를 할 거 아입니꺼."

영숙 언니와 함께 근무하는 눈매가 야무진 신입회원이었다.

"그래 맞다. 우리는 빨갱이도 아이고, 사회를 혼란시키는 불순분자도 아인기라."

홍명희의 『임꺽정』이 그다음 읽을 목록이었다. 그리고 근로기준법을 공부한다고 했다. 회사 도서실에는 없는 책들이었다. 영재가 읽었던 책들이라고 영숙 언니가 덧붙였다. 나는 갑자기 무서워졌다.

며칠 전에도 회사에 가끔 들리던 경찰이 차 대접을 받으며 관리부장, 총무부장과 얘기를 나누었다. 회의실로 들어가지 않고, 경리과 뒤에 있는 탁자에 앉아 얘기를 나누던 터라 일부러 들으려 하지 않아도 그들이 나누는 대화는 선명하게 들렸다. 물론 일하는 사람들이 방해되지 않도록 목소리를 낮추는 예의 같은 건 지키지 않았다. 빨갱이들이 대학가에만 있는 것이 아니라 민간 기업에 침투하여 붉은 물을 들이고 있어 큰 일이라는 것이었다. 사회 혼란 주범인 빨갱이 색출에 회사에서도 협조를 해야 한다며 목소리를 높였다. 총무부장은 맞장구를 치며 우리 회사에 빨갱이가 있다면 자신이 용납하지 않겠다며 경찰을 안심시켰다.

"이래 협조를 해주시마 을매나 좋겠습니꺼."

"이기 어디 경찰에서만 하는 일이겠습니꺼. 국민이 다 함께 힘을 합해야지요."

사회 혼란을 부추기는 빨갱이들을 하루빨리 잡아들여 더 이상 경찰이 회사에 들락거리지 않았으면 좋겠다는 생각은 나 또한 하고 있었다. 최루탄을 쏘아대는 경찰을 탓하기보다는 밥 먹고 할 일 없이 데모나 하는 대학생을 욕했던 것도 사실이었다. 이 모든 사실이 한 번에 뒤집혔다. 서점에서 몰래 사야 하는 책을 본다는 것을 총무부장이 알게 되면 당장 경찰에 신고할지도 모른다는 생각이 들자 가슴이 두근거렸다. 이상한 건 그 두근거림이 공포나 무서움이 아닌 설렘이었다. 창건 씨가 가만히 속삭여 주던 말과 맥락이 닿았다. 두려웠지만 모르는 것을 알아간다는 것, 데모는 대학생들만 하는 것이 아니라는 것, 배부르고 등 따뜻해 데모를 하는 것이 아니라는 것 등을 알아간다는 게 경이로웠다.

통금이 가까워지자 골목에서는 술 취해 주정하는 소리가 들리기도 하고, 담벼락에 기대어 토악질을 하는 소리도 들려왔다. 첫째 주 토요일 약속을 하고, 겉표지가 다른 책을 들고 모두들 주점을 나갔다. 나는 유정 언니와 함께 회원들을 배웅했다. 창건 씨도 모임에 참석하기로 했다는 언니 말에 다음 토요일이 기다려졌다. 참석하겠다는 창건 씨는 무엇이 그리 바쁜지 그다음 주 일요일 오후가 되어서야 나타났다. 유정 언니와 창건 씨는 두 손을 꽉 잡고 재회의 감격을 나누었다.

"그 친구들은 별일 없더나?"

갑자기 목소리를 낮추며 유정 언니가 속삭이듯 물었다. 창건 씨 역시 고개를 두리번거리며 끄덕거렸다.

"시국이 뒤숭숭하이까니 조심 하거래이."

창건 씨가 만나는 친구들이 운동권 쪽이라는 것을 처음 알았다. 얼마 전까지 수배자 친구를 숨겨주기도 한 모양이었다.

"그쪽은 단디하고 있습니더. 그라고 신검 받았으이 암캐도 곧 군대에 갈깁니더. 인자는 더 이상 미룰 수가 없습니더."

"몸조심 해야 할끼다."

"그건 염려 마이소. 누나가 그렇게 그만 두고, 지도 생각 많이 했습니더. 노사가 마주 앉았다캐도 임금 협상이 제대로 이루어지지 않습니더. 하지만 이젠 그런 불만들이 현장에서 조금씩 흘러나온다 아입니꺼."

"니 말이 맞다. 스스로 느끼는 기 중요한 거 아이겠나?

나 역시 언제부터인가 노조에서 사무직 여사원의 스카프 발언이 나오지 않는다는 것에 생각이 미쳤다.

"회사에서 억울한 일을 당하면 우째야 하노, 그런 생각도 많이 들었습니더."

창건 씨 얘기를 듣고 보니 유정 언니만큼이나 억울하게 그만 둔 비서실 김 여사가 생각났다. 총무부장과 일본말로 큰 소리 나게 싸움을 하고 난 다음 날 곧바로 회사를 그만 두었다. 이유는 알 수 없었다. 소문으로는 총무부장이 혼자 사는 여자라고 집적거렸다는 말도 들리고, 결혼하지 않은 미혼녀를 비서로 채용하려고 트집을 잡아 쫓아냈다는 말도 있었다. 어느 것이 맞는 말인지는 알 수 없었으나 미혼녀를 채용하려고 트집을 잡은 것은 아닌 것 같았다. 차 심부름만 하는 순희란 여사원을 생산라인에서 데려왔다. 주방에 의자 하나만 놓아두고 상시 대기를 시켰다. 소속은 총무부였다.

현장 주임들이 회의를 할 때에도 커피를 쟁반에 들고 갔다. 농사일을 하다 왔는지 솜털이 그대로 묻어난 얼굴에 비해 손은 거칠었다. 말을 할 때면 잘 익은 사과처럼 양쪽 볼이 발갛게 달아오르는 열여덟 살 아가씨였다. 사무실에서 일한다는 것만으로도 자신의 일에 자부심을 가지는 것 같았다.

커피를 가져오라는 김 과장의 지시를 전달하기 위해 주방에 들어가면 순희는 창가에 놓인 의자에 앉아 꾸벅꾸벅 졸고 있기 일쑤였다. 입가에 묻은 침을 닦으며 비틀비틀 일어나 차를 가져왔다. 누가 알려주지도 않았는데 직책이 없는 사원 커피는 타오지 않았다. 순희는 얼마 가지 않아 커피심부름이 단순한 업무가 아니라는 것을 알아 갔다. 주방은 그녀의 왕국이 되었다. 주로 자신보다 나이가 많은 언니들을 주방으로 불러들여 커피 대접을 했다. 나처럼 나이 차이도 나지 않고, 부서에서 말단으로 있는 경우는 커피 한 잔 얻어 마시는 게 쉽지 않았다. 순희는 커피가 자신을 지켜주는 무기가 된다는 것을 재빨리 간파했다. 커피 향은 마실 때보다 냄새로 맡을 때가 더 기막혔다.

순희의 약간 굽은 등은 점점 곧고 반듯해졌다. 얼굴이 붉어지는 일도 없었고, 손을 앞으로 모으는 행위도 없어졌다. 회의가 아니더라도 과장급 이상이 점심을 먹고 오면 커피 서비스를 했다.

그날도 각 부서 고참 언니들만 주방으로 불러들여 커피를 타 주었다. 그게 무어라고 그걸 마시지 않으면 사람 축에 끼지 못 하는 하찮은 인간이 되는 것처럼 나는 창자가 뒤집힐 만큼 환장하게 커피가 마시고 싶었다.

"순아, 커피 한 잔만…… 마실 수 있을까?"

공손하고 비굴한 부탁이었다.

"은희 언니, 디게 웃기는 거 압니꺼?"

얼굴이 새치름해지더니 복숭아처럼 발그스레한 볼이 파르르 떨렸다.

"내가 커피심부름이나 한다꼬 언니도 내를 무시하는 깁니까?"

나는 커피를 타 달라는 것도 아니고 내가 타서 마시겠다는 말을 할 참이었다. 무슨 그런 말을 하느냐고 할 사이도 없이 큰 소리로 울음을 터트려 총무과 직원이 달려왔다. 순희와 친분관계에 있는 직원이면 누구나 마시는 커피 좀 부탁한 게 어떻게 무시하는 것으로 연결이 되는지 알 수 없었지만 총무부장은 여사원들에게 주방 금지령을 내렸다. 나는 그때를 생각하자 다시 분한 마음이 치솟았다.

"창건 씨, 남순희를 어떻게 생각합니까."

"사람에 대해 할 짓이 아인기라. 책상도 없이 주방에 가둬두고, 커피 심부름만 시킨다는 기 말이 되나?"

내 질문에 대답하는 게 아니라 엉뚱한 말을 했다. 아무런 생산성도 없는 단순반복적인 커피만 타야 하는 그 자리를 없애야 한다는 거였다. 유정 언니도 같은 생각이라고 했다.

"남순희 자리가 없어지면 여사원한테 시키지 안캤나."

창건 씨와 얘기를 나누는 동안 영숙 언니가 왔다. 영숙 언니도 창건 씨 말을 거들었다. 나는 사무실 여사원들에게도 여사원회 같은 거 말고 권익을 위한 조직이 있었으면 좋겠다는 생각을 안고 기숙사로 돌아왔다. 철문이 닫히는 소리는 아무리 들어도 익숙해지지 않았다. 몸은 피곤한데 눈을 감아도 잠이 오지 않았다. 언제쯤 면접을 볼 수 있을지 그것도 걱정이었다. 희망은 경력사원을 우대한다는 것뿐이었다.

등 뒤에서 훌쩍거리는 진옥이 신경 쓰여 잠을 잘 수 없었다. 그러고 보니 랜턴을 켜고 편지를 쓰던 진옥의 모습을 한동안 보지 못했다. 군 것질도 하지 않았다. 방 식구들은 흐느끼는 소리에도 아랑곳없이 잠에 골아 떨어졌다.

"은희야."

진옥이 불러도 나는 돌아눕지 않았다. 필경 사귄다는 군인 때문일 것인데 진즉부터 더 이상 만나지 않는 것이 좋겠다는 말을 했던 참이었다. 얼마 전부터 면회가 안 된다는 말을 했다.

"니 자나?"

내 등 뒤에 바짝 붙어서 진옥은 한숨을 내쉬었다. 기숙사 생활 삼 년이 넘도록 나는 여전히 밤이면 잠을 설쳤다. 몇 번인가 조용히 하자는 얘기를 했으나 나 또한 다들 잠든 사이에 들어오는 날이 많아 강력하게 주장할 처지는 되지 못했다. 칫솔과 수건을 챙겨 세면대를 다녀오고, 얼굴에 스킨로션을 바르고, 자리를 찾아 이불을 펴고 눕는 행위는 아무리 조심을 한다 해도 어쩔 수 없이 사람들의 신경을 자극할 수밖에 없었다. 하지만 방 식구 누구도 다른 사람들의 행위에 대해서는 간섭 내지는 참견을 하지 않았다.

그날 밤 이후로 진옥은 더 이상 나를 부르지 않았다. 서로 야근을 하느라 바빴고, 나는 황성중공업에서 올 연락을 기다리느라 진옥에게 신경 쓸 겨를이 없었다.

일요일이 되어도 아침은 늘 부산했다. 특근을 하는지 한바탕 난리를 치고 방 안은 조용해졌다. 진옥이 나를 흔들어 깨웠다. 어렵게 토요일 휴가를 내고 면회를 다녀온 진옥은 실신 상태가 되어 돌아왔다. 연락이 오지 않는다는 진옥의 말에 기다리다 보면 소식이 오지 않겠느냐고 성의 없는 대답을 해주었다.

"연락하겠제? 안 오면 우야꼬."

말끝이 흐려지는 진옥의 목소리를 들으며 나는 자리에서 일어나 앉았다.

"혹시 너?"

"모리겠다."

모르겠다는 진옥의 말에 가슴이 툭 내려앉았다. 날마다 편지를 쓰고, 면회를 다녀오고도 할 말이 많아 시간만 나면 내게 군인 얘기를 하고 싶어 안달이었다. 진옥의 마음은 그에게 아무것도 받지 못해도 자신이 주는 것을 그가 기쁘게 받아주기만 해도 좋을 만큼 온통 그에게 쏠려 있었다. 어두컴컴한 곳에서 자꾸만 몸을 만진다며 쑥스러운 표정으로 나에게 고백을 했었다. 제대 날짜가 얼마 남지 않은 남자친구는 생리가 없다고 말한 후부터 면회가 되지 않는다는 것이었다. 서울로 가버렸다는 데 믿을 수 없다고 했다. 서울 출신의 대학생 남자친구를 자랑스러워하던 진옥은 제대하면 서울로 따라가 결혼까지 할 생각이었던 모양이다.

"병원은 가 봤어?"

"무서버서 몬 갔다. 울 오빠 대학교 졸업해서 취직하면 내도 고등학교 보내준다고 했는데."

"지금 고등학교가 문제야?"

나도 모르게 목소리가 높아졌지만 진옥에게는 상급학교 진학이 중요한 일이었다. 진옥이 그동안 남자에게 써 보낸 편지는 그녀의 모든 것들이었다. 위로 오빠 하나, 아래로 남동생 하나를 둔 고명딸이긴 하지만 중학교밖에 졸업할 수 없었다는 것, 친구들은 중학교도 못 갔지만 자신은 중학교를 졸업할 수 있었다는 것, 오빠가 취직만 하면 고등학교를 갈 수 있고, 고등학교를 졸업하면 대학도 가겠다는 포부……. 남자는 진옥의 꿈 따위에는 관심이 없었는지도 모른다. 마산으로 온 이래 진옥은 일 년씩 적금을 부었다. 적금을 타서 보내주는 돈은 오빠의 등록금이었던 것이다.

"날짜 계산은 어찌하는 기고?"

생물 시간에 시험은 보았지만 가물가물 생각도 나지 않았다.

"내 아는 언니랑 상의해보자. 어찌해야 좋을지."

"이러다 소문나면……."

"소문 안 나도록 잘할게."

얼굴이 하얗게 질려 있던 진옥은 그나마 위로가 되었는지 퉁퉁 부운 눈으로 눈웃음을 지었다. 유정 언니와 영숙 언니에게 진옥이 얘기를 꺼냈다. 두 사람은 동시에 '어린 게 얼마나 두렵고, 무섭겠나.' 그러면서 진옥을 데리고 산부인과에 다녀왔다. 공개적으로는 되지 않아 수소문을 해 비정상적으로 실시하는 곳이라는 것은 눈치로 알 수 있었다. 영숙 언니는 자취집으로 데려가 미역국을 끓여 먹였다. 진옥은 평소와 다름없이 야근과 특근을 했다. 밤이면 편지 쓸 일이 없어 시간이 남아돌아도, 피곤에 절어 들어온 밤에도 잠을 이루지 못했다. 아침이면 눈이 부어 있기 일쑤였다. 담 너머 가게에 외상을 달아놓고 하던 군것질도 하지 않았다. 재잘거리지 않는 진옥의 모습은 애처로웠다.

기숙사를 떠나겠다고 마음을 굳히고 나자 진옥이 남다르게 다가왔다. 진옥은 내 등 뒤에 딱 붙어 손을 허리 위로 올려놓았다. 내가 처음 기숙사에 왔을 때 이것저것 챙겨주던 따뜻한 마음처럼 진옥의 손은 뜨거웠다.

*

창원공단에 서류를 접수한 지 이십여 일만에 면접을 보러 오라는 통지를 받았다. 과장에게 조퇴 신청을 했다. 무슨 일이냐고 묻는 말에 몸이 아프다고 했다. 그 핑계 말고는 조퇴 사유가 없었다. 이마에 손을 쑥 올리며 열도 없는데 어디가 아프냐며 캐물었다. 여기저기가 다 아프다고 했다.

"선 보나?"

"아닌데요."

"선보러 가는 폼인데? 내일 보고 해라, 알겠제?"

"네."

"대답은 잘도 하네."

면접시간에 늦지 않으려고 정류장으로 뛰었다. 면접장엔 경쟁자들이 북적거릴 것으로 생각했는데 나를 포함하여 세 명이 있었다. 한 사람씩 회의실로 들어갔다. 먼저 나온 두 사람이 궁금했지만 말을 걸 처지는 아니었다. 회의실에는 인사부 직원 세 명이 있었고, 숫자가 잔뜩 적힌 종이와 주산을 가져와 계산을 해보라고 했다. 늘 하던 일인데 손은 땀으로 범벅이 되었다. 스커트에 손을 쑥 문지르고 주산을 놓았다. 답을 맞추어본 인사과장 얼굴에 웃음이 번졌다.

두 사람은 답이 틀려 먼저 돌아가고 나만 남았다. 동양전자에서 처음 면접을 볼 때와 마찬가지로 마산까지 오게 된 계기와 옮기려고 하는 이유를 물었다. 졸업할 당시에 그곳에는 취직자리가 없어서 마산까지 오게 되었고, 삼 년이나 지났는데 월급은 적고, 기숙사 생활하는 게 힘들다, 전주로 돌아갈 수 있으면 좋겠지만 그쪽에 일할 곳이 없다, 공단으로 옮겨서 다시 시작하고 싶다는 얘기를 솔직하게 털어놓았다. 일주일 후에 출근할 수 있겠냐는 질문을 받고 나는 눈을 커다랗게 떴다. 바로 합격이 되었다는 사실이 믿기지 않았다.

"서류도 그렇고, 미스 정 실력이 가장 좋았심더."

"감사합니다."

자리에서 벌떡 일어나 인사를 했다.

"회사 사정이 자꾸 어려버서…… 힘들게 결정했으니 열심히 해보입시더."

인연이 닿지 않는다고 포기하고 있었는데 날개만 있다면 날아갈 것 같았다. 직장생활의 연장선일 뿐인데도 취직을 못해 절망스럽던 상황에서 설레게 만들던 첫 출근의 감동을 다시 맛보았다. 혀끝으로는 쓴맛인지, 신맛인지 달콤한지 알 수 있는데 말로는 그것이 무슨 맛인지 도저히 표현이 되지 않는 심정이었다.

막상 사표를 낼 생각을 하니 일주일이 너무 짧다는 생각이 들었다. 사직서에 이름과 날짜를 써넣고도 결재를 받지 못해 머뭇거리는 내게 창건 씨가 용기를 주었다.

"업무는 내가 받으면 될 기다. 걱정 말그라."

"……."

"회사가 언제 우리 사정 봐주더나. 니 하는 일이 어려분 일도 아이고 크게 지장 없을끼다."

　점심을 먹고 온 김 과장 앞으로 사직서를 들고 갔다.

　"이기 뭐꼬?"

　김 과장의 목소리가 사무실을 크게 울렸다. 시선이 일제히 내게 쏠렸다. 다른 곳으로 가느냐, 고향으로 돌아가느냐, 혹시 결혼하는 건 아니냐는 등 집중적으로 질문을 쏟아 부었다. 나는 애매모호한 태도를 취할 수밖에 없었다.

　"섭하대이."

　과장은 더 이상 나를 붙잡지 않았다. 기숙사를 나와 방을 구하는 일이 가장 어려웠다. 다행히 영숙 언니 도움으로 맞춤한 자취방을 구했다. 두 사람이 자취를 하다가 한 사람이 결혼을 하게 되어 떠나는 바람에 따로 살림살이를 구입하지 않아도 되는 여러모로 좋은 조건이었다. 군대 관물대보다 못한 사물함 수준인데도 수월찮이 짐이 늘어났다. 월급을 받을 때마다 한두 권씩 사 모은 책과 한두 벌씩 사 입은 옷이 가방을 가득 채웠다. 넌덜머리 나도록 지겨운 기숙사를 나와 그토록 바라던 독립을 하게 되었는데 막상 떠나려니 코끝이 싸해졌다. 소속감 없는 기숙사라고는 하지만 한 방에서 부대낀 인연은 질겼다. 일고여덟은 늘 북적거리던 방이었다. 진옥은 내가 짐을 꾸릴 때부터 찔끔찔끔 눈물을 짜고 있었다.

　"은희야. 우리 인제 몬 보나? 기숙사 나가서 좋겠다……."

　"창원이 천 리 길도 아니고, 볼 수 있을 거다."

정말이냐고 묻는 진옥을 안아주고 기숙사를 나섰다. 내가 버스를 타고 출발한 뒤에도 진옥은 한참 동안 그 자리에 서 있었다.

*

창원으로 가는 출근 첫날, 통근버스가 출발하는 곳으로 나갔다. 똑같은 작업복을 입은 남자들이 한 줄로 길게 늘어서 있었다. 황토색 작업복 사이사이에 붉은 꽃처럼 서너 명의 여직원이 보였다.

통근버스를 내려 인사과로 갔다. 인사과장이 데려간 부서는 회계부의 원가계산과였다. 부러움을 안고 바라보던 빨간색 이 층 건물에서 근무를 하게 된 것이었다. 과장, 대리가 한 명씩 있고, 남자사원이 두 명이었다. 그동안 여사원이 없다가 처음으로 배정을 받았다며 다른 과에서 핀잔을 줄 정도로 환영을 해주었다.

원가과의 윤 대리는 나를 데리고 다니며 일일이 인사를 시켰다. 제조부, 구매부, 품질관리부, 영업부 등 생소한 부서들이었다. 그리고 유니폼을 맞추어야 한다며 업체에서 사람이 왔다. 이틀 후 가봉을 한다는 말을 들으니 딴 세상에 온 것만 같았다. 상, 중, 하로 구분된 시퍼런 작업복과는 비교가 되지 않았다.

내가 맡은 업무는 각종 무기에 대한 원가와 고리 원자력 발전소에 들어가는 부품, 선반 등 기계에 관련한 모든 제품의 원가를 계산하는 기초 작업이었다. 각 부품을 구매하는 해당 부서에서 올라오는 전표를 일자별로 모아 월별 계산을 하는 일이었다. 기초 작업에 들어가는 원가계산표는 철제책상을 꽉 채울 정도의 크기였다. 부서별로 집계되는 금액을 적어 넣어 가로와 세로 금액이 딱 맞아 떨어져야 했다. 그동안 남자사원이 계산기를 두드려 금액을 맞추는 데만 이삼 일이 걸렸다고 했다. 주산 이 단이라는 이력서를 보고 원가팀에서 욕심을 냈다는 것도 알게 되었다. 책상 크기와 맞먹는 종이 위의 숫자를 주산으로 놓는 것을 부서 직원들이 빙 둘러 서서 구경을 했다.

"손가락이 안 보이네."

"진즉 모셔왔으면 을매나 좋았겠노."

어깨가 으쓱해질 만큼 큰 일을 해낸 것만 같아 뿌듯했다. 원가과장은 그날 당장 환영회를 하자며 식당을 예약했다. 회사를 빠져나와 큰 도로를 건넜다. 크고 작은 음식점이 즐비했다. 그중 한곳을 골라 들어서자 와자한 남자들의 소리로 식당 안은 시끄러웠다. 각기 다른 회사 로고가 선명하게 박힌 가운을 입고 있었다.

배 과장은 여직원 환영회를 할 수 있게 되어 기쁘다는 말을 시작으로 잔에 가득 술을 따라주었다. 산사에 세워진 부처님 조각상처럼 환하게 웃는 입술이 귀 쪽으로 올라갔다. 여동생처럼 아껴주고 다른 부서에서도 귀하게 여길 수 있도록 챙겨주라며 신신당부를 했다. 윤 대리는 경리과 여직원에게 눈치 보지 않고 커피를 마실 수 있는 것만으로도 이런 횡재가 없다며 호들갑을 떨었다.

출근한 다음 날, 경리과 여사원을 따라 주방으로 갔다. 배 과장은 크림 넣은 커피는 마시지 않는다는 등 직원들의 입맛을 알려주었다. 까

다로운 직원들 커피 타느라 힘들었다며 속 시원한 표정을 감추지 않았다.

수출자유지역에 있는 동양전자와 다른 점들이 많았다. 그곳에선 근무 중에 여사원들이 커피 타는 일은 거의 없었다. 커피는 비서가 하거나, 전담 여사원을 두어서라도 일 하는 여사원에게 커피심부름은 시키지 않았다. 임금은 남자사원도, 여사원도 수출자유지역보다 높았다. 남자사원과 여사원의 임금 차이도 남직원에게 주는 군가산점을 제외하면 동등했다. 회의를 할 때에도 남자사원들만 하는 게 아니었다. 내가 커피를 가져올 때까지 기다렸다가 회의를 시작했다.

호칭도 달라졌다. 일본 사람이 많은 수출자유지역에서는 '양'을 성 뒤에 붙여 정 양이라고 불렀고 이곳에서는 미스 뒤에 성을 붙여 미스 정이라고 불렀다.

서울이 고향인 경리과장과 창원이 고향인 원가과장은 고교야구 팬이었다. 군산이 고향인 총무부 박 대리까지 가세하여 봉황대기니 황금사자기니 하는 고교 야구대회가 열리는 날이면 사무실은 축제 분위기가 되었다. 라디오를 켜놓고 선린상고나 덕수상고가 이기면 경리과장이, 광주의 진흥고나 광주일고가 이기면 총무부 박 대리가 음료수나 아이스크림을 돌리고, 결승전에서 붙으면 저녁을 사는 경우도 있었다. 마산상고나 부산상고가 출전하는 날엔 사무실도 덩달아 야구장의 열기가 그대로 전달되었다. 딱딱한 사무실 분위기가 느슨해지고, 응원하는 모습도 보기 좋았다. 이 또한 동양전자에서는 볼 수 없었던 풍경이었다.

여자들이 많은 마산에 비해 창원은 근육질의 남자들이 많았다. 통근버스를 타고 다니면서 익숙한 얼굴들을 만나게 되었다. 천여 명의 남자들 속에 삼십여 명인 여사원들은 관심의 대상이 될 수밖에 없었다. 삼사 일이면 신입여사원의 허리 사이즈가 공장 내부에 공개된다는 우스갯말도 돌았다.

통근버스를 탈 때마다 나와 눈이 마주치기만 하면 씩 웃는 현장직원이 있었다. 떡 벌어진 어깨에 다부진 체구였지만 눌러놓은 호빵처럼 키가 작아 보였다. 둥글둥글 냇가에 작은 조약돌처럼 귀여운 데가 없는 것도 아니었다. 모른 척 고개를 푹 숙이고 맨 뒷자리로 걸어갔다. 버스를 내려 걷는 내 뒤를 따라오는 기척이 느껴졌다. 위에서 눌러놓은 호빵 같은 직원이었다. 돌아보지 않고 출근카드를 찍고 사무실로 들어갔다.

퇴근 할 때에도 빈자리를 놔두고 굳이 내 옆자리에 앉았다. 그 남자를 피해 창밖으로 시선을 돌리거나 책을 보았다. 책을 읽으면 무슨 내용이냐고 물었고, 고개를 돌리고 있으면 말을 걸어왔다.

"내가 누군지 궁금하지 않습니까? 이름이라도 좀 물어봐요."

"궁금하지 않는데요."

"버스 내려서 차 한 잔 합시다."

"……."

"싫습니까?"

"네."

"완전한 경상도 말도 아니고, 그렇다고 서울말도 아닌 것 같고, 고향이 어딥니까? 나는 경기도인데. 우리 타향 사람끼리 좀 친하게 지내봅시다."

나는 그 남자가 부담스러워 그를 피해 다녔다. 공단으로 옮기고 주민등록도 옮겨왔다. 비로소 경상도 사람이 된 것 같은 느낌이 들어 리듬을 타는 경상도 말투까지 정겹게 들리기 시작했다. 하지만 이곳에서 살 것이란 생각은 아직 미지수였다. 어쩌면 내 마음에 확 다가오는 사람이 없어서일지도 모른다는 생각이 들기도 했다. 쌀쌀맞은 태도에도 불구하고 그는 끊임없이 치근덕거리며 내 주위를 맴돌았다. 마산에서는 느껴보지 못한 경험이기도 했다. 그렇다고 그 남자가 소름이 돋을 만큼 싫은 것은 아니었다.

## 요술 동굴 속으로

*

 세미 전화를 받고서야 공단으로 옮겨 온 지 채 일 년도 되지 않았다는 것을 깨달았다. 아주 오래된 일처럼 수출자유지역이 가물가물했다. 공단으로 옮겨 와 좋은 건 임금을 좀 더 받을 수 있다는 것이었다. 마음이 안정을 찾는 대신 몸은 많이 피곤했다. 출퇴근은 예전에 비해 한 시간을 더 투자해야 하고, 수출자유지역과 마찬가지로 잔업이 많았다. 파가니니의 집엔 토요일이나 일요일에 들러 회원들의 근황을 들었고, 유정 언니에게 투정을 하면서 수출자유지역에 다닐 때와 별반 다를 게 없는 나날을 보내고 있었다.

 꼭 만나서 얘기를 해야 한다는 세미와 약속을 했다. 얼굴을 살짝 들어 올려 눈을 내리깔면 도도해 보이는데다 후배들에게 유독 쌀쌀맞게 굴어 가까이 하고 싶지 않았던 세미였다. 약속은 했지만 나를 보자고 할 이유를 아무리 찾아봐도 없었다. 전화로는 곤란하다는 말에 약속

장소에 나왔다. 아담한 키에 깡마른 체구의 세미는 여전한 모습이었다. 뽀글뽀글한 파마머리는 눈썹 아래까지 내려와 있고, 정수리부터 어깨까지 흘러내린 머리 모양새하며 뾰족한 코끝과 깊게 박힌 눈동자는 백화점의 마네킹을 보는 듯했다. 유난히 노란머리칼이 서양인형 같기도 했다.

"니, 애인 없제?"

당연히 애인이 없을 것이란 전제를 두고 묻는 말이었다.

"내 사촌이 니를 꼭 한 번만 만나고 싶다 안하나."

"……."

"니도 한번 본 적이 있을 긴데?"

기억이 없었다.

"물난리 났을 때 정류장에서 안 봤나?"

"아, 그날!"

"키 작고, 삐쩍 마른 여자가 좋다카는데 니를 소개시켜달라고 저 난리다."

"네?"

"기왕에 약속을 잡았으이 찬찬히 함 살펴 보래이. 처녀총각인데 서로 맘에 들면 안 좋겠나? 니도 인제 연애도 좀 하고."

나를 콕 찍어서 소개시켜 달라고 했다는데 호기심이 없는 것도 아니었다. 그때 세미가 출입구를 향해 손을 번쩍 들었다. 세미 옆으로 남자가 와서 앉았다.

"병호야, 니가 말한 그 정은희대이."

뒤통수에 손을 올리며 남자가 멋쩍게 웃었다. 세미는 인사를 시켜주고는 말릴 사이도 없이 일어나 가버렸다. 얼떨결에 남자와 마주앉은 나는 쑥스럽고, 어색하여 어찌할 바를 몰랐다. 남자는 버스 정류장에서 나를 본 이후 자꾸 생각이 났다는 말을 시작으로 자신이 하고 싶은 말을 술술 풀어냈다.

"세미 누나가 순진한 아가씨라 소개시켜주기 겁난다며 거절했심더. 그라니까 더 만나고 싶었습니다."

나는 가끔씩 찻잔을 들어 입술을 축이고는 남자를 살펴보았다. 가르마 없이 짧게 자른 머리가 액션 영화에 등장하는 조폭의 우두머리처럼 보였다. 웃을 때면 눈이 감겨버리는 내 눈보다는 컸지만 눈 아래 두툼한 몽고주름 때문인지 삼각형으로 모아지는 눈이 짧은 머리에서 풍기는 조폭의 이미지를 가려주었다. 웃을 것 같지 않은 남자가 자꾸 웃는 탓인지도 몰랐다.

"나가입시더."

그는 내 의견은 묻지도 않고 일어섰다. 도시는 어느새 어둠 속으로 빠져들고 있었다. 불빛들이 하나둘씩 별처럼 솟아나기 시작했다. 어디로 가느냐고 묻지 않은 채 그를 따라갔다. 회사와 유정 언니가 있는 파가니니의 집, 가끔 여직원들과 극장이나 가던 내겐 처음 가보는 길이었다. 대로를 지나 약간 비탈진 언덕으로 올라가자 엽서 속의 그림처럼 예쁜 집들이 나타났다. 물안개 속에 핀 호숫가의 야생화처럼 신비로웠다. 꽃들의 잔치라는 레스토랑이었다.

　문을 밀자 딸랑딸랑 방울소리가 울렸다. 요술피리에 홀려 동굴 속으로 끌려들어 가듯 빨려 들어갔다. 창가 쪽으로 자리를 잡고 남자와 마주 앉았다. 키 큰 나무들이 공간을 채워 숲을 이루고 있었고, 각 테이블에는 목이 긴 유리병에 한 송이씩 꽃이 피어 있었다. 창가 쪽으로는 장독 밑에 핀 채송화처럼 작은 꽃잎을 가진 꽃들이 장식용으로 늘어서 있었다. 나는 병호가 풍경 속의 일부처럼 느껴졌다. 남자가 내게 먼저 메뉴판을 내밀었다. 무얼 시켜야 할지 몰라 머뭇거리는 내게 스테이크가 맛있다며 추천을 해주었다.

　"처음 와 보는 뎁니꺼?"

　나는 다시 고개를 끄덕였다.

　"분위기 괘안치예?"

　"네."

　"그럼 앞으로 많이 와야겠네예."

　남자는 말을 하고 나는 대답만 했다. 내가 대답을 하고 난 사이의 공백을 메우기 위해서는 그가 말을 할 수밖에 없기도 했다.

　병호는 아버지와 함께 택시사업을 한다고 했다. 아버지 사업을 물려받아 첫 손가락에 드는 회사로 키우는 게 꿈이라고 말할 때는 내 기분도 덩달아 우쭐해졌다. 나는 그의 이야기에 빠져 있었다. 정신이 들어 시계를 보았을 때는 열한 시가 넘은 시간이었다. 혼자 택시를 타고 가겠다는 나를 굳이 바래다주어야 한다며 함께 택시에 올랐다.

월요일 출근해서 퇴근할 때까지 그의 전화를 기다렸다. 수요일이 되어도 전화는 오지 않았다. 정류장에서 잠깐 보았을 때와 달리 나를 직접 만나고 나니 실망했을 것이라는 생각이 들었다. 그가 주문한 것과 같은 것으로 시킨 스테이크는 핏물이 배어 있어 먹지 못했다. 내 모습이 스스로 촌스러워 부끄러웠다. 제대로 된 옷 한 벌 사 입을 형편이 안 되는 구차한 생활, 왜 사는지, 그동안 잊고 지냈던 것들이 하나둘 머릿속을 파고들었다. 꿈꿀 수 없는 남루한 현실, 언젠가는 대학에 갈 것이라는 희망은 색깔을 찾아볼 수 없을 만큼 빛바랜 지 오래였다. 허기가 몰려왔다. 허기를 채워주기라도 할 듯 그의 연락을 기다렸다. 토요일 퇴근을 미적거린 채 사무실을 어정거렸다. 여전히 책상 앞을 떠나지 못하고, 자리를 비웠다가도 전화벨이 울리면 달려와 받았다.

"미스 정, 기다리는 전화 있제?"

"아닌데요."

윤 대리의 정확한 지적에 질겁하며 부인을 했다.

"잡아떼니 더 수상하대이."

다시 일주일이 지나고 금요일 오후가 되었을 때 세미에게서 전화가 왔다. 세미는 앞뒤 다 자르고 물어왔다.

"니 병호 만날끼가?"

선뜻 대답을 하지 못했다.

"병호가 니랑 약속 잡아 달라하는데, 지난번 거기라 카면 안다카드라. 나갈끼가?"

"응. 언니."

"그라믄 일욜, 두 시에 보자카더라."

나는 시간이 겹쳐 일요일이 빨리 오기만을 기다렸다. 늘 잠이 모자라 일요일에는 늦잠 자는 것이 취미라고 할 만큼 늘어지게 잠을 잤지만 아침 일찍부터 눈이 떠졌다. 몇 벌 되지 않는 옷장의 옷을 다 꺼내 입어보고 걸쳐보았다. 룸메이트에게 돈을 빌렸다. 근처 숙녀복 코너로 달려가 옷을 사들고 왔다.

"별일이네? 돈까지 빌리가 옷을 사 입고? 니 연애하나?"

"연애는 무슨……."

"니 얼굴보이 연애하는 기 분명타. 니 같은 아는 남자에게 한분 빠지문 골치 아픈데."

틀린 말은 아니었다. 병호 전화를 기다리느라 일주일 동안 아무것도 하지 못했다. 옷을 차려입고 거울 앞에 섰다. 칼라가 둥근 붉은색 블라우스에 검은 바지를 입었다. 립스틱을 바르지 않은 입술이 창백했다. 사놓기만 하고 바르지 않았던 립스틱을 꺼내들었다. 연분홍 립스틱을 바르니 얼굴이 화사해보였다. 약속시간보다 삼십여 분이나 빨리 도착했다. 그날 앉았던 창가 쪽으로 자리를 잡았다. 그를 기다리는 시간이 아이스크림처럼 달달했다. 다시 보니 창 옆으로 늘어져 분위기를 한껏 살려 준 푸른 잎들은 플라스틱으로 만든 조화였다. 가짜가 진짜처럼 보이는 기술에 감탄을 하면서 책을 펼쳐 들었지만 머릿속에 들어오지 않았다. 같은 부분을 계속 읽고 있었다.

"많이 기다렸습니꺼?"

"아뇨, 금방 왔어요."

"은희 씨를 꼭 다시 만나고 싶은데, 거절당할까봐서 직접 연락 못했습니더. 여자에게 이런 마음 드는 게 처음입니더."

나도 많이 기다렸다는 말이 불쑥 나오려는 걸 입안으로 삼키느라 고개를 숙였다. 탁자 옆으로 밀쳐놓은 책을 그가 집어 들었다.

"내는 책만 보면 잠이 와서리…… 독서가 취미라는 사람들을 존경한다 아입니꺼."

실제로 두 손을 펼쳐 손가락을 눈꺼풀에 대는 시늉을 했다. 그 모습이 귀여워 나는 쿡 웃음을 터트렸다.

"뭐 먹고 싶습니꺼?"

"스테이크만 빼고, 아무거나 다 괜찮아요."

"그라입시더."

돈가스를 먹고, 후식으로 나온 아이스크림 위에 있는 앙증맞은 체리를 그는 내 아이스크림 위로 옮겨주었다. 그와 함께 있는 동안 바흐의 무반주 첼로 연주를 듣고 있을 때처럼 가슴이 싸해지며 감미로웠다.

잔업이나 특근이 없는 날에는 그를 만나며 시간을 보냈다. 그도 회사에서 일하는 것 외에는 나를 만나는 것 밖에 할 줄 모르는 사람 같았다. 고등학교까지 서울에서 나와 마산에는 친구가 없다고 했다.

토요일 오후 극장 앞에서 만나자고 했다. 그가 미리 예매를 해놓았다. 리처드 기어와 데브라 윙거 주연인 〈사관과 신사〉였다. 사무실 언니들이 영화를 보고 와서 얘기를 주고받을 때는 나도 그 영화가 보고 싶었다. 남자와 처음 극장에 온 나는 손을 어찌해야 할지 몰라 무릎 위에 얌전히 올려놓았다. 해군 항공 사관학교에 입학한 잭이 폴라에게 키스를 하는 장면에서 병호가 내 손을 가만히 잡았다. 그리고 내 쪽으로 다가왔다. 나는 망설이다 병호의 어깨에 머리를 기대었다. 손을 잡은 채로 극장을 나왔다.

"오늘은 술 한 잔 하입시더."

병호가 데려간 곳은 조명이 어두운 칵테일 바였다. 마주 앉지 않고 그는 내 옆으로 나란히 앉았다. 달작지근해서 여자가 마시기 좋다는 슬로우 진을 시켜주었다. 그가 다시 영화 얘기를 꺼냈다. 잭은 자신의 모습이라고 했다. 나 역시 공장에서 일하는 폴라가 내 모습인 것만 같았다. 그들처럼 사랑이 이루어지기를 마음속으로 빌었다.

"은희 씨, 나는 그 영화 두 번 봤습니더."

"그러면 다른 영화를 봐도 되는데……."

"어데예. 은희 씨랑 꼭 같이 보고 싶었습니더."

박하사탕을 입안에 넣은 것처럼 코끝이 싸해졌다. 그의 어깨에 머리를 기대었을 때 나도 누군가에게 고단함을 기댈 수 있다는 것이 눈시울이 젖을 만큼 감동스러웠다. 한량없이 그렇게 기대어 있고 싶었다. 유정 언니에게 보여주고 싶은 생각이 비로소 들었다. 그렇잖아도 검증을 해야 한다며 언니의 채근이 있던 참이었다.

"세미 사촌이라꼬? 날라리가 소개해준 사람이라…… 델꼬 와 봐라."

"에이 언니도. 깍쟁이긴 해도 날라리는 아니잖아요."

"세미까지 싸고 돌 정도로 그 남자가 좋나?"

유정 언니가 보고 싶어 한다는 얘기를 꺼냈을 때 병호는 다음에 보자며 한사코 약속을 미루었다. 눈을 흘기며 삐치는 내 표정에 그가 건넨 위로의 말은 은희 니랑 있는 시간을 다른 사람과 나누고 싶지 않다는 것이었다. 그러면서 어느새 반말로 바뀌어 있었다. 섭섭한 마음이 순간에 사라져버렸다. 유정 언니가 섭섭하다 해도 할 수 없는 일이라는 생각이 들었다. 그러면서도 언니에게만은 그를 자랑하고 싶었다.

"자랑할 게 뭐 있다고."

"얼마나 많은데요."

한 줌 햇살이 되어 고단한 어깨를 감싸주었고, 미스 정을 부르면 자동인형처럼 일어나 커피 잔을 들고 오르내리는 자존심을 세워주었고, 설레는 마음으로 기다리는 시간의 달콤함을 알게 해주었고……. 내 말을 들은 병호는 유정 언니와의 약속에 응해주었다. 언니는 매우 꼼꼼하게 그를 취조하듯 캐물었다.

"학교는 어디 나왔습니꺼?"

"서울…… C고등학교 나왔습니더."

"아, 내 사촌도 그 학교 나왔는데…… 부잣집 아들이라고 카더만 공부는 억세기 안 했는갑네요. 회사에서는 무슨 일을 합니꺼?"

"아버지 비서일 하면서 사업을 배웁니더."

"그러니까, 비서, 아니, 아버지 운전기사 노릇을 한다는 거네예?"

"⋯⋯."

"그라믄 앞으로 희망은 사장님이 되는 겁니꺼?"

"그렇지예."

"그라믄 우리 은희가 사장님 사모님이 되는 겁니꺼? 김병호 씨라고 했지예? 우리 은희 잘 부탁합니대이 알았지예?"

가시 박힌 말을 하는 언니에게서 병호를 구원하는 길은 자리를 피하는 것이었다. 그의 팔을 잡아끌었다.

"가만있어 봐라. 남은 술은 다 비우고 가야제."

유정 언니가 나를 다시 주저앉혔다. 그도 일어서지 않았다. 여덟 시가 넘자 탁자에 손님이 차기 시작했다. 창건 씨가 서너 명의 아가씨와 함께 가게에 들어섰다. 창건 씨는 반가운 얼굴로 내 앞으로 성큼 다가왔다.

"디게 궁금했대이. 벌써 가려고?"

"바빠서요."

창건 씨에게 인사도 못 시키고 급히 가게를 빠져나왔다. 파가니니의 집에서 나온 병호가 나를 데려간 곳은 어두컴컴한 술집이었다. 우중충한 술집 분위기와 어울리게 남자들이 와자하게 떠들어대며 나를 힐끔거렸다. 유정 언니가 취조하듯이 캐물어서 기분이 나쁠 수도 있겠다 싶어 나는 사과를 했다.

"저기요. 유정 언니는 친언니나 다름이 없는 사람이에요."

"내도 그리 생각한다. 내 한잔만 더 하고 갈끼다. 먼저 드가라."

데이트 후에는 단 한 번도 나 혼자 보낸 적이 없는 사람이었다.

"언니 땜에 맘 상했어요?"

"그런 거 아이다. 혼자 있고 싶다 안 하나."

더 이상 고집을 부릴 수 없을 만큼 그는 단호했다. 떨어지지 않는 발걸음을 억지로 떼어 집으로 돌아왔지만 잠은 오지 않았다.

일주일 내내 연락도 없던 병호가 일요일 오전 차를 가지고 집 앞으로 왔다. 목적지도 알려주지 않고 한참을 달리던 그가 가게 앞에 차를 세우고 소주 한 병과 안주를 샀다. 꽃 가게에선 흰 국화 한 다발을 샀다. 시내를 빠져 나온 차는 국도를 달렸다. 시내로부터 멀어지면서 들판이 나왔다. 차는 어느새 막 단풍이 들기 시작한 좁은 산길로 접어들었다. 차를 세우고 그가 내미는 손을 잡고 산을 올랐다. 띄엄띄엄 물들기 시작한 단풍은 아물지 않은 상처처럼 도드라져 보였다.

소나무가 병풍처럼 둘러쳐진 무덤 앞에 멈춰 섰다. 외할머니 무덤이라고 했다. 세상에서 가장 소중한 사람이라며 절을 하고 소주를 따라 무덤 여기저기에 뿌렸다. 무덤 근처 노랗게 시든 잔디 위에 앉아서 나는 보랏빛으로 물들어가는 하늘을 바라보았다. 순식간에 폭포수처럼 뚝 떨어져 내리는 해를 보며 나도 모르게 두 손을 가슴으로 가져갔다.

병호는 자신의 출생에 대해 입을 열었다.

자신은 아버지가 바람을 피워서 낳은 아들이고, 생모가 다른 남자와

새 가정을 꾸리면서 외할머니에게 맡겨졌다는 것이다. 고등학교를 졸업할 때까지, 아니 외할머니가 세상을 뜰 때까지 스스로를 비관하며 아무렇게나 살아왔다고 했다. 외할머니의 유언으로 아버지를 찾았다. 다행히 내쳐지지는 않았고, 아버지 밑에서 기사 노릇을 하고 있다는 것이었다. 병호는 외할머니에게 나를 맨 먼저 보여주고 싶었다는 말로 얘기를 끝마쳤다. 그러면서 유정 언니에게 자신을 보여주고 싶은 내 마음을 이해한다고 했다.

"날 떠난다고 해도 붙잡지 않을 끼다."

고개를 흔드는 내 앞으로 한 발짝 다가앉으며 입술을 포개왔다. 그와 손을 잡고 좁은 골목길을 걸어 집 앞까지 올 때는 그 길이 조금만 더 길었으면 좋겠다는 생각을 했고, 그의 손이 어깨에 올라와 있을 때는 쿵쿵 뛰는 심장의 팔딱거림이 그의 팔에 전달될까봐 전전긍긍하기도 했다. 첫 키스에 대한 막연한 기대는 늘 아쉬움으로 끝을 맺었다. 준비 없이 맞이한 갑작스런 키스는 아무 생각도 하지 못하게 만들었다. 병호의 손이 허리로 내려와 옷을 들추었다. 등허리의 맨살을 더듬던 손이 브래지어 호크를 풀었다. 그의 어깨를 밀어 보았지만 꼼짝도 하지 않았다. 가슴을 쥐었던 손이 허벅지로 내려와 스커트 자락을 걷어 올렸다. 강하게 거부하는 내 몸짓에 그는 괜찮아를 반복하며 강압적으로 다리를 벌렸다. 나는 운명이라는 단어를 생각했다. 소나무가 병풍처럼 둘러쳐지고 아무리 오가는 사람이 없다고 해도, 일어나서는 안 되는 일이었다. 내 몸 위에서 일어나 바지 벨트를 매는 병호를 보며 발끝에 걸려 있는 팬티가 부끄러웠다. 나를 안으며 무슨 말인가를 중얼거렸다. 집으로 돌아오는 자동차 안에 앉아 그가 한 말을 기억하려고 애를 썼다. 최소한 사랑한다는 말은 아니었다.

"저기 아까 한 말 ……."

"아 그거. 니를 버리지 않을 거라고."

이해가 되지 않는 말이었다. 지금까지의 내가 아닌 다른 사람이 된 것 같았다. 병호도 다른 사람처럼 보였다. 운전대를 잡고 콧노래를 부르는 그는 기분이 좋아 보였다.

"할무이가 살아 계셨시믄 좋아하셨을 낀데."

나는 집으로 돌아가고 싶은 마음뿐이었다. 해가 지기 시작한 들판은 진흙탕에 푹푹 발이 빠지는 축축한 마음을 받아주는 듯 주홍빛으로 짙어갔다. 국도를 달리던 차가 냇가로 이어지는 샛길로 들어갔다. 그는 자갈 위에 차를 세우고 편편한 돌을 찾아 그 위에 앉았다. 잠바를 벗어 옆에 펼쳐주었다. 잠시 요리조리 돌 틈으로 돌돌돌 물 흐르는 소리가 듣기 좋았다. 내 허리에 손을 얹혀 바짝 끌어당겼다. 그의 어깨에 머리를 기대고 점점 어두워지는 벌판을 바라보았다. 그렇게 오래도록 앉아 있고 싶었다. 나를 돌아본 그가 다시 입술을 덮쳐왔다. 허리를 껴안은 팔에 힘이 들어갔다. 내가 어떤 기분인지 그는 알지 못하는 것 같았다. 기분이 좋아 보이는 그와 반대로 나는 깊은 수렁 속으로 가라앉는 기분이었다.

집 앞 골목에 나를 내려주고 횅하니 사라지는 차 뒤꽁무니를 바라보다 집으로 돌아왔다.

입속에 들어간 밥알은 하나하나 따로 놀았다. 어쩐지 그와 어긋날 것 같은 느낌이 드는 이유를 알 수 없었다. 삼 일이 지나서야 그를 만날 수 있었다.

"밥 안 묵었제?"

저녁을 간단히 먹고, 다방으로 갔다. 과소비에 저축도 못하고 되는 대로 살아왔다며 커피를 시킨 후 그가 통장과 도장을 내밀었다. 프로포즈를 받은 것만큼이나 마음이 설레었다. 나는 통장 잔고를 확인해보았다. 오십만 원이었다.

"새로 개설한 통장이대이. 앞으로는 니가 내 관리를 좀 해도고."

유정 언니에게 이 사실을 말해주고 싶어 월초 결산이 끝나자마자 파가니니의 집으로 달려갔다. 언니는 다시 병호 얘기를 꺼냈다.

"니가 남자를 몰라 그라는데, 인자 그마 정리하그라. 이렇게 말한다고 서운해 하지 말고."

"언니가 그 사람을 잘 몰라서 그래요."

"그럼 니는 아는 게 있나?"

유정 언니 말을 듣고 보니 그에 대해 아는 게 별로 없었다. 그의 친구들은 어떤 사람들인지, 회사에서 인간관계는 어떤지도 알지 못 하는 건 사실이었다. 언니의 요점은 병호가 나온 학교는 사고치고 갈 데 없는 학생들이 가는 곳이라며 집안의 말썽꾸러기가 다닌 학교라서 잘 안다고 했다. 사람이 열 번 변한다고, 그런 학교 나왔다고 해서 다 질이

나쁜 것은 아니지만 눈빛이 불안정하고, 진실 돼 보이지 않는다는 것이었다.

"앞으로 열심히 살겠다고, 나한테 통장하고 도장도 맡겼어요."

"그기 다 쇼하는 기다."

병호의 진심을 알아주지 않는 언니가 야속했다. 유정 언니 마음에 들지 않아도 좋은 면을 좀 봐주면 안 되겠냐고 따져 물었다.

"지금은 이 언니가 밉겠지만 내 말을 이해할 날이 있을 끼다."

나는 다음에 오겠다는 말을 남기고 서둘러 파가니니의 집을 나왔다. 허전한 마음에 병호가 보고 싶었지만 회사에서는 퇴근을 했을 터이고, 집 전화번호는 가르쳐 주지 않으니 연락할 길이 없었다. 문득 그가 나를 만나지 않은 시간에는 무엇을 하는지 궁금해졌다.

*

회사 분위기도 점점 나빠져 병호만 생각할 수도 없었다. 본사의 임원들이 공장으로 내려오는 출장도 잦았다. 결산을 끝내고 할 일이 없는데도 퇴근을 하려면 눈치가 보였다. 회계감사를 받은 지 얼마 되지 않았는데 갑자기 본사 감사를 실시한다는 공문이 내려왔다. 일주일은 꼼짝없이 회사에 묶여 있어야 했다. 감사준비로 밤샘을 한 다음 날 여직원회 회장에게 불려갔다. 바가지에 한 가득 욕을 담아 퍼붓듯이 내 얼굴에 쏟아 부었다. 임원들의 식사 시중을 단 한 번 들지 않았다는 것이 그렇게 잘못한 것인지 알 수 없었다.

점심때가 되면 여직원들이 당번을 정해 부장급 이상에게 점심상을 차려주었다. 여직원회에서 실시하는 행사의 일종이었다. 회사 시스템은 식기를 들고 배식창구 앞에 서면 아주머니가 반찬과 밥, 국을 식판에 담아주는 것이었다. 하지만 부장급 이상은 여직원들이 그릇에 담아 차려주는 식탁에서 밥을 먹었다. 반찬이 모자라면 직접 갖다 먹는 게 아니라 밥을 먹고 있는 여직원을 불렀다. 숫제 명령조일 때가 많았다.

부서장급에게 밥을 차려주는 것을 회사에서 먼저 요구한 것은 아니었다. 가족들과 떨어져 식당에서 밥을 사먹는다는 하소연을 들은 여직원들 스스로 결정한 사항이었다. 그러나 이런 취지와 상관없이 여사원들이 시중까지 들어야 되는 사람으로 전락해 버린 것이었다. 부서장들이 발령을 받아 본사로 올라가고, 본사에서 또 새로 내려오는 부서장들은 취지를 알지 못했고, 여직원들이 해야 하는 업무의 일종이라고 생각하는 것이었다. 좋은 의도에서 시도한 일이 여사원들의 불만사항이 되어 버렸다. 분위기 쇄신의 효과도 별로 없었다. 내가 당번을 해야 하는 날, 묘하게 일이 꼬여 불상사가 난 것이었다.

감사준비로 새벽에 일이 끝나자 배 과장은 집에 가서 쉬고, 오후에 출근하라고 했다. 한숨 자고 나온다는 것이 그만 깊이 잠이 들어버렸다. 눈을 뜬 시간은 아무리 서둘러도 점심때까지는 회사에 도착할 수 없었다. 하필 나와 짝이 된 여사원이 혼자서 시중을 들다가 총무부장 바지에 국을 쏟고 말았다. 여직원 회장이 총무부장에게 불려가 이 따위로 하려면 여직원회를 해체시켜 버릴 것이라는 심한 꾸지람을 들었다. 회장은 고스란히 내게 쏟아 부었다. 휴가를 내거나 놀면서 당번에 불참한 것도 아니었다. 나는 억울했다. 내 입에서 튀어나온 말이 회장 언니를 더욱 화나게 하고 말았다.

"여직원이 꼭 시중을 들어야 하는 이유를 모르겠어요."

"뭐라?"

"여직원이 그 일을 왜 해야 하는지 이유를 모르겠다구요. 봉사 차원에서 하는 것인데…… 어젯밤에 철야하고."

"그건 니가 알아서 할 일이고. 입 그만 다물라. 선배들도 아무 소리 없이 잘하고 있는데 시건방지구로……."

맞는 말이었다. 불평을 뒤에서 하면 했지, 어떤 여직원도 앞에서 드러내놓고 하지 못했다. 결혼과 동시에 회사를 떠나는 언니들은 회사를 그만두는 마당에 신경 쓸 이유가 없었다. 좋은 게 좋다고, 아니 지금껏 자신들이 해 온 일을 후배들이 하는 것은 당연한 일이었다. 몇몇이서 불만을 토로했지만 회장 언니에게 대놓고 입을 열지는 못했다. 나는 그날 사고를 친 벌점으로 연속해서 두 번이나 당번을 더 해야 했다. 겨울 찬바람 속에서도 기어코 비집고 나오는 봄의 전령처럼 불만의 씨앗이 가슴속에서 싹 트고 있었다.

여사원들의 불만을 들어줄 만큼 회사는 한가하지 않았다. 단체협약에서 임금은 삭감되고 상여금도 나오지 않았다. 어차피 관리직 사원들이 나서서 회사와 협상을 하는 것도 아니고, 노조와 회사가 맺은 협약대로, 관리직 사원들은 주면 주는 대로 받아왔으니 특별히 요구할 처지도 아니었다. 강성노조라고 소문난 노조도 어려운 회사 사정에 죽으면 함께 죽고, 살면 함께 산다는 각오로 모든 것을 양보했다는 공지를 했다.

가운만 입고 나가면 외상이 되지 않는 술집이 없다던 황토색 가운도 싸락눈 내려 질척거리는 흙길 위에 난 발자국처럼 지저분한 색으로 보이기까지 했다. 직원들의 모습도 회사의 명운을 닮아가고 있었다.

모든 나쁜 일은 한꺼번에 온다는 말이 틀리지 않았다. 돌변한 병호 행동을 설명할 도리가 없었다. 술 냄새를 잔뜩 풍기며 늦은 밤 나를 불러냈다. 내 손목을 잡고 눈에 띄는 여관으로 끌고 갔다. 할 얘기가 많다면서 나를 불러낼 때와는 달리 몸만 탐했다.

"사람이 왜 이렇게 변한 건지 이유를 말해 봐요."

"무슨 이유?"

그와 함께 있는 시간이 행복하지 않았다. 만나서 밥 먹고, 차 마시고, 영화 보며 가슴 설레던 남자가 과연 이 사람인가 싶을 만큼 그는 딴사람이 되어 있었다. 내가 말을 할 때만 알았다고 할 뿐 병호는 달라지지 않았다. 아무 때나 불러내어도 나는 거절하지 못했다. 함부로 대한다는 것을 알면서도 그가 이끄는 대로 따라 다녔다. 룸메이트가 언제 집을 비우는지도 자주 물었다. 룸메이트가 휴가를 가고, 그를 집으로 불렀다. 정성껏 차린 저녁밥상에는 관심이 없었다. 밥을 먹는 둥 마는 둥 숟가락을 놓은 그가 내게 한 일은 옷을 벗기는 것이었다.

"이제 더 이상 이러지 않았으면 좋겠어요."

진지해진 그의 표정이 무서웠다. 무슨 말을 할지 가늠할 순 없지만 그의 그런 표정을 볼 때마다 기분 좋은 말이 나오지 않았다. 그의 얼굴을 빤히 쳐다보았다. 그가 시선을 돌렸다. 무슨 책을 좋아하는지 모르겠다며 그가 처음 선물한 책은 자신이 기르던 개에게 주인이 물려 죽는 공포물이었다. 잔인하게 주인을 물어 죽이는 장면이 떠올랐다.

베개를 베고 엎드려 있던 그를 일으켜 세웠다. 룸메이트가 돌아올 시간이 다 되었다. 주섬주섬 옷을 챙겨 입고 그는 돌아갔다. 나는 병호의 어디가 좋은지 다시 한 번 생각해보았다. 손을 잡고 골목길을 걸을 때면 따뜻하게 전해오는 그의 체온으로 힘든 하루를 잊을 수 있었다. 그의 어깨에 머리를 기대고 있을 때면 내 등에 짊어진 삶의 무게를 잠시 내려놓을 수 있어서 좋았다. 아이스크림을 먹을 때면 나에겐 절대로 오지 않을 것 같은 달콤한 시간들이 고맙고 감사했다. 이젠 병호와 함께 보내는 시간들이 고통스러웠다. 처음 만나던 무렵, 가을날 낙엽 위에 내리는 비처럼 가끔씩 스산하게 보이던 그의 눈동자가 그리웠다.

*

언제쯤 집으로 초대할 것이냐는 집요한 내 요구를 그가 들어주었다. 일요일 오후, 병호의 집을 방문한다는 긴장감과 설렘으로 잠을 설친 탓에 얼굴이 부석거렸다. 얌전해 보이는 정장을 차려 입고 약속장소로 향했다. 언젠가 그의 차를 타고 지나가다 자신의 집을 알려준 적이 있었다. 고급 주택들이 막 들어서기 시작한 신흥 주택가였다.

집 근처에서 약속을 하지 않고 시내에서 보자고 할 때부터 낌새가 수상했다. 집으로 갈 생각을 하지 않은 채 술을 한잔 하자고 했다. 집으로 초대하겠다는 사람의 태도는 아니었다. 그가 맡겨놓은 통장의 돈도 바닥을 드러냈다. 술을 마실 때마다 그 돈으로 계산을 하라고 했다.

"꼭 가봐야 하겠나?"

나는 대답하지 않았다.

"내 사는 꼬라지가 그리 궁금하나?"

그가 사는 모습이든 꼬락서니든 꼭 봐야만 했다. 그러면 그가 왜 이런 모습으로 변해 가는지 알 수 있을 것 같았다.

"얄궂다."

집엘 데려가는 것이 무슨 큰 일이라도 되는 것처럼 결연한 표정을 지었다. 택시를 타고 그의 집 앞에서 내렸다. 웅장한 철제대문은 내 마음에 빗장을 지르는 듯 견고하게 서 있었다. 빈손이 마음에 걸렸다. 그는 그럴 필요 없다며 열쇠로 대문을 열었다. 빛 한 줄기 새어나오지 않았다. 싸늘한 찬바람이 등을 스쳐갔다. 현관으로 들어가는 게 아니라 벽 사이를 지나 집 뒤로 돌아가 스위치를 눌러 불을 밝혔다. 그 집과는 어울리지 않는 우중충한 고동색 나무문을 밀고 들어갔다. 작은 댓돌 위에 그를 닮은 듯 슬리퍼가 한 켤레 놓여 있었다. 나는 선뜻 들어서지 못했다.

"들어 온나."

재촉하는 그의 목소리를 듣고 방으로 들어갔다. 한쪽 구석에 싱크대가 붙어 있는 넓은 방이었다. 라면을 끓여 먹었는지 싱크대 위에는 찌꺼기가 붙어 있는 그릇이 쌓여 있었다. 가운데 지퍼가 달려 있는 비키니 옷장이 구석에 놓여 있고, 트렁크 하나가 옷장 옆으로 나란히 있었다. 트렁크 위에 아무렇게나 개켜 있는 이불을 보는 순간, 아니, 때 절은 베개를 보는 순간, 무언가 단단히 잘못되었다는 생각이 머리를 쳤다. 이 사람이 정말 누구인지 혼란스러웠다. 윗목으로는 먹다 만 과자 봉지가 뒹굴고 있었다. 내 앞에서 옷을 훌렁훌렁 벗어던지더니 와락 끌어안았다. 핸드백을 들고 일어섰다. 팔을 잡아끌면서 바닥으로 넘어 트렸다. 이빨을 보이며 그가 웃었다. 내 몸을 파고 들 때마다 매번 무섭고 두려웠다.

"인자 나란 놈이 어떤 놈인지 알것제? 인생 망치지 말고 니 갈 길로 가라."

그 집을 어떻게 나왔는지 기억이 나지 않았다. 더 이상 만나면 안 된다는 생각이 들면서도 그를 떠나지 못하는 내가 한심했다. 모욕 받는 생각이 들면서도 점점 그에게 매달리고 있는 모습을 발견할 때마다 죽고 싶은 심정이었다. 그의 얼굴은 어느 것이 진짜일까. 이해할 수 없는 행동은 도를 넘었다.

점점 변해가는 그를 이해할 수 없었지만 처음 만났을 때의 모습으로 돌아오리라는 기대도 저버리지 않았다. 회사 일로 약속시간이 늦어도 짜증내지 않고 기다려주던 그가 처음 손찌검을 한 날은 저녁을 먹고 먼저 들어가란 말을 할 때였다.

"또 술 마시려고?"

"내 말을 그리 몬 알아듣겠나? 니만 보면 이제 마 지겹다."

나는 좁은 골목길을 가로막으며 고집을 피웠다. 담벼락에 기대어 훌쩍거렸다. '제발 좀 드가라.'는 말끝에 순간적으로 뺨에서 불이 확 일었다. 그리고는 출입문을 밀치며 안으로 들어가 버렸다. 골목길에 주저앉았다. 힐끔거리며 지나치는 사람들을 의식하면서도 창피하다는 생각이 들지 않았다. 어떻게든 그를 처음 만났을 때로 돌려놓아야 했다. 하지만 그 문을 열고 들어갈 용기는 나지 않았다.

동전을 들고 공중전화 부스로 갔다. 세미 집으로 전화를 했다. 울먹이는 내 목소리를 듣고 무슨 일이냐고 묻지 않은 채 약속장소로 나와 주었다. 참았던 눈물이 쏟아졌다. 구석진 자리라고 해도 보는 눈이 많았다. 소리를 죽이며 얼굴을 손으로 가렸지만 흐르는 눈물을 주체하지 못했다. 세미는 내가 우는 이유를 알고 있기라도 하듯 기다려주었다.

"실컷 울었나? 내 이럴 줄 알고 니 소개시켜 달라고 할 때 마이 망설였다."

세미는 병호가 나를 만나 사람이 되어가는 줄 알았다고 했다. 함부로 몸을 굴리고 막 살던 지난시절을 후회한다는 말을 들었을 때는 누구를 만나느냐에 따라 사람이 그렇게 달라질 수도 있다는 것을 깨달았다고 했다.

"니, 병호랑 잤⋯⋯ 나?"

대답이 없는 나를 보자 세미는 한숨을 쉬었다.

"니, 병호랑 그만 끝내라. 나쁜 새끼. 내는 니한테 그 말밖에 할 말이 없대이. 내, 이 말까지는 안할라 캤는데 니 맘 잡는 데는 도움이 될끼다."

처음 나를 소개받은 병호는 너무 순진해서 나중에 발목 잡힐 것 같아 관두겠다고 하더니, 두 번째 만나고 나서는 고맙다는 말을 했다는 것이었다. 세미는 끝까지 책임질 거 아니면 함부로 대하지 말라는 당부를 했다고 한다. 그러면서도 한편으로는 두 사람이 잘되기를 바랐다고 했다.

세미는 외할머니 손에서 망나니로 자란 병호가 아버지에게 인정받는 사람이 되었으면 좋겠다는 희망이 있었다고도 했다. 한때 방황하는 것이라면 좋겠지마는 시간이 지나면 지날수록 나만 더 힘들어질 것이라면서 자신의 역할은 여기까지라고 했다.

하지만 나는 그에 대한 미련을 버리지 못했다. 병호는 내가 처음으로 낯선 땅에서 살고 싶다는 생각을 하게 해준 사람이었다. 내가 조금만 더 잘하면 그가 달라질 것이라는 믿음을 저버릴 수 없었다.

세미는 다시 충격적인 말을 했다. 두 사람이 아무리 좋아해도 결혼할 수 없을 것이라고 했다. 이해할 수 없는 병호 행동의 이면을 이해하는 단초가 될지도 모르겠다는 말을 덧붙였다. 병호가 달라졌다는 병호 아버지 말에 세미는 신이 나서 내 얘기를 했다는 것이다. 얌전한 아가씨랑 연애를 해서 사람이 변한 것이라며 마치 자신이 병호를 바꾸어놓기라도 한 것처럼 의기양양했다는 것이다. 고향이 어디냐는 말에 전라도 아가씨라고 밝히기 전까지는 모든 게 순조로웠다는 것이었다.

"병호 아부지, 전라도 사람은 다 빨갱이라고 생각하는 사람이대이. 병호가 지 아버지를 이길 수는 없을 기라. 더 상처받기 전에 마음 정리하그라. 정말 미안하대이."

간곡한 세미의 부탁에도 나는 마음을 쉬 정리하지 못했다. 마음이 그렇게 쉽사리 옮길 수 있는 것이라면 얼마나 좋을까. 그에게 간 마음을 어디에 두어야 할지 알 수 없었다. 한 번의 손찌검 뒤에 그는 점점 더 난폭해졌다. 앞을 막아서자 비키라는 말과 함께 웃으면서 슬쩍 따귀 한 대를 때렸다. 그가 장난하는 것이라 생각해서 나도 장난으로 맞섰다. 하지만 점점 강도가 세어지면서 얼굴에서 미소가 사라졌다. 한쪽 뺨이 벌겋게 부어오르고 너무 아팠다. 얼떨결에 그의 손목을 물어버렸다. 어이가 없는지 미친놈처럼 웃어젖혔다. 그날 하늘이 노랗게 보이고 먹은 것을 다 토하도록 맞았다. 사람들이 오가는 길가에서 발길이 뜸한 골목으로 끌려갔다. 사람들은 힐끔힐끔 쳐다보고 그냥 지나쳤다.

파가니니의 집에 들어서며 유정 언니를 보는 순간 쓰러져버렸다. 눈을 뜨니 가게 쪽방에 누워 있었다.

"괜안나?"

목이 메어서 말이 나오지 않았다.

"그래, 실컷 울어봐라. 그래가 낼 회사는 가겠나?"

“휴가 냈어요.”

“맞을 걸 우째 알고 휴가까지 냈노? 신통하네.”

“농담할 기분 아네요.”

“은희야. 내는 니가 그 남자를 원망하지 않았으면 좋겠다. 니는 앞으로 세상 보는 눈이 달라질 끼다. 생각해 보래이. 만약 결혼하고 이런 일이 발생했으면 어쨌을 끼고. 이쯤에서 니를 놓아준 게 이 언니는 감사하고 또 감사하대이. 다른 여자랑 여관에서 나오는 것도 두 눈으로 똑똑히 봤다아이가.”

나는 쓰레기가 된 기분이었다. 부끄러워 언니와 눈도 마주치지 못했다.

“니 탓 아이다. 그 남자에 대한 미련 같은 거 갖지 말라고 이바구 해 주는 기다.”

그에게 매달리며 헤어질 수 없다고 생각할 때가 언제이냐 싶게 이상하게 마음이 홀가분해졌다. 가슴 한복판에 돌덩이가 막혀 숨도 제대로 쉬지 못할 것처럼 답답했는데 그를 마음에서 내려놓고 나니 마음이 가벼워졌다. 그렇다고 슬프고, 비참한 마음이 깡그리 사라진 것은 아니었다.

저녁 먹을 무렵 보육원으로 봉사 활동을 간 혜주가 돌아왔다. 혜주는 내 모습을 보고 놀라 눈을 크게 떴지만 아무런 질문을 하지 않았다. 밝게 웃는 것으로 위로를 해주었다.

“서울에 다녀 왔어예.”

혜주는 수녀가 되는 것을 심각하게 고민 중이라고 했다. 수도자의 길을 걷지 않는다 해도 서울로 보내야겠다던 유정 언니 말이 생각났다.

아무 일도 없었던 것처럼 나는 일상으로 돌아왔다. 때때로 멍하니 앉아 창밖을 보거나 유정 언니가 했던 말, 세미가 했던 말들을 시시때때로 생각하기도 했다. 그러다가도 그를 만나 좋았던 처음 한때가 떠오르면 입안에 침이 마르고 갈증이 일었다.

일이 없는 날엔 파가니니의 집에 들러 독서 모임 회원들을 만나 책을 읽고, 토론하는 시간이 많아지면서 상처는 조금씩 치유해졌다. 근로기준법을 공부하면서는 새삼 내 처지를 돌아보기도 했다. 근로기준법만 제대로 지켜도 사람답게 살 수 있을 것이란 생각이 들었다. 문득 낙태를 하고 절망하던 진옥의 모습에서 나를 발견했다. 나도 진옥이처럼 밝고 건강한 모습을 되찾을 수 있을지 의문이 들었다. 철없이 군것질을 하고, 깔깔거리며 웃어대던 예전의 모습으로 돌아온 건 맞는데 진옥은 또 그때의 모습만은 아니었다.

고전음악만 들리던 파가니니의 집에 아침이슬과 늙은 군인의 노래, 이루어질 수 없는 사랑 등 가요가 흘러나왔다. 얼마 지나지 않아 금지곡이 되었다며 회원들이 모일 때만 작은 소리로 몰래몰래 듣기도 했다.

창건 씨와 영숙 언니는 노조 일에 열심히 참여했다. 파가니니의 집에서 현장 아가씨 서너 명과 술을 마시고 나면 다음에는 반드시 그 아

가씨들이 스스로 찾아온다고 했다

"창건이, 니 그 실력으로 연애하믄 선수되겠다."

"그럼 한 번 해볼까예."

두 사람이 나누는 농담이 가슴을 아프게 할퀴고 지나갔다. 할퀸 자리가 쓰라려 가슴에 손을 얹고 오래도록 쓰다듬었다.

## 헛바늘이 돋는다

병호와 헤어지고 난 나는 마음속에 자리한 그를 도무지 어떻게 해볼 도리가 없어 괜히 거리를 헤매는 날이 잦았다. 마음이라는 것이 이토록 질기고 모진 것인 줄 알지 못했다. 그와의 이별은 기정사실로 받아들이면서도 온전하게 마음으로부터 그를 보내지 못했다.

그로부터 연락이 온 건 헤어지고 난 석 달이 지난 훨씬 지난 뒤였다. 자존감마저 상실한 채 밑바닥에서 처절하게 매달리던 마지막 내 모습이 다시 떠올랐다. 나는 그와의 약속을 받아들였다. 꽃들의 잔치로 오라는 것을 거절하고 음악다방인 필하모니로 장소를 바꾸었다. 내가 수척해진 것만큼 그도 야위어 있었다.

"괴로븐 일이 있어서 니한테 못할 짓을…… 마이 보고 싶었대이."

"……."

"앞으로는 그리 안 할 끼다."

처음 만났을 때처럼 말은 그 혼자 하고 있었다.

"용서해도고."

"내가 오늘 이 자리에 나온 건, 인간으로서 자존심 다 버리고 병호 씨한테 그렇게 매달렸던 건…… 내게 처음 남자여서가 아니라…… 그러니까 고단했던 내 삶에 위안이 되어 주었던, 이곳에 내가 뿌리를 내리고 살 수도 있을 것 같은…… 병호 씨도 누군가에게는 뿌리가 되어 줄 수도 있었던 사람이란 걸 얘기해주려고 나왔어요."

"다시 안 되겠나?"

"먼저 일어날게요."

고개를 숙이며 두 손바닥으로 얼굴을 감싸는 그를 뒤로 하고 필하모니를 나왔다. 유정 언니를 만나고 싶어 파가니니의 집으로 향했다.

연말결산은 호텔을 잡아 근 한 달간 밤샘을 해야 한다. 과장은 결산 전에 만날 사람들을 미리 만나고 오라는 지시를 내린 상태였다. 언니는 나를 볼 때마다 병호가 다시 연락해 올 것이라는 추측을 했다.

"그럴 리 없어요."

"당분간 니 자신을 찬찬히 함 돌아 보그라."

그래서인지 유정 언니는 내가 파가니니의 집에 가지 않아도 궁금해하지 않았다. 나도 유정 언니에게 어린애가 아닌 성숙해진 모습을 보여주고 싶었다. 아무런 소득 없이 한해를 보내는 스산함 탓일까, 내 마음 탓일까, 거리는 황량했다. 파가니니의 집은 문이 닫혀 있었다. 잠깐 머뭇대다 언니 집으로 가보았다. 눈이 충혈 된 혜주가 나를 보더니 울음을 터트렸다.

"언니가 끌려갔어예."

혜주의 격한 감정이 가라앉길 기다렸다. 지난 새벽에 남자들에게 붙잡혀 하얀 버스에 실려 갔다는 것이었다. 혜주가 어, 어, 외마디 소리를 뱉어내는 순간 버스는 출발을 해버렸고 무슨 요양원이라는 글자만 희미하게 보았을 뿐 어디로 끌려갔는지 보지 못했다는 것이다. 영숙 언니에게만 겨우 연락을 해놓은 상태라고 했다. 영숙 언니도 퇴근 후라 집으로 올 것이라는 혜주 말을 듣고 기다렸다. 영숙 언니는 그렇잖아도 내게 연락을 하려던 참이었다고 했다. 혜주 말을 토대로 토요일부터 마산 근처 요양원을 뒤져보기로 했다. 창건 씨라도 있으면 좋으련만 군대에 간다고 송별회를 한 지가 한 달 전이었다.

토요일과 일요일엔 창원 진해 등 마산 근처 요양원을 수소문하고 다녔다. 유정 언니 소식은 어느 곳에서도 들을 수 없었다. 답답한 마음에 유정 언니 집으로 찾아가 보았다.

"그거는 자식도 아이다. 집안 말아먹을 년…… 호적에서 파버린 지 오래다. 다시는 찾아오지 말거래이."

냉대만 받고 돌아왔다. 문득 오랜만에 걸려온 유정 언니 전화가 생각났다.

"은희야, 당분간 가게는 오지 말그라. 나중에 언니가 연락 할끼다. 몸 성히 잘 있그래이."

"멀리 가는 사람처럼 왜 또 그래요?"

내 질문엔 대꾸도 없이 유정 언니는 말을 이었다.

"이 언니는 인자 니 걱정은 하지 않는대이."

혹시 무슨 문제가 있더라도 아무 걱정 하지 말라며 다 잘될 것이라고 했다. 유정 언니는 자신에게 무슨 일이 일어날 것인지를 알고 있었던 것이다. 그때는 안부전화라고 생각해 건성으로 들어 넘겼다.

시간이 나면 혹시나 무슨 소식이라도 들을까 싶어서 파가니니의 집앞을 서성였다. 다른 간판이 걸려 있었다. 카운터를 지키던 못난이 삼형제가 어른거리고 벽면을 가득 채웠던 머리카락 흩날리는 지휘자의 흑백사진도 보고 싶었다. 문이 열렸다는 것만으로도 반가워 반쯤 열린 문으로 실내를 들여다보기도 했다. 영숙 언니는 짐작 가는 데가 있기는 하지만 섣불리 입 밖으로 낼 수 없다며 무사히 돌아오기만을 기다리는 수밖에 없다고 했다.

"은희야. 유정이는 아마 우리가 생각지 못하는 곳에 있을 것 같다. 하지만 어딘가 살아 있을 거다."

혜주는 유정 언니 소망대로 서울로 떠났다.

\*

많은 일들이 한꺼번에 지나갔다. 그 남자가 아니면 죽을 것 같았던 시간도 지나가고, 유정 언니에 대한 그리움, 걱정, 기다림도 점점 체념으로 변해갔다. 가끔씩 영숙 언니와 함께 유정 언니 걱정만 하다가 돌아오기도 했다. 창건 씨는 처음부터 편지 같은 건 하지 않을 것이라는 말을 남기고 군에 들어갔다. 군대에서는 비밀이 지켜지지 않는다는 말과 함께 집으로 안부 연락만 하겠다고 했다. 창건 씨 소식이 궁금하면 집으로 연락을 해봐야 하겠지만 그것은 쉽지 않았다.

눈이 내리지 않는 도시에 진눈깨비가 날리던 날이었다. 저녁을 먹자는 영숙 언니 전화를 받았다. 언니는 밥을 먹으면서는 아무런 말을 하지 않았다. 커피를 마시면서 남자 만나 결혼도 하고 잘 살아줬으면 좋겠다는 말을 하며 내 눈을 피했다. 나는 언니가 다음 말을 하지도 않았는데 눈물이 마구 흘러내렸다. 서울로 직장을 옮겨 가게 되었다는 말을 들었을 때는 꺽꺽 숨이 막혔다. 다방을 나와서 언니는 바로 헤어지자고 했다. 이별은 짧을수록 좋다는 말과 함께 돌아서지 못하는 나를 꼭 안아 주었다. 그리고 어서 가라며, 먼저 가라며 내가 돌아설 때까지 손을 흔들고 서 있어 주었다. 창건 씨가 떠나고, 유정 언니, 혜주에 이어 영숙 언니마저 떠난 곳에서 살아갈 일이 암담했지만 생활은 나를 놓아주지 않았다.

선배들이 그만 두자, 나는 여직원 회장을 맡게 되었다. 경리과 일로 바쁘다는 미경을 설득하여 총무를 맡겼다. 여직원들도 예전 같지 않아 무조건 회사에서 시키는 일이라고 다 하지는 않았다. 여직원 회장인 내게 여사원들이 바라는 일 중 하나가 점심 시간에 간부들 식탁 차리는 것을 폐지해 달라는 것이었다. 내가 만약 회장이 되는 날이 온다면 그것만큼은 반드시 없앨 것이라고 다짐을 하고 있던 참이었다.

여직원 회장단이 바뀌면 노조위원장과 공장장이 함께 저녁을 먹는 연례행사가 있었다. 안건을 논의하는 자리는 아니었다. 회사를 위해서

여사원회들이 더욱 열심히 해주기를 바란다는 인사치레의 자리인 셈
이다. 나는 공장장의 인사말 끝에 건의사항이 있다는 말을 꺼냈다.

"여직원 회장이 바뀔 때마다 요구한 사항인데요, 점심때 여직원들
의 시간을 보장해 달라는 것입니다."

공장장 얼굴이 서서히 굳어지는 것을 확연히 느낄 수 있었다. 이런
자리에서 할 수 있는 얘기가 아니라는 증거였다. 한동안 침묵이 흘렀
다. 노조위원장이 나를 거들고 나섰다.

"맞습니다. 그렇잖아도 노조간부들도 그리 해달라고 압력을 받고
있던 참입니다. 그리 할 수는 없는 일 아입니꺼? 다 같이 먹는 식당에
서 모양새가 좋아보이지는 않습니다."

언뜻 관리직 여사원이 스카프를 써야만 생산직 여사원들이 평등하
다고 느끼는 것과 같은 방식이라는 생각이 들었다. 노조위원장의 한
마디는 여직원 회장의 한 마디하고는 비교가 되지 않을 만큼 무거웠
다. 공장장이 입을 열었다.

"논의해보겠소."

뜻하지 않은 수확이었다. 여직원회에서 결정 난 사항이라고 해서 여
직원들 맘대로 되는 것은 아니었다. 나는 각 부서장들에게 불려가 회
유를 당하고, 협박을 당하고, 그러다가 매번 그랬듯이 흐지부지 끝나
게 될지도 모른다는 생각을 하고 있었다. 비서실 연락을 받고, 공장장
실로 들어갔다.

"내일부터 임원들도 생산직 사원들과 똑같이 식판 들고 먹을 것을

것이다. 하지만 회사에서 요구하는 사항이 있으면 언제든지 여직원회에서도 협조를 하리라 믿겠다."

겉으로 드러난 사실은 여직원회의 안건을 받아들인 것처럼 되어 있었지만 간부회의는 험악했다고 비서실에서 전해주었다. 점심이 문제가 아니라 기강의 문제라며 절대로 물러설 수 없다는 몇몇 임원에게 일침을 가한 건 공장장이었다는 것이다.

"이런 일로 노조에 빌미를 줄 필요는 없습니다. 가뜩이나 회사 사정도 어려운데…… 이런 일로 설왕설래한다면 '한마음으로 가족처럼'이라는 슬로건이 무색해지는 것이 아니오. 그러니 그리들 아시오. 그렇잖아도 이번 위원장의 당선으로 공단 내에서도 우리 회사 노조가 강성이 될 것이라는 우려를 하고 있소. 곧 임단협 협상도 해야 하는데 우스갯소리로라도 이런 얘기가 흘러나와 보시오. 꼴이 뭐가 되겠소."

더 큰 문제는 회사의 급박한 사정이었을 것이다. 회사 사정이 나빠지는 게 피부로 느껴질 만큼 언제든지 요구하면 쓸 수 있는 필기구마저 제한이 되었다. 어찌되었든 여사원들의 요구가 관철된 셈이었다. 나는 점심때 시중을 들지 않으니 살 것 같았다. 불만을 품은 임원들이 구내식당을 이용하지 않고 회사 밖에서 점심을 먹었지만 그것도 한두 번이지 나중에는 생산직 사원들과 섞여 밥을 먹었다.

무언가를 이루었다는 성과는 여직원들에게 자신감을 주었다. 사무실의 꽃이란 개념에서 조금씩 의식의 변화가 온 건 사실이었다.

여직원회에서 치르는 연례행사 중 또 다른 하나는 어버이날 임원들과 노조간부들 가슴에 카네이션을 달아주는 일이었다. 본사가 서울에 있는 관계로 공장장을 비롯하여 각 부서의 이사들은 대부분 가족과 떨어져 사원 아파트에서 지내는 경우가 많았다. 자녀들에게 카네이션을 받지 못하는 임원들에게 그 부서 여직원들이 카네이션을 달아주던 것을 현장의 각 반장들까지 달아주는 것으로 확대가 되었다.

여직원들이 조를 짜서 현장으로 들어가면 일시에 기계소리가 멈추는 것 같은 고요가 찾아왔다. 그러다가 휘파람 소리가 휘익 나기도 하고, 박수소리가 터져 나왔다. 나는 매번 꽃을 달아주고 그곳을 나올 때마다 기분이 몹시 좋지 않았다. 아버지뻘도 아니고, 큰오빠 정도 되는 남자 턱밑에 서서 숨소리를 고스란히 듣는 것을 왜 해야 하는지 알 수 없었다. 해마다 불평과 불만이 터져 나왔지만 그날이 지나고 나면 행사 하나에 마침표를 찍듯이 지나간 일이 되고 말았다.

지난해에도 어버이날 행사에 다 큰 아가씨들이 아무리 좋은 뜻이라고 해도 남자들 가슴에 꽃 달아주는 것은 문제가 있다는 발언을 몇몇이 주장했다. 차라리 꽃바구니를 만들어서 부서별로 전하는 것이 낫지 않겠냐는 차선책도 제시를 했지만 회장을 맡은 선배의 강력한 반대에 부딪혔다. 꽃바구니 전달은 성의가 부족하다는 것이었다.

"그라고, 여직원회가 회사의 지원도 받지만 알게 모르게 노조의 후원도 받고 있다 아이가. 우리 맘대로 하고 싶지 않다고 안 하는 게 아이다."

불우이웃 돕기 바자회라든가, 일일 찻집 등 여직원회에서 하는 행사에 노조 후원은 절대적으로 필요하다. 간부들의 도움만 받는 것은 아니었다. 오히려 현장의 직원들이 티켓을 사서 도와주는 것이다. 경리과 미경이도 애원조로 말을 했다.

"회장 언니는 조금 있다 결혼한다 아입니까?

"내가 결혼하는 거 하고 무신 상관이고?"

"언니는 회사도 그만 둘낀데 후배들 생각해서 한 번만 봐주이소."

"니들이 몰라서 그라는데, 내 좋자고 이라는 기 아이다. 눈 딱 감고 한번 수고하믄 일 년이 편타. 잔말 말고 그냥 해라. 이런 행사 만들어 논 선배들이 니들보다 몬나가 그란 거 아이다."

내가 회장을 맡기 전 선배 회장들과는 번번이 이런식의 대화로 끝이 나고 행사는 진행되었다.

십여 명은 적극 나서서 하고 싶을 것이고, 십여 명은 회사를 편히 다니고 싶어서 할 것이고, 나머지는 나처럼 마지못해 그 일을 할 것이었다.

어버이날이 되기 전에 여직원회 임원은 노조위원장과의 면담을 요청했다. 어버이날 꽃 달아주기 행사를 하지 않기로 한 취지를 알리기 위해서였다. 어렵게 꺼낸 얘기였는데 알겠다는 반응은 의외로 빠르게 왔다. 회사 사정이 그만큼 나빠지고 있다는 징조였다.

입속의 혀

퇴근시간이 되어도 심 이사는 신문을 펼쳐든 채 꼼짝하지 않았다. 아무도 퇴근을 하지 못하고 자리를 지키고 있었다. 남자사원들은 심 이사와 행동을 같이 했다. 퇴근시간부터 업무를 처리하는 직원도 있었다. 그것이 현명한 일인지도 모르겠다는 생각을 퇴근할 때마다 하고 있었다. 정시 퇴근을 하면 일은 하지 않고 일찍 가는 것으로 낙인이 찍히기 십상이었다. 퇴근시간에 회의를 하면서 커피를 달라기 일쑤였다. 날마다 퇴근 전쟁을 치러야 했다.

남동생이 취직을 하고 집안의 생계에서 조금 자유로워진 나는 대학에서 운영하는 평생교육원에 등록을 했다. 심 이사가 자리를 지키고 앉아 있으면 먼저 가겠다는 말을 하지 못한 채 핸드백을 주방에 미리 갖다 놓았다가 비상계단으로 나가야 했다. 일본문학이니 프랑스문학이니 철학 입문이니 대학에 가지 못한 한을 풀기라도 하듯 인문학 강좌를 들으러 다녔다. 문화센터의 글쓰기 강좌를 들으며 이루지 못한 꿈을 잠시 가지기도 했다. 하지만 이런 것들은 이력서에 단 한 줄도 쓸 수 없는 자기만족에 불과했다.

강의시간에 맞추어 퇴근도 하지 못하는데 등록을 괜히 했다는 후회가 밀려오다가도 그것마저 하지 않으면 내가 아무것도 아닌 존재인 것 같아 불안했다. 회사 상황이 좋았을 때도 퇴근을 제때하지는 못했다. 그룹의 재정 상태가 서서히 나빠지기 시작하면서 퇴근시간에 제일 먼저 칼을 댔다. 회사에 오래 있어야 일을 많이 한다고 생각하는 경영진의 생각이 바뀌지 않는 한 회사에 목 메인 사람들은 어쩔 도리가 없었다. 관리직들은 야근을 해도, 특근을 해도, 철야를 해도 수당을 주지 않았다. 인사고과에 발목 잡힌 직원들은 상사가 앉아 있으면 퇴근을 할 수 없었다.

고과제도라는 것은 요술방망이였다. 일 년이 지나면 똑같이 2호봉이 올라가지만 고과를 잘 받으면 3호봉, 4호봉이 올라가서 동기들보다 먼저 대리가 되고, 과장이 되고, 부서장이 되었다. 실적이 뛰어나 특진이라도 받게 되면 동기들보다 빠른 승진을 보장받을 수 있었다. 고과를 잘 받기 위해서, 특진을 받기 위해서 알게 모르게 동기들은 경쟁의 대상자가 될 수밖에 없었다. 업무능력은 인간성과는 아무 상관이 없었다. 사람 좋다는 소리를 듣는 순간 특진에서 밀리게 되고, 나중에는 동기에게 고과점수를 받아야 하는 신세로 전락되기도 한다. 그만 두고 다른 곳으로 갈 수도 있지만 그것도 팔팔한 이십 대 때 얘기지 삼십 대, 사십 대가 되면 갈 곳도 없어, 굴욕을 참을 수밖에 없다. 여기에 나는 여자인데다가 대학을 나오지 못한 고졸사원이었다. 회사를 그만 두는 날까지 진급은 꿈도 꿀 수 없었다. 남자사원이라도 고졸은 별 수 없이 진급의 한계를 가질 수밖에 없지만 같은 고졸이라도 남자사원은 여사원보다는 몇 년 앞서서 대리시험 자격이 주어진다.

경기가 나쁘다고 언론에서 호들갑을 떨면서부터 회사 사정이 나빠졌는지, 회사가 어려워지자 언론에서 난리법석을 떨었는지는 중요하지 않았다. 다만, 회사가 어렵다는 핑계로 신입사원 채용은 물론, 그만두고 나가는 자리도 채워주지 않았다. 남아 있는 사람들이 나누어서 일을 했다. 직급이 낮은 사원들의 이직률이 높다보니 결국은 아랫사람들만 또 힘들어지는 것이다. 결재를 하는 윗분들은 여전히 결재만 하면 되었다.

나에게도 업무가 주어졌다. 그 덕분에 한 대리가 하던 무역 업무를 맡게 되면서 업무의 양과 질은 남자사원들과 비슷해졌지만 호봉 결정은 대학을 나왔느냐 나오지 않았느냐, 여사원이냐 남자사원이냐에 따라 달라졌다. 여사원과 남자사원은 임금체계가 처음부터 달랐다. 나와 직급이 같은 팽은 같은 고졸사원에다가 나보다 입사도 늦고 나이도 어리지만 남자라는 이유로 임금은 더 많이 받았다. 책상도 내 앞자리가 아닌 뒷자리였다. 내가 대리시험을 볼 수 있는 자격을 얻으려면 아직도 십 년은 더 꼬박 기다려야 하는데 마흔 살이 다 될 때까지 직장생활을 하는 고졸 여사원은 아직까지 한 명도 없었다.

남자사원 중에서 유일한 고졸인 팽 역시 책상을 정리해놓고 밤송이처럼 까칠한 곱슬머리를 계속 긁적거렸다. 가지런하게 정리된 서류를 뒤적이며 물 한 모금 마시고 하늘 바라보는 병아리마냥 책상 한 번 보고, 벽에 걸린 시계 한 번 보며 고개운동을 하고 있었다. 팽과는 이심전심 통하는 게 많았다. 같은 고졸이라는 것도 그렇고 나보다 입사가 늦어서 세경중기 직원들이 부리는 텃새를 부리지 않는 탓도 있었다.

나는 퇴근을 포기하고 서랍에 집어넣은 서류를 다시 꺼냈다. 팽은 심 이사에게 쩔쩔매기나 하는 조 부장이 무슨 힘이 있을까마는 구내전화로 조 부장에게 인사를 하고 퇴근을 한 상태였다. 마음 약한 조 부장은 심 이사가 앉아 있음에도 승낙을 하고 만 모양이었다. 일이 잘못되려고 그러는지 그날따라 심 이사는 여덟 시가 넘어서야 저녁이나 먹자며 자리에서 일어섰다. 심 이사는 말 떨어지기 무섭게 직원들을 채근했다. 팽과 함께 나서지 못한 나도 붙잡히고 말았다.

"어서들 갑시다."

마음이 급한 조 부장이 채근을 했고, 심 이사는 저녁 한 끼 사는 걸 무슨 선심이나 쓰듯이 생색을 냈다. 부서 예산인 업무추진비와 복리후생비까지 모두 심 이사 개인 것인데 그 예산에서 저녁을 사는 것이니, 선심은 선심이었다. 간단히 먹자는 말과 함께 어디가 좋은지 의견을 물었다. 방송국 앞에 새로 개업한 냉면집이 있는데 맛이 괜찮습니다. 순복음교회 건너편에 백반집이 아주 깔끔하고 간단히 먹기에는 그만입니다. 서로 앞 다투어 경쟁을 하듯 식당을 읊었다. 충성심을 시험이라도 하려는 듯 의견을 듣고는 개업한 냉면집으로 결정을 했다.

심 이사는 자리에 앉자마자 조 부장을 추궁했다. 앞머리가 빠지기 시작해 대머리 대열에 올라선 조 부장은 난처해질 때면 속마음을 도저히 감출 수 없는 지경이 되도록 얼굴이 붉어졌다.

"팽은 갔나?"

"네. 방금 전……."

"회사를 살리는 길을 얘기한 게 오늘 아침입니다. 하루도 지나지 않았어요."

밥을 먹으러 온 것인지 회의의 연장인지 알 수 없었다. 직원들의 고개가 점점 탁자 가까이로 내려왔다.

"내가 학원에 가는 것을 나무라는 게 아니에요, 직장생활은 혼자 하는 것이 아니기 때문에 윗분이 앉아 계시면 나갈 일이 있어도 못 나가고. 우리 때는 여러분들보다 더 했어요. 어디서 감히 이렇게 앉아 술을 함께 마셔요. 세상이 좋아져서 그렇지 여러분들은 일부 언론에서 신세대가 이러쿵저러쿵 하니까 덩달아서 그러는 모양인데 그 사람들은 여러분들하고는 다릅니다. 일하는 분야가 달라요. 내가 팽에게 직접 얘기를 해야겠어요? 조 부장이 좀 알아서 하세요. 자 오늘은 이쯤하고 저녁이나 먹읍시다."

종업원이 메뉴판을 들고 심 이사 앞에 무릎을 꿇은 자세로 주문을 받았다. 심 이사는 한참 동안 메뉴판을 들여다보더니 주문을 했다.

"이 집에서 제일 맛있는 것으로 줘 봐요."

"물냉면이 맛있습니다."

"그럼 그것으로 주세요."

"전부 물냉면입니까?"

"네, 이사님 냉면은 물냉면이 최고지요."

양 대리가 맞장구를 쳤다. 회냉면, 비빔냉면, 칡냉면 다양한 메뉴가 있었지만 모두들 물냉면을 받아들였다. 나는 비빔냉면으로 바꾸려던 마음을 고쳐먹었다.

"이 집 맘에 드네."

"네, 이사님. 냉면 맛이 좋습니다."

송 과장의 맞장구에 심 이사가 혀를 끌끌 찼다.

"그게 아니고, 이 사람아. 사람대접을 할 줄 아는 식당이라는 게야."

모두들 뜻도 모른 체 아, 네, 그렇지요. 등을 말하며 장단을 맞추고 있었다. 나는 심 이사의 의중을 알아차렸다. 무릎 꿇고 주문 받는 종업원의 태도를 두고 하는 말이었다.

심 이사는 자신을 마치 봉건사회의 영주쯤 되는 것으로 착각할 때가 있었다. 직원들 역시 받들어 모시는 데는 영주보다 더하면 더했지 덜하지는 않았다. 무릎 꿇고 주문받는 종업원을 보아서인지 갑자기 농담을 던졌다.

"지금이 조선시대라면 얼마나 좋을까? 사나이는 역시 시대를 잘 타고나야 된다니까? 안 그래?"

"맞습니다. 이사님."

조선시대를 들먹이며 시대 운운하는 의도도 파악하지 못하면서 양 대리가 맞장구를 쳤다. 심 이사의 의도는 다른 곳에 있었다. 임금은 공식적으로 후궁을 거느리고, 양반들은 후실을 들일 수 있는 것을 말하는 것이었다. 여사원인 내가 있건 말건 기생이니 첩이니 대화는 끝없이 확장되고 있었다. 여성을 인간이 아니라 수단이나 도구로 생각하는 심 이사의 생각이 단적으로 드러나는 대목이었다. 유쾌하지 않은 농담을 듣는 순간 여사원을 뽑을 때는 머리는 좀 비어도 좋으니 몸매 잘 빠진 애를 뽑으라는 등 여자는 능력보다는 섹시한 게 최고라며 평소 여사원들을 대하는 심 이사의 행동이 떠올라 냉면 맛은 이미 달아난 뒤였다.

효정이 그만 둔 자리에 채용된 계약직 순애에게 요구한 건 업무를 잘하는 것이 아니라 남자사원들 시중을 잘 들라는 것이었다. 나는 순애가 계약직인지도 몰랐다. 송 과장은 순애를 따로 불러 고졸 사원을 뽑는 이유는 따로 있다고 했다. 남자사원들이 외출에서 돌아오면 커피 타주고, 책상 정리 잘하고, 사무실 환경미화에 힘쓰는 것이라고 했다. 그리고 마지막으로 강조했다.

"미스 리가 특히 신경 써야 할 것은 내 말을 명심하는 일이야. 무슨 말인지 알겠나?"

"모르겠는데요. 무엇을 명심해야 하는지."

당돌한 순애의 반응에 송 과장은 화들짝 놀랐다. 그도 그럴 것이 보통은 알았다고 대답을 하든가, 눈물을 흘리든가 그것도 아니면 대답을 하지 않는 것이 상식이었다. 오히려 할 말을 잃은 건 송 과장이었다.

내가 서울사무소에 처음 왔을 때처럼 작정하고 자질구레한 심부름을 시키지는 않았지만 순애는 말끝마다 고졸여사원을 입에 달고 불러대는 소리가 지겹다며 사직서를 제출했다. 심 이사는 순애가 그만 두는 사유를 제대로 파악하지 못하고 순애 상처에 소금을 뿌리는 발언을 하고 말았다.

"너, 그 인물로는 취직도 못한다. 여기 그냥 눌러 있지 어디로 간다고 그러니?"

인물 운운하는 심 이사에게 순애는 아무렇지도 않은 목소리로 말을 했다.

"이사님이 계시지 않은 곳이면 어디든 상관없어요."

"뭐라고?"

심 이사가 혀를 차며 반문했다. 대학을 간다는 조 부장의 부연 설명에 또다시 해서는 안 될 말을 뱉고 있었다.

"그 얼굴로 대학 나오면 뭘 하나? 조 부장 안 그래요?"

"……."

"말이 나와서 하는 말인데, 대학이 개나 소나 다 가는 데냐 말이다. 여자는 얼굴만 예쁘면 그것으로 끝인데."

"따님은 개나 소나 다 가는 대학을 나왔잖아요."

듣다 못한 나는 한 마디를 던지고 말았다. 이 회사에서 대학이라는 학력만큼 위력을 발휘하는 게 또 있을까. 사무실에 순간 정적이 맴돌았다. 내게 유달리 약한 모습을 보이는 심 이사를 두고 내가 너무 독종이라서 그냥 봐주는 것이라거나, 만에 하나지만 나를 좋아할지도 모른다는 엉뚱한 상상을 포함한 뒷공론이 있었다는 것을 알고 있었다. 고졸 여사원에게만 강조하는 그 지겨운 레퍼토리를 입사하여 지금까지 듣고 있는 나는 순애처럼 사직서 확 던지고 나가지 못했다. 고졸 여사원 차별발언도 지긋지긋한데 이젠 조선시대 축첩제도까지 들어야 했다. 심 이사가 내게 고개를 돌렸다.

"미스 정, 무슨 할 말이 있나?"

"딱히 할 말이라기보다는 머슴이나 행랑아범의 신분이었을 수도 있다는 생각은 안 드시나 해서요."

"뭐야?"

"그렇잖아요, 확률로 보더라도 양반보다는 상놈이 훨씬 많았는데 지금처럼 직책으로 행세하는 세상도 아니고요."

"그러면 내가 상것으로 태어났다 이 말이야?"

"아니 뭐 꼭 그렇다기보다는 확률적으로……."

분위기는 삽시간에 얼음장처럼 차갑게 식어버렸고, 남자사원들은 분위기를 살리기 위해 목소리를 높이며 농담을 했지만 심 이사 표정은 풀어지지 않았다. 나도 굳이 심 이사 심기를 건드리고 싶은 마음은 없었는데 이상하게 그날따라 심 이사 기분 하나 맞춰주려고 애쓰는 남자사원들의 모습이 눈물이 날 지경으로 안쓰러웠다.

*

212

출근한 조 부장이 팽을 불렀다. 회의실로 들어가서 조용히 얘기할 법도 한데 원형테이블에 앉았다.

"지금 공장 분위기가 어떤 줄 압니까? 공장에서는 밤 열 시까지도 모자라서 철야를 하고 야단인데 우리는 너무 안이한 게 아닌지 심히 안타까워요. 개인의 발전을 위해 학원을 다니는 것은 좋은 일이나 회사가 개인 생활까지 봐줄 수는 없잖나. 단도직입적으로 얘기 하겠어요. 내가 다시는 이사님한테 불려가서 이런저런 소리 듣지 않도록 해줘요."

조 부장이 언제 저렇듯 말을 잘했는지 알 수 없을 정도로 빠르게 말을 마쳤다. 팽은 수강기간인 삼 개월만 다니겠다며 조 부장의 말에 승복하지 않았다. 조 부장은 어차피 그만 둘 것이면 수강료를 좀 손해 보더라도 회사의 방침에 따르라는 말로 설득을 했다. 나는 팽의 말에 귀를 기울이고 있었다. 통근버스를 타고 다니는 나로서도 팽이 끝까지 물러서지 않기를 바라고 있었다.

"이사님보다 일찍 나가는 것 땜에 그러세요?"

"그런 게 아니야."

"그렇지 않으면 뭡니까?"

"당신 생각해서 그러는 것이야. 이사님 눈 밖에 나서 좋을 게 뭐 있나?"

팽이 무슨 말인가를 더 하려 했으나 조 부장은 들으려 하지 않았다. 팽이 다시 조 부장과 마주 앉았다.

"이 사람아, 그렇다고 사표를 가지고 오면 어떡하나?"

조 부장의 목소리에 안타까움이 묻어났다. 회사에 남을 것인가 떠날 것인가는 전부터 생각해 온 일이었다며 이번 일이 회사를 떠나는 계기가 되었을 뿐이라며 미안해하는 조 부장을 오히려 사원인 팽이 다독였다.

사는 것이란 게 새벽에 출근하여 한밤중에 퇴근하고, 고과점수 때문에 가슴 졸이고, 남들 다 가진 학벌 좀 따려고, 그것도 퇴근 후에 학원 가는 것까지 눈치를 봐야 한다면 더 이상 회사에 미련이 없다고 했다. 지금 사표를 내지 못하면 평생 후회할 것 같다는 말로 자신의 선택을 확고히 했다.

조 부장이 팽보다 먼저 일어나 담배 한 개비를 들고 휴게실로 사라졌다. 팽의 말은 모두 사실이었다. 그만두는 사원들 중 전체의 칠십 퍼센트는 삼 년 이내의 사원인 것은 일리가 있었다. 신입사원들에게 비전을 보여주지 못하는 것은 회사였다. 반면에 과장만 되면 이직률이 현저하게 줄어들었다. 월등하게 뛰어난 능력을 인정받아 스카우트나 되면 몰라도 갈 곳이 없었다. 회사의 앞날이 불투명해도 운명으로 알고 함께 가야 했다. 인사철이 되면 불안하고 초조한 것은 과장보다는 차장이, 차장보다는 부장이 더욱 심했다. 조 부장이 팽의 사직을 목숨 걸고 말리는 데는 자신의 신분이 불안한 까닭도 한 몫 한다는 걸 짐작할 수 있었다.

나는 조 부장을 볼 때면 이상하게 안쓰러운 마음이 들곤 했다. 서울에 왔을 때 송 과장을 비롯하여 대리들이 대놓고 나를 무시하고 갈구어도 나서서 말리지 못할 만큼 조 부장 역시 불안한 신분이었다. 그래서 조 부장이 사 준 밥 한 끼는 소중했고, 휴게실에서 격려해준 말 한마디를 지금까지 간직하고 있는 것이었다.

조직은 뭐란 말인가? 심 이사인가? 사장인가? 눈에 보이지도 않는 조직을 위하여 충성하고 희생하고 청춘을 바치고 인생을 건단 말인가.

*

내가 아무리 남자사원과 똑같은 업무를 한다 해도 환경미화는 여전히 내 발목을 잡고 있었다. 사무실에는 내 키를 넘는 행운목과 벤저민 화분이 심 이사 방을 중심으로 네 개가 있고, 심 이사와 조 부장, 송 과장 책상 위에는 화분이 하나씩 있었다. 화분 전체에 물을 주려면 큰 주전자로 서너 번은 날라야 한다. 꼭 그럴 작정은 아니었지만 업무가 바빠지고부터 물주는 것을 외면하기 시작했다. 심 이사는 틈만 나면 물뿌리개를 들고 이파리에 물을 뿌렸다. 심 이사가 물뿌리개를 들고 설치면 남자사원들은 심 이사 주변을 서성거렸다. 사무실을 한 바퀴 둘러본 심 이사가 드디어 입을 열었다.

"미스 정, 다 말라 죽겠다."

최소한 본인이 좋아서 기르는 화초라면 물 정도는 자신이 주어야 한다는 게 내 생각이었다. 식물을 사랑하려면 스스로 물도 주고 햇볕도 쏘여주고 가꾸어야 하는 게 아닌가. 남들이 가꾸어 놓은 것을 감상만 할 요량이면 창밖으로 보이는 가로수를 바라보면 될 것이었다. 하지만 내 생각대로 할 수는 없었다. 여전히 컵은 내 손으로 씻어다 주어야 하고, 나만 눈에 띄면 커피를 달라고 했다. 그것까지는 양보할 수 있었다. 화분에 물주는 것만큼은 하고 싶지 않아 나는 대답하지 않았다.

심 이사는 내가 물을 주지 않아 말라죽었다며 나를 볼 때마다 지치지도 않고 말을 했다. 참으로 딱하기도 했다. 나는 아침이면 열 개가 넘는 각 은행 담당자들과 통화를 하느라 정신이 없었다. 환율이 나오면 결재할 자금을 계산하고 전표를 발생시키는 일만 해도 오전이 다 가고 경리과에서 자금을 받아 외근을 가야 하기 때문에 사무실에 있을 시간도 별로 없었다. 물까지 주는 일은 어떻게 해서든지 하지 않을 작정을 했을 뿐이다. 조 부장이 몸 둘 바를 몰라 하며 물 좀 주라며 나를 채근했다. 나는 끝까지 버티고 서 있었다. 조 부장이 물뿌리개를 들고 물을 주었다. 그 옆에 선 심 이사가 입을 열었다.

"이 분재가 얼마짜린 줄 아나? 아주 비싼 거다."

"그렇게 비싼 것이면 댁으로 가져가시면 안 될까요?"

"물 좀 주는 게 그렇게 싫나?"

"싫은 게 아니라……."

심 이사한테는 비싼 분재인지 모르지만 내 눈에는 거슬렸다. 아무리 말 못하는 식물이라도 그렇지 철사로 꽁꽁 감아놓고 뭘 어쩌자는 것인지. 사람이라면 어떨까? 나를 보는 것 같아 마음이 여간 불편한 게 아니었다. 그러기를 며칠 뒤, 사무실에 아무도 없는 점심 시간이었다. 심 이사 책상이 있는 뒤편 창가에 서서 커피를 마시고 있는데 시들어가는 분재가 언뜻 눈에 들어왔다. 아무도 없는 틈을 타 분재에 물을 주었다. 화초를 그냥 화초로 보지 못하는 현실이 참으로 서글펐다. 순애가 그만 두고 충원은 되지 않았다. 한 부서에 여사원은 한 명만 있으면 된다는 것이 회사의 방침이었다. 그러니까 심 이사를 비롯한 남자사원들은 내가 무슨 일을 하든, 사무실을 비워야 하는 시간이 많든 적든 상관없이 여사원 일은 허드렛일이라는 것이었다. 이젠 가만히 앉아서 볼펜 달라, 지우개 달라고는 하지 않았다.

　업무적으로 박 대리와 동등한 위치에 있다는 것이 그렇게 신이 날 수 없었다. 한 대리가 하던 일이라고 한 대리가 받던 임금을 달라는 얘기는 아니다. 한 대리가 은행 업무를 볼 때는 은행에서 처리해야 되는 일만 했고, 은행업무로 발생되는 전표처리와 부수적인 일은 언제나 내 몫이었다. 허드렛일 외에 내가 하던 업무는 줄 사람이 없어, 내 업무는 늘어날 수밖에 없었다. 남자사원들은 자신의 출장비가 얼마인지도 모른다. 출장 간다는 말만 내게 하면 나는 자동판매기처럼 경리과에 가서 출장비를 받아다 주었다. 내가 외근을 나가고 나면 다른 부서 여사원을 붙들고 온갖 눈치를 보아가며 출장비를 받을지언정 스스로 해결하려고 하지 않았다. 여사원이 없으면 출장도 못 간다. 그뿐인가. 업무추진비도 시내교통비도 일상에서 일어나는 모든 업무는 여사원을 거치지 않으면 아무것도 이루어지지 않는다. 그러면서 여사원의 일은 늘 하찮게 취급을 했다. 남자직원이 하던 일도 여사원이 하면 '여직원 업무'가 돼 버리고, 여사원이 하던 일도 남자사원이 하면 품격을 갖춘 업무가 되었다. 나는 월급을 더 올려달라는 것도 아니고, 그냥 일만 하면 되는데 수시로 불려가 면담을 해야 했다. 나는 송 과장과 함께 회의실에 마주 앉았다.

"미스 정, 생각보다 일을 잘 해주어서 무엇보다 다행스럽게 생각한대이."

송 과장이 내게 이런 말을 하는 날이 오리라고는 생각해보지 않았다. 천지가 개벽한 것도 아니었다. 송 과장이 그러거나 말거나 조 부장은 내게 업무를 맡겼고, 효정이 그만 두고, 송 과장도 내게 일을 줄 수밖에 없는 상황이 되었다. 한동안은 타이프 치는 업무를 지시하면서도 고압적인 자세를 버리지 않았다. 여사원 손을 거쳐야만 과장으로서 할 일이 생기는 구조였다. 송 과장이 아무리 바쁘다고 독촉을 해도 송 과장이 맡긴 일은 맨 마지막에 처리를 했고, 부당한 지시는 노골적으로 거부했다. 송 과장이 사과를 해왔다.

"합병 과정에서…… 미스 정한테 여러모로 상처를 준 것에 대해 사과 하꾸마. 용서해도고."

진정성 있는 사과라는 믿음은 갔지만 마음이 쉬 풀리지는 않았다. 사과만으로도 불편했던 관계는 회복이 되었고. 마음의 상처도 어느 정도 치유된 상태였다.

"지난번에도 말했다만 미스 정이 이사님 좀 신경 쓰면 안 되겠나?"

"아랫사람인 제가 무엇을 신경 쓴단 말입니까?"

"이제는 고유 업무도 주었는데 뭐가 불만이고?"

"무슨 말씀이신지……."

"기왕 말이 나왔으니 말이지 미스 정이 업무 맡아서 하는 것도 다 이사님 배려인 기야."

"배려라니요?"

"미스 정한테 업무 주라는 이사님 지시 없었다면 평생가도 업무 못 한대이."

"신입사원 채용이 안 되어서 어쩔 수 없이 맡긴 건 아니고요?"

송 과장은 세상이 좋아져서 여사원이 남자사원이 하는 일을 한다는 둥, 우리 부서나 되니까 미스 정이 여기에 있지 다른 부서 같았으면 진즉 쫓겨났을 거라는 둥 말도 안 되는 얘기를 하기 시작했다. 세월이 좋아진 것은 송 과장이 커피 식었다며 다시 타오라는 말을 하지 않는 것이었다.

면담은 외자부에서만 있는 게 아니었다. 인사부에서는 수시로 여사원과의 면담을 실시했다. 결혼 계획을 묻는 건 관행이었다.

"미스 정 나이가 몇이지? 이제 결혼 계획을 슬슬 세워야 하지 않나?"

"그걸 과장님이 왜 물으시는데요?"

"알면서 왜 그래?"

"저 진짜 모른다니까요?"

"결혼 계획을 알아야 신입사원 충원 계획을 세울 수 있잖아?"

인사과장은 노골적이었다.

"그런 얘기는 저에게 해당사항 없습니다. 임금이나 제대로 주세요.

저, 남자사원들하고 똑같은 일 하고 있어요."

"그런데?"

"임금이 이원화되어 있는 것은 남녀고용평등법에도 위배되는 거잖아요?"

"뭘 잘 모르는 모양인데 회사에서도 알아. 그래서 뭘 어쩔 건데?"

인사과장은 비웃었다. 나는 갑자기 말을 못했다. 인사과장은 계속해서 자신의 소신을 밝혔다.

나는 절벽 앞에 서 있는 참담함을 느꼈다. 법이라는 것이 제정이 되고 공포가 되면 마땅히 법대로 이루어지는 줄 알았다.

"외자부에도 곧 계약직 여사원 채용할거야, 미스 정 월급으로 두 명은 채용할 수 있는 것도 알고 있겠지?"

알고 있다. 언제부턴지 정규직 여사원이 퇴사를 하면 그 자리에 계약직 여사원을 채용했다. 함께 일하는 여사원들도 처음에는 알지 못했다. 하나둘씩 정규직 여사원이 그만 두면 그 자리에 계약직이 들어왔다. 어느새 계약직 여사원이 반을 넘어섰다.

"과장님, 근로기준법 1장 6조에 대하여 알고 있습니까?"

나는 회사에서 받는 차별에 대해 법적으로 뭘 어떻게 해보겠다고 공부를 한 건 아니었다. 파가니니의 집에서 보내던 시절 독서 모임을 통해 근로기준법을 처음으로 접했고, 6월 항쟁 이후, 내가 모르는 세계에 대해 좀 더 자세히 알고 싶어 필요할 때마다 서점에서 책을 구입해 조금씩 알아 두었을 뿐이었다. 법적으로는 내가 받는 처우가 부당하다는 것도 알고 있었다.

"근로자에 대하여 남녀의 차별적 대우를 하지 못하며 국적, 신앙 또는 사회적 신분을 이유로 근로조건에 대한 차별적 처우를 하지 못한다고 되어 있습니다. 책상 열심히 닦았고, 제가 탄 커피만 합산해도 아마 빌딩 높이만큼은 될 걸요. 그리고 제가 책상 닦을 때 과장님은 바닥 청소 한 번이라도 한 적 있나요?"

"보자보자 하니까. 못 하는 말이 없고만? 직장생활을 하다보면 설령 내 일이 끝났어도 동료가 바쁘면 도와 줄 수도 있고, 퇴근을 좀 늦게 할 수도 있는데 미스 정은 퇴근시간 되자마자 퇴근하고."

"굉장히 듣기 거북하네요. 때 되면 진급하고 저보다 월급도 많이 받는 남자사원이 늘 하찮게 취급하는 여사원한테 도와주지 않느냐고 구걸을 하는지 이해가 되지 않습니다. 자신의 할 일을 제때에 끝마치지 못하는 사람을 탓해야 되는 거 아닙니까? 제때 퇴근하지 않아 발생한 전력비용, 화장실 다니면서 소비한 수도세, 난방비 등을 배상해야 한다고 생각하는데요. 저는 일이 많으면 점심 시간에도 했고, 마감 못 하면 야근도 했습니다. 점심 시간에 일 할 때 도와준 남자사원도 없었고, 야근할 때 남자사원한테 도와 달라고 한 적도 없습니다. 도와주느니 마느니 이런 얘기 더 이상 하지 마세요. 근로기준법만 제대로 지킨다면 아니죠. 연장근무 수당을 지급한다면 회사에서 그토록 오래 붙잡아 두지는 않겠지요. 제 말이 틀렸습니까?"

"회사는 교과서가 아니야. 됐고."

내 입가에 조롱하는 웃음이 스쳐갔다.

"산업체라고 전력비도 깎아 주죠? 전력비에 특혜를 주지 않는다면 야근수당 떼먹으면서 직원들 붙잡아두지 않을 것 같은데 이런 것은 어디에 건의를 해야 하나요? 아마도 화장실 가는 시간까지 체크해서 연장근무를 막겠지요. 수당이나 받으려는 사람 취급해서 모멸감을 주면서요. 회사의 그 거지근성 때문에 회사도 사원도 함께 멍든다는 것입니다."

"뭐? 거지근성?"

"네 거지근성이요. 언제까지 사원들한테 교묘한 방법으로 손만 내밀 작정입니까? 이제 이 정도 성숙했으면 공정한 게임을 해야 되는 거 아닙니까?"

"미스 정."

"저는 미스 정이 아니고 정은희입니다."

"아직도 뭘 잘 모르는 모양인데 관리직 사원들은 말 그대로 관리하는 직원들이야. 또 막말로 연장수당 요구하는 사원은 목이 두 개라도 되는 줄 알아?"

"관리직 사원이 회사의 경영자는 아닙니다. 관리직 사원도 노동자입니다."

이 나라 경제를 주름잡는 삼십 대 기업에서 자행되고 있는 현실이었다. 인사과장은 과장대로 나는 나대로 아무 소득도 없는 면담이 되고 말았다. 정규직 여사원을 자르지 못해 안달하는 회사에 정당한 임금

요구라니. 내가 생각해도 뻔뻔한 요구였다.

학력, 입사일자가 같아도 남자사원과 여사원의 임금체계는 달랐다. 그러다 임금테이블이 일원화가 되었다. 법으로 그렇게 제정이 된 뒤부터는 여사원에게 또 다른 차별, 아니 이젠 아예 고용마저 불안한 상태인 계약직으로 바꾸고 있었다. 불안한 고용 상황에서 업무의 질을 논하고, 처우를 논한다는 게 버거웠다. 바늘귀만큼의 존엄을 지키는 것도 힘든 상황에서 나는 바닥에 등을 대고 누워 빙빙 돌아도 날아오르지 못하고 발버둥치는 풍뎅이와 다름없었다.

아무리 반말을 하지 말라고 요구해도 반말을 해야 친숙해진다며 의도적으로 합리화를 시켰다. 유니폼을 입고 자질구레한 심부름을 하다보니 반말은 당연하다. 말이 반 토막인데 행동은 온전하겠는가. 게다가 결혼하면 무언의 압력을 행사하여 기어코 그만 두게 만들었다.

기획실 여사원이 경리과 직원과 사내결혼을 발표했다. 인사부에서 들고 나온 카드는 "회사를 계속 다닐래, 네 남편을 지방 발령 낼까." 였다. 결혼이 해고로 이어지는 관행이 계속되면 끝내는 결혼을 거부할 것이고, 저출산으로 이어지는 건 당연한 귀결일 것이었다.

시집이나 가라며 유정 언니가 해고를 당했을 때 언니는 그랬다. 두고 보면 알 것이다. 앞으로는 결혼하지 않는 여자들의 천지가 될 것이라고.

# 나를 닮은 새

심 이사의 공장 출장이 잦아지더니 간부회의만 갔다 오면 회사가 어렵다는 말로 말문을 열었다. 언제 부도처리 될지 모른다. 다른 곳으로 매각 될 것이라는 등 황성중공업이 간판을 내릴 때처럼 루머가 떠돌았다.

경제가 어렵다는 말이 언론에 등장할 때부터 회의가 잦아지긴 했다. 시시때때로 사장 주재 하에 부서장 평가회의가 열렸다. 더 이상 깎을 예산도 없는데 경비를 줄이는 것에서부터 다음 달 매출 실적까지 짜 맞추기 식으로 매번 자료를 만들어야 했다. 전년도 실적에 상반기는 몇 퍼센트를 늘리고 또 상반기 실적에 하반기 매출은 몇 퍼센트를 늘리고 그 실적에 미치지 못하면 원인 분석하고, 내용이 부실하면 겉모양이라도 번지르르해야 체면이 서는 분위기였다. 사장님이 어쩌고 하는 회의만 걸리면 며칠씩 늦은 시간까지 야근을 했다. 똑같은 자료에 문구만 바꿔 몇 번씩 그래프를 그리고 난리법석을 떨었다. 그렇게 만

들어낸 자료를 심 이사가 탁자 끝으로 밀어버렸다.

"조 부장? 이것을 자료라고 만들었소?"

"……."

"내가 얘기할 때는 어디 갔다 왔나? 이백 퍼센트를 늘려 잡아도 백 퍼센트를 달성할까말까 한데 상반기 실적에 백삼십 퍼센트를 잡으면 나보고 사장님 앞에서 죽으란 말이야, 뭐야? 또 경비 줄이라는데 이것이 줄인다는 의지야?"

"……."

"내일 아침 공항으로 바로 가져오세요."

심 이사는 조 부장 얘기는 들어보지도 않고 휑하니 나가버렸다. 공장 위주의 경영을 강조하면서 이사회의도 창원에서 이루어졌다. 밤샘을 하고, 야근을 하고 며칠 동안 고생하여 만든 자료인지라 송 과장과 사원들은 조 부장에게 자료를 넘기고는 이미 퇴근을 한 뒤였다.

탈의실로 향하는 나를 불러 세울 때 조 부장의 표정은 도저히 퇴근하겠다는 말을 할 수 없을 정도로 절박했다. 자료 수정을 하면서 내가 먼저 입을 열었다.

"부장님, 사표 써버리고 싶은데 처자식 때문에 참았죠?"

"매일 참지."

농담처럼 던진 말에 조 부장은 진지하게 말을 받았다.

"저도 부양가족 때문에 사표를 못 쓰거든요. 동생들은 결혼하고 나니까 지들 살기에도 바쁘고, 혼자 계시는 어머니는 당연히 제 차지가 되었죠."

혼자된 엄마를 여동생 선희가 모시고는 있지만 엄마 생활비는 내가 보내주어야 했다. 나는 아버지 장례식에 내려와 준 조 부장에 대한 남다른 마음이 있기도 했다.

"제가 고등학교를 졸업하고 취직할 때는 남동생이 고등학생이 되었고, 야간대학이라도 갈까 생각할 때는 남동생이 대학생이 되었어요. 그러니 어쩝니까? 이 누나가 우리 집 기둥인 남동생 등록금을 댔지요. 저, 회사에서 해고당하면 엄마 생활비도 못 보내주고, 굶어죽어요."

"나도 장남이라는 이유로 나만 대학을 나왔지. 동생이 상고를 나와 나보다 먼저 돈을 벌었어."

"남동생은 늘 미안하다고 하지만, 저 살기도 버거워요."

조 부장이 나를 말없이 바라보았다. 하긴 남에게 내 얘기를 해본 적이 없었다.

"남자들 처자식 먹여 살리기 위해서 비굴하게 살 수 밖에 없다고 하는 거, 이젠 이해해요. 예전에 비겁해 보였는데. 근데 여사원들 거의 다 저처럼 생활을 책임지고 있더라고요."

그렇지 않고서야 어떻게 힘든 회사생활을 견디느냐며 조 부장도 수긍했다. 나는 창원공장에서 서울사무실로 오던 해에 받았던 핍박을 생각하자 가슴에 불이 확 이는 것처럼 열이 올랐다. 지금도 남의 집에 얹혀사는 기분이 드는 건 어쩔 수 없다는 얘기를 하자니 새삼 그때 일이 생각나기도 했다. 그리고 아무리 이사님이지만 직원들 보는 앞에서

'부장님을 대하는 게 너무하는 것'아니냐고 조심스럽게 의견을 피력했다. 조 부장 얼굴이 벌겋게 달아올랐다. 나는 조 부장의 얼굴을 보면서 금방 후회하고 말았다.

"은희 씨 말이 백번 맞지. IBM컴퓨터가 막 들어와 사원들이 컴퓨터 앞에 앉아서 뭔가 열심히 할 때에도 나는 이사님을 보필하는 것이 더 중요하다는 판단을 했어. 컴퓨터는 여사원이 치는 타자기쯤으로 생각했지. 이제 와서 후회한들 무슨 소용이 있나. 돌이킬 수 없도록 만든 건 나 자신인 걸."

"누구보다 부장님은 인간적이라고들 얘기해요."

"조직에서 인간적인 거, 아무 데도 쓸모없어."

조 부장은 스스로를 무능력하다고 규정 지었다.

밤새워 다시 작성한 서류 복사를 끝내고 났을 때는 심 이사가 첫 비행기 타기 전 공항에 갈 시간밖에 남지 않았다. 나는 오전만 근무하고 퇴근하라는 조 부장 말을 듣지 않고, 여사원 휴게실에 내려가 잠을 청하고 오후에 사무실로 돌아왔다. 공항에 다녀온 조 부장도 자리를 지키고 있었다.

심 이사가 없다는 이유에서일까, 마음이 느슨해졌다. 자판기에서 커피 한 잔을 뽑아 창문 곁에 섰다. 세상에 별 일도 다 있지. 건물을 새로 지으려는지 땅을 파고 있는 타워크레인의 높다란 꼭대기에 새 한 마리가 집을 짓고 있었다. 새들도 세상살이에 적응하며 사는지 현대판 건물을 짓고 있는 것이 아닌가 하는 생각이 들었다. 요즈음 제정신으로 살아가는 사람이 과연 몇이나 될까마는 그러자니 자주 창문 밖을 내다보는지 모르겠다. 나는 커피 마시는 것도 잊어버리고 이리저리 들락거리는 새의 모습을 우두커니 바라보았다. 시선을 느낀 건 한참 뒤의 일이었다. 조 부장이었다.

"뭘 그렇게 열심히 봐?"

"저기 저, 조그만 새 보이세요?"

"아. 무슨 새지?"

"잘 모르겠어요."

"자동차 백미러에 비친 자신의 모습을 보고 싸우는 새도 있다던데."

나는 무심코 조 부장을 바라보며 빙긋 웃었다.

"그 새는, 저를 닮은 것 같아요."

"왜?"

"바보 같잖아요."

"내가 할 말인걸……."

조 부장이 자리로 돌아가고도 나는 한참을 그렇게 서 있었다. 도무지 일이 손에 잡히지 않았다. 어느 날 저 새처럼 타워크레인 같은 곳에 집을 지어야 하지 않을까 하는 두려운 생각이 잠시 들었다.

내가 두려움을 느낄 때는 늘 옆에 유정 언니가 있어 주었다는 생각이 문득 들었다. 국회의사당 푸른 지붕 위로 해는 기울고, 먹구름이 밀려오고 있었다. 창문에 입김을 호호 불어 '유정'이라고 썼다.

재쟁재쟁재쟁 쟁쟁 재쟁재쟁

아침부터 꽹과리 소리가 울리기 시작했다. 나는 자리에서 일어나 창문으로 다가가 고개를 내밀었다. 또 시작이군. 등 뒤에서 송 과장의 혀 차는 소리가 들렸다. 해고자를 복직하라는 구호와 함께 창문의 커튼을 내리라는 사내 방송이 울려 퍼졌다.

방송이 계속되고 있었지만 나는 머리에 붉은 띠를 질끈 맨 해고자들의 집회 모습을 바라보고 있었다. 조 부장이 내 옆으로 와서 섰다. '나는 다시 회사에서 일을 하고 싶다'라는 플래카드가 해고자들만큼이나 구겨진 모습으로 펄럭이고 있었다. 6월 항쟁이 끝나고 전국의 사업장에서 노동자대투쟁이 시작되었을 때 황성중공업 직원들이 앞장을 섰다는 것은 이미 알고 있는 사실이었다. 그중에는 황성중공업 시절 세경중기와 협상하던 노조 간부들도 포함돼 있었다. 세경에서 받아주지 않으면 아무 곳에도 갈 곳이 없는 블랙리스트에 오른 사람들이었다.

해고자 복직을 위한 사장과의 면담을 요구하는 시위였다. 해고자와 조합원 간부가 돌아가면서 시위를 하고 있지만 사장은 면담할 생각이 추호도 없다는 것을 관리직 사원들은 알고 있었다. 일주일째 울리고 있는 꽹과리 소리였다. 해마다 윤중로에 벚꽃이 피고 질 때쯤이면 어김없이 들려오는 소리라서 새삼스러울 것도 없는데 올해는 유난히 그 소리에 예민해진 건 모두들 일자리를 잃을지도 모른다는 불안감 때문이었다. 언론에서는 세신그룹의 경영위기가 심심찮게 오르내렸다.

갑자기 '와' 하는 함성이 울렸다. 커튼을 젖히고 밖을 내다보았다. 곧이어 핸드마이크 소리가 들려왔다.

"어느 관리직 사원, 고맙습니다. 우리의 투쟁에 동참해 주신 것으로 알겠습니다. 우리의 투쟁이 끝날 때까지 컵 라면 대신 짜장면을 먹게 되었습니다."

회사가 발칵 뒤집혔다. 중국집 앞에서 포장마차를 하는 아주머니가 돈을 주었다는데 포장마차 주인도 돈을 준 사람이 누군지는 기억하지 못한다고 했다. 포장마차 여자를 은밀하게 회사 입구에 배치하고 색출을 시도했지만 머리 모양도 비슷하고 하얀 와이셔츠에 넥타이를 맨 모습이 모두 그 사람이 그 사람 같다는 것이었다. 시간이 지날수록 사원들의 궁금증은 증폭되었다. 그게 누굴까, 처음에는 마음속으로만 궁금증을 풀어보려 애썼지만 나중에는 삼삼오오 모이기만 해도 서로들 탐색전을 벌였다. 회사에서도 그게 누군지 밝혀내지 못했고, 심중으로도 알아내지 못했다.

"내년에는 내가 한번 보내볼까, 이번에는 탕수육으로."

조 부장이었다. 박 대리가 다시 거들었다.

"부장님, 같이 하면 어떨까요?"

"예끼 이 사람아. 농담이야."

"저도 농담입니다."

나는 농담으로라도 박 대리가 그런 말을 한다는 게 믿어지지 않았다. 평소에도 노조에서 파업을 하면 회사가 망할 것처럼 입에 거품을 물었고, 특히 6월 항쟁 때에도 명동에 있는 은행에 외근을 나갔다가 돌아왔을 때에는 도로가 막혀 힘들었다고 불평만 늘어놓던 박 대리였다.

심 이사는 회사혁신 차원에서 영업까지 총괄하는 관리이사로 발령이 났다. 실적저하로 영업이사가 선임을 받지 못하자 자연스럽게 겸직을 하게 된 것이었다. 영업이사를 겸직하게 되면서 회식이 잦아졌다. 그리고 성자와 심 이사와의 이상한 소문이 나기 시작했다. 나는 설마 하고 있던 차였다. 나를 찾아온 성자 얘기는 충격적이었다.

## 달빛 흐르는 방

영업부 회식을 할 때마다 이사 옆자리는 늘 성자의 차지였다. 언제나 성자로 하여금 술시중을 들도록 만들었다.

"이사님 잔 비웠다, 뭐 하니?"

"장모가 따라도 술은 여자가 따라야 제 맛이지."

술에 취한 심 이사는 슬쩍슬쩍 성자의 어깨에 손을 얹기도 하고, 연애 한 번 하자며 허리에 손을 두르기도 했다. 그럴 때마다 시퍼렇게 젊은 사원들 놔두고, 왜 이사님하고 연애를 하겠느냐며 성자는 받아넘겼다. 화를 내거나 따귀를 갈겨야 하는 상황에서 심 이사의 기분을 살펴가며 거절해야 한다는 것이 굴욕적이었다.

영업실적이 좋아 우수부서 표창을 받은 데다 사장실에서 금일봉까지 하사해 회식을 하던 날이었다. 그날도 심 이사 옆자리는 성자에게 돌아왔다. 술에 취한 심 이사가 성자 옆으로 고개를 돌려 후덥지근한 입김을 뿜은 것과 동시에 성자는 목덜미를 핥는 축축한 혀의 촉감을 느꼈다. 누가 볼세라 순간적으로 주위를 두리번거렸다. 보고도 못 본 척 하는 건지 취해서 보지 못한 건지 눈여겨보는 직원은 없었다. 몸을 반듯이 세워 심 이사로부터 엉덩이를 반쯤 떼어 앉았다. 그 거리만큼 심 이사가 다시 다가왔다. 성자가 어떻게 할 사이도 없이 상 밑으로 들어온 심 이사 손이 성자의 허벅지 안쪽을 움켜잡았다. 그리고 음흉하게 속삭였다.

"푹신한 게 느낌이 팍 온다."

"어머? 이사……."

"근데 살은 좀 빼라."

성자는 그날 밤 어떻게 집으로 왔는지 알 수 없었다. 다음 날 심 이사 얼굴을 볼 수 없어 무단결근을 했다. 성자는 적어도 사과 정도는 받아야 한다고 생각했지만 무단결근을 하고 출근한 성자를 심 이사는 아무 일도 없었던 것처럼 대했다. 그것이 더 미칠 것 같았다. 그 뒤론 회식을 할 때뿐만 아니라 평소에도 야릇한 시선을 거두지 않았다. 다른 직원들 보는 앞에서 큰 소리로 야근을 지시해서 거절할 수 없도록 만들었다. 야근 후 자연스럽게 저녁 먹는 자리로 연결되었다. 술을 마시지 않고 저녁만 먹는 자리는 얼마든지 괜찮았다. 성자는 심 이사가 정말로 그 일을 잊어버렸다고 생각했다. 심 이사에 대한 경계가 풀렸다. 저녁을 먹는 자리에서 딱 한잔만 하자는 심 이사의 청을 거절하지 못해 자리를 옮겼다. 마시지 못하는 술을 권한다고 계속 마신 성자가 눈을 떴을 때는 호텔이었다. 문제는 어떻게 해서 호텔을 가게 되었는지 아무엇도 기억이 나지 않는 것이었다. 한 가지 분명한 것은 스물다섯 살의 성자가 감당하기에는 엄청난 일이 일어나고 난 뒤였다. 며칠 동안 아프다는 핑계로 결근을 했는데 영업과장이 전화해서 한다는 말이 해고당하고 싶지 않으면 하루 빨리 출근하라고 큰 소리를 쳤다. 뭘 어떻게 할 것인지 대책도 없이 출근했는데 심 이사는 귓불에 대고 뜨거운 숨을 불어넣었을 때처럼 표정엔 아무런 변화가 없고, 또다시 야근하라는 지시를 했다. 어찌 된 일인지 심 이사와의 관계를 알고 있는 것처럼 직원들이 슬슬 성자를 피하는 것이었다.

성자의 얘기는 이미 여사원들 사이에서도 소문이 나기 시작했으니 회사 내에 모르는 직원은 아무도 없을 것이라며 여사원회 차원에서 해결해달라는 부탁이었다. 한 사람, 한 사람의 능력을 소중히 여긴다는 광고를 텔레비전에 내보내는 회사, 차별받고 소외받는 곳까지 기업의 윤리를 펼친다고 광고하는 회사가 여사원들에게는 해당이 되지 않았다.

여사원회 부회장인 나는 회장인 수경에게 그냥 넘길 수 없다고 했다. 수경은 눈으로 직접 보지도 않았는데 어떻게 여사원 말만 듣고 일 처리를 할 수 있느냐며 한 발 뒤로 빠졌다. 덧붙여 말하기를 사생활의 문제를 여사원회에서 이러쿵저러쿵 따진다는 것은 모양새가 좋지 않다는 말로 앞에 나서는 것을 꺼리고 있었다. 나이 어린 여사원들까지 그냥 볼 수 없다는 압력에 수경은 회의 소집을 하지 않을 수 없었다.

회의는 길어졌다. 이사와 이런 일로 면담을 하는 것도 처음이고, 무엇을 어떻게 요구해야 되는지도 알지 못했다. 결론은 여사원회 회장, 부회장이 심 이사와 면담을 하여 각서를 받고 성자는 심 이사와 마주치지 않는 곳으로 발령을 내달라는 요구를 하자는 것이었다.

나는 매일 결재를 받아야 하는 심 이사와의 면담이 편하지 않았다. 심 이사를 만난 자리에서는 여직원 회장이라는 부담이 있었는지 수경이 입을 열었다.

"드릴 말씀이 있어서 왔습니다. 영업부 홍성자에 대한 이사님의 부당한 행동에 대해 사과와 각서를 받으러 왔습니다."

내 손을 꼭 잡으며 수경은 빠르게 말을 했다.

"뭐? 미스 정? 미스 정이 한 번 더 말해 봐라. 내가 지금 잘못 들은 거 맞나?"

"아닙니다."

"뭐? 아냐? 이것들이 보자보자 하니까, 다 꺼져. 너희 같은 것들은 다 잘라 버릴 수도 있어, 어디 감히 주제들을 모르고."

이렇게까지 막무가내기로 자신의 잘못을 시인하지 않을 것이라고는 예상하지 못했다.

"어디서 그따위 헛소문을 듣고 와서 누구를 모함하는 거야? 우우 몰려와서 뭐가 어쩌고 어째? 시건방진 것들."

사과는커녕 질책을 받고 보니 어이가 없어 다음 대책을 어떻게 세워야 할지 갈피를 잡을 수 없었다. 성자의 일은 사무실에선 더 이상 비밀이 아니었다.

"우리는 안 참나? 목구멍이 포도청이니 참을 수밖에 없지."

"그리고 보니 우리 회사 여사원들이 우리 남자들보다 훨씬 나은 것 같다."

그리고 얼마 지나지 않아 성자를 바라보는 눈길이 야릇하게 바뀌기 시작했다.

"심 이사 옆에 앉아 술시중 들을 때는 언제고."

"그러니까 설마 강제로 앉혀 두지는 않았을 거 아니냐고."

"여자가 인사불성이 되도록 술을 마시는데 어떤 남자가 가만 있겠어."

모든 잘못은 성자에게 있다는 여론이 조성되고 있었다.

내가 수경과 함께 인사부장에게 호출을 당한 것은 그리 오랜 시간이 걸리지 않았다.

"이사님이 기분 좋아서 허벅지 한 번 만진 걸 가지고 여사원이 들고 일어난다면 대한민국에서 살아남을 남자는 아무도 없다. 그것을 가지고 여사원들이 이러쿵저러쿵 한다면 남자사원들은 날마다 항의를 해도 시간이 모자란단 말이다. 홍성자 잘 달래서 더 이상 문제 크게 만들지 말고…… 특히 회장이 중심 잘 잡아서 본보기를 보여주기 바란다."

성자의 일은 그저 허벅지 한 번 만진 걸로 축소되었다. 이번 일을 크게 벌이거나 원만히 해결하지 않는다면 인사부에서 어떤 형태로든 조치를 취하겠다는 것도 빼놓지 않았다. 인사부장과의 면담을 끝내고 나온 수경은 십 분도 지나지 않아 재경부 최 부장 호출을 받았다.

　최 부장을 만나고 나온 수경은 최 부장 역시 심 이사와 인사부장의 말에서 한 치도 틀리지 않는 질책을 했다는 것이었다. 거기까지 할 수 있는 게 자신의 한계라며 그만 손을 놓고 싶다고 했다. 가만히 있으면 아무도 모를 일을 가지고 부끄러운 줄도 모르고 떠드는 미스 홍도 문제지만 무슨 좋은 일이라고 여자들이 앞장서서 떠들어대느냐는 말에 마치 자신이 그 일을 당한 것처럼 고개를 들 수 없었다고 했다.

　"심 이사님 면담했을 때는 분노가 치솟아 포기할 마음 없었어. 근데 최 부장님은 무서워. 이 일만 가지고도 날 해고시킬지 몰라. 회사 잘리면……."

　회사에서 잘리면 안 되는 건 나 역시 마찬가지였다. 나 또한 얼마 지나지 않아 심 이사에게 불려갔다.

　"미스 정한테 내가 서운하게 했나?"

　"아닙니다."

　"그럼, 말렸어야지, 앞장을 서서 등에 칼을 박아? 배은망덕도 유분수지."

　"옳은 일은 아니시잖아요?"

　"너, 미스 정! 니가 누구 때문에 밥 빌어먹고 사는 줄이나 아나? 잘라버리라고 하는 거, 인생이 불쌍해서 봐 줬더니만."

　"지금이라도 자르세요. 이사님."

　자기가 월급 주는 것도 아닌데 노예처럼 부리면서 한없이 남루한 삶을 강요한 심 이사에게 나는 눈 똑바로 뜨고 맞받아쳤다.

"이게 미쳤나."

"예, 제가 미치지 않고 어떻게 살았겠어요."

"무슨 말을 하고 있는 거야? 지금."

"그래서 여사원한테 그런 짓을 하셨습니까?"

"나가라."

한참 동안 입을 씰룩거리던 심 이사가 소리도 지르지 못하고 이를 악물며 뱉어낸 말이었다.

나는 수경이 뒤로 빠지더라도 여사원들이 의지만 있다면 남녀차별금지법이나 대통령직속여성특별위원회에 고발할 것까지도 생각하고 있었다. 하지만 심 이사의 사과니 사장과의 면담이니 하는 말들은 인사조치 하겠다는 한마디에 모두 꺾이고 말았다. 하늘을 찌를 것 같던 여사원들의 분노는 누더기가 되어 버렸다.

여사원들에게 결과 보고는 해야 했다.

"심 이사님은 여사원회에서 항의한 것만으로도 아마 깊이 반성했을 거라고 생각합니다. 앞으로는 그런 식의 행동은 하지 않을 것입니다. 인사부장님에게 우리의 의견을 충분히 전달하겠습니다."

말을 마친 수경은 흐르는 눈물을 감추려는지 큰 눈을 몇 번 깜박이다가 나와 눈이 마주치자 기어코 손등으로 눈가를 훔치며 회의실을 나갔다.

내게 동갑내기는 수경이 밖에 남지 않았다. 창원에서 서울로 올 때만 해도 십여 명의 동기가 있었지만 대학진학을 이유로, 다른 회사로, 그리고 대부분 결혼을 해서 모두 떠났다. 특별한 이슈나 동기가 없어도 둘만 남았다는 이유만 가지고도 충분히 가까워질 수 있었는데 수경과는 좀처럼 가까워지지 않았다.

서울사무소로 발령을 받았을 때 나는 동갑인 수경이 반가웠다. 수경에게 내 처지를 하소연하기도 했다. 하지만 수경은 나를 외면했다. 외자부의 남자사원들과는 점심을 먹고 차를 마셔도 나와는 거리를 두었다. 남자사원들이 싫어하는 나를 가까이 해서 피해보지 않겠다는 것이라고 밖에는 생각할 수 없는 행동이었다.

그러던 수경이 밥을 먹자고 연락을 해왔다. 이유를 묻는 나에게 그냥이라고 했다. 지금까지 회사를 위해 충성을 다 했지만 어느 날부터 인사과 과장에게 결혼은 언제 할 것이냐는 면담을 받기 시작하면서 배신을 느낀 것이라고 나는 짐작할 뿐이었다. 여사원 대부분 계약직으로 바뀌고 정규직은 이제 몇 명 남지 않았다. 분위기 쇄신을 위한 공문이 돌고 성자는 품위손상으로 징계위원회에 회부되었다. 가해자인 심 이사는 아무런 징계도 받지 않았다. 조만간 수경과 나에게도 모종의 조치가 취해질 것이라는 암시도 전해졌다.

아무런 잘못도 없는 피해자인 성자와 여사원들만 달빛 속으로 스러져갔다.

*

회사는 순식간에 곤두박질치고 있었다. 계약직으로 전환시키지 못하고 남아 있는 정규직 여사원들을 정리한다는 말이 떠돌았다. 다른 회사로 넘길 때 좋은 조건이 되기 위한 것이라는 말도 흘러나왔다.

회사는 어려움을 여사원에게 전가했다. 인건비 비용 절감의 차원에서 이루어지는 조치라면서 여사원이 몇 명이나 된다고 정규직이 그만 둔 자리에 계약직을 채용하더니 이젠 노골적으로 정규직 여사원들한테 압력을 가하기 시작했다.

여사원들도 모르는 사이에 계약직 채용은 어이가 없을 정도로 빠른 속도로 진행되었다. 영업소 여사원부터 계약직으로 뽑기 시작했다. 그러다 기획실 여사원이 그만 두자 계약직이 채용되고, 결혼과 함께 그만 둔 효정의 자리에 계약직 순애가 들어왔고, 지금은 공석이었다. 서울사무소 여사원 반이 계약직으로 바뀌었다. 똑같은 유니폼을 입고, 기존의 여사원이 하던 업무를 하는지라 정규직, 계약직 구분도 없었다. 하지만 첫 월급을 받고 나면 사정은 달라진다.

임금은 사십여만 원이었다. 정규직의 딱 반이었다. 계약직으로 들어온 여사원들의 가장 큰 서러움은 정규직들이 상여금을 받을 때 받지 못하는 것이었다. 회사에서 고육직책으로 내놓은 것이 그들의 살을 깎듯 월급에서 매달 조금씩 떼어놓았다가 정규직들이 상여금 받을 때 함께 주었다. 창사기념 기념품도 받지 못했다. 총무부에 기념품을 받으러 가는 것은 계약직 여사원들인데 거기에 자신의 기념품은 없었다.

사장 연봉이 얼마인가? 이사 연봉은 또 얼마인가, 거기에 품위유지비, 차량유지비까지 모두 회사에서 부담한다. 이해한다. 여사원들이 하는 일과 임원들이 하는 일은 질적으로 차이가 있으므로.

사장이나 이사들은 주말마다 골프를 친다. 그 골프가 전부 회사를 위해서 치는 골프도 아니다. 그런데도 경비는 회사에서 지불한다. 그 비용만 가지고도 여사원들 월급은 주고도 남는다. 이사가 한 달에 쓰는 업무추진비도 십 년이 넘게 근무한 여사원 월급보다 많다. 그 업무추진비가 회사를 위해 다 쓰이는 것이 아니라는 것을 여사원이면 다 알고 있다. 경리 이사는 자기 집 근처 빵집에서 산 영수증도 업무추진비로 계산한다는 것은 소문이 아니다. 각 부서 이사들도 업무추진비는 한 푼도 남김없이 다 가져간다. 그러면서 몇 명 되지도 않는 여사원의 월급을 절약해서 회사를 살린다는 것이다. 내 분노는 여기에 있었다. 이대로 가다가는 정규직은 모조리 계약직으로 바뀔 것이다. 동일노동 동일임금이 시행되지 않았다면 어땠을까, 노동부의 지침에 따라 임금 테이블의 단일화가 이루어졌다. 여사원의 경력은 전혀 인정이 되지 않고 현 직급에서 그대로 옮겨 가기만 했다. 동일임금이 적용된다고 하지만 남자사원은 군 경력이 인정되면서 여사원보다 4호봉(2년)을 먼저 받고 업무를 시작한다. 남자사원은 4급 8호부터 시작하여 4급 10호가 된다. 8호와 10호는 만 원의 차이가 나는 반면에 여사원한테만 적용되는 4급 6호와 남자사원부터 적용되는 8호는 무려 십만 원이나 차이가 났다.

이런 상황에서도 나는 입사한 이래 기뻤던 날을 꼽으라고 한다면 이원화로 되어 있던 임금테이블이 단일화가 된 날이었다. 여사원이 예뻐서 단일 호봉이 이루어진 것이 아니라는 것 정도는 알고 있었지만 단일화가 되자마자 회사는 온갖 수단과 방법을 동원하여 여사원 죽이기에 들어갔던 것이다. 이름도 다양하게 계약직, 용역, 파트타이머로 여사원들을 채용했다.

여사원들의 분노는 역사를 거슬러 올라 기억을 되살리면 분명해진다. 전·노 대통령의 비자금이 터졌을 때 재벌 총수들이 줄줄이 검찰에 불려갔다. 세신그룹의 총수도 오십억 원이나 되는 돈을 갖다 바쳤다. 그러면서 가장 힘없는 여사원들한테 주는 급여가 아까워서 얼마되지도 않은 월급을 최저 생계비에도 못 미치게 주겠단다.

이렇게 될 줄 알았다면 차라리 임금 차별을 받고 회사에 다닐 때가 훨씬 나았다고 여사원들은 입을 모아 얘기했다. 남자직원들과 이중으로 적용 될 때는 적어도 상여금은 제대로 받고, 고용 불안은 없었으니 말이다. 동일노동 동일임금이니, 임금 테이블의 단일니 하는 것들이 여사원한테 아무런 도움이 되지 않았다.

그전까지는 정규직이 그만 둔 자리에 계약직을 채용했지만 이젠 정규직 여사원을 아예 계약직 전환을 목적으로 압력을 가하고 있었다. 인사과장이 또다시 개인별 면담을 실시했다. 앞으로의 인생계획이었다. 나도 불려갔다.

"미스 정."

인사과장은 내 이름을 부르고 가만히 있었다. 나는 시선을 마주치지 않으려고 고개를 숙였다.

"혹시, 결혼 계획은 없나?"

"제 결혼 계획을 왜 과장님한테 보고해야 되죠?"

"잘 알면서 왜 그래?"

"잘 모르는데요."

"회사의 고충을 좀 알아줬으면 해. 여직원을 계약직으로 바꾸는 것은 세계적 추세야."

언제 한국적에서 세계적으로 확대가 되었는지 묻고 싶었다.

"과장님께서 먼저 솔선수범 해보세요. 회사를 위하는 일이니까 혜택 많이 받은 남자사원들이 모범을 보이는 건 당연하죠."

"쓸데없는 데 힘 빼지 말고, 좋은 게 좋다고 미스 정이 모범을 보여줘."

"모범 보일 게 없어서, 후배들 생존에 영향 미치는 일을 해야겠어요?"

면담은 말꼬리 잡는 식으로 끝나고 말았지만 나는 앞날이 불안했다. 여사원들이 인사과장과 이런 면담을 진행하는 동안 남자사원들은 자신들과는 아무런 상관이 없는 일인 것처럼, 아니 여사원 몇 명 희생하여 자신들에게 불이익이 없다면 당연한 일로 방관하고 있는지도 모를 일이었다. 하지만 남자사원들에게도 해당되는 일들이 일어나기 시작했다. 야간대학에 다니고 있는 몇몇 남자사원들에게 학교를 그만 두든지 학교를 다닐 생각이면 계약직으로 전환하라며 양자택일을 요구했다. 그리고 졸업을 하면 대학학력은 인정을 하되 회사 경력은 인정할 수 없다고 못을 박았다. 1학년에 입학한 총무과 남직원을 제외하고 모두 대학을 선택하여 회사를 그만두었다. 이런 일이 일어날 것이라는 것을 알고나 있었듯이 회사를 떠난 팽의 선견지명이 돋보이는 사건이었다.

눈뜨고 나면 세신그룹의 새로운 기사가 신문을 장식했다. 모든 경비의 지출은 중단되었다. 반납한 상여금이 문제가 아니었다. 월급이 나오지 않은 것조차도 회사를 살릴 수 있다면 참을 수 있다고 생각했다. 갑갑한 것은 회사가 어떤 방향으로 흘러가고 있으며 앞으로 어떻게 될 것인지를 신문이나 텔레비전을 통해서만 알 수 있다는 것이었다. 단절이란 이런 것을 두고 하는 것이라는 게 실감났다. 사원들의 간절한 염원은 뒤로한 채 그룹 회장이 구속되었다. 비자금을 불법 조성하여 정치권에 로비자금으로 썼으며, 개인용도로 착복을 했단다. 그룹의 자금 담당 이사가 검찰에 불려가고, 계열사 사장으로는 세경중기 사장이 검찰에 불려나갔다. 무역단가를 조작해 국외로 달러를 밀반출 했다는 기사였다. 그 기사 이후로 심 이사는 사무실에 잘 붙어 있지 않았다.

다음 날 신문에는 노조위원장을 매수해 수십억 원이 오고갔다는 기사가 실렸다. 전달자로 조모 씨가 거론되었다. 사원들은 조모 씨가 누구인지 쌍심지를 켰지만 알아내지 못했다.

어수선한 회사 상황에서 징계위원회는 열리지 않았다. 성자는 수치스러움을 더 이상 견딜 수 없다며 사직서를 내고 회사를 나갔다. 앞장서서 나서는 일이 없을 것이라는 각서를 제출한 수경과 괜히 잘못하다가는 성자처럼 될지도 모른다는 두려움으로 여사원들은 열패감에 빠졌다. 여사원들은 성자가 심 이사에게 당했다고 믿고 있었지만 그를 이길 수 없었다.

회사가 어렵다는 핑계로 심 이사의 성폭행 사건은 아무것도 아닌 것이 되고 말았다. 성자가 수치심을 무릅쓰고 폭로했지만 심 이사는 술에 취해 아무것도 기억나지 않는다며 성자에게 덮어씌웠다. 회사에서는 점점 더 정규직 여사원들에게 계약직으로 전환하라며 압력을 가하고 있었다.

나는 늘 '내일은 사표 쓴다'로 오늘을 마감하지만 사표는 그렇게 기분 내키는 대로 던질 수 있는 것이 아니었다. 직장생활을 하는 동안 가장 부러웠던 게 폼으로라도 사직서 한 번 던져 보는 것이었다. 사표를 내는 순간 결재 도장 찍혀서 하루 만에 인사과에 가 있을 것을 생각하면 멋 부리는 사표는 쓸 수 없었다. 빈 말이라도 왜 그만 두느냐고 묻지도 않을 것임을 잘 알기 때문이었다. 사직서를 내고 다른 곳으로 떠나는 사원들이 그렇게 부러울 수 없다는 것도 사치가 되고 말았다. 회사를 그만 두고 나간 사원들의 재취업 소식은 들리지 않았다.

사무직 여성을 위한 권익단체가 있다는 것을 알게 된 건 그즈음이었다.

커피심부름을 거부한 여사원이 폭행당한 사건이었다. 피해자인 여사원은 해고를 당하고 가해자인 남자사원은 그대로 회사에 남아 있었다. 그 여사원이 여성단체의 도움을 받아 복직을 하게 되었다는 보도를 보고 수경과 함께 단체를 찾아가 회원이 되었다.

비슷한 연령의 사람들과 공감되는 수다를 떠는 것이 좋았다. 다른 세상에 온 것 같았다. 나이가 들어도 결혼에 구애받지 않고 잘 사는 여자들이 많아서 좋고, 커피 타 주지 않는다고 못된 여자가 되지 않아서 좋고, 여자라는 이유로 하찮게 취급받지 않아서 좋고, 세상 돌아가는 이치를 여성의 관점으로 보는 것이 좋았다. 하늘 아래 이렇게 다른 세상이 존재한다는 것이 신기했다. 그동안 뭐하느라 이런 세상이 있는 줄도 몰랐는지 억울하기까지 했다. 이번 사건으로 내가 얻은 수확이 있다면 서먹하던 수경과 가까워져 마음을 여는 사이가 되었다는 것이다.

마음을 터놓고 얘기를 나누다보니 가정환경도 비슷했다. 홀어머니와 함께 사는 수경 역시 결혼은 불투명한데 회사에서 자꾸 압력을 넣어서 큰 일이라고 했다. 자신이 그만 두면 엄마도 엄마지만 후원하고 있는 보육원 아이가 신경 쓰인다는 것이었다. 부모에게 버림받은 아이라서 상처를 주게 될지도 모르겠다며 걱정을 많이 했다.

나는 유정 언니가 후원하던 혜주가 생각났다. 서울로 와서 혜주가 갔다던 보육원을 찾았지만 그곳에 혜주는 없었다.

"다음 주 일요일에 봉사 가는 날인데 같이 갈래?"

생각해보지도 않고 고개를 끄덕였다. 혜주를 만나러 가는 기분이 들었다. 정신을 집중할 무엇인가가 필요했다. 수경과 가까워질 수 있는 요소가 많았음에도 오랜 시간 반복했다는 사실이 서글펐다.

수경과 함께 찾아간 곳은 북한산 초입에 있는 보육원이었다. 보육원 건물 건너편으로는 병풍처럼 산이 둘러 쳐져 있었다. 빨랫감을 들고 수경이 수돗가로 나왔다. 커다란 고무 함지에 이불을 넣고 세제를 푼 다음 수경과 함께 들어가 힘차게 발로 밟았다. 그때 막 텃밭에서 나오는 얼굴이 있었다. 잠깐 고개를 갸우뚱거리던 나는 맨발로 뛰쳐나갔다.

"저기, 저, 스님."

돌아본 스님이 환하게 웃었다. 머리를 삭발하고, 회색 승복을 입었음에도 나는 바로 유정 언니를 알아보았다.

"은희 왔나."

마치 내가 올 것을 알고 있기라도 한 것처럼, 십여 년의 세월이 어제인 것처럼 담담한 목소리였다. 나는 벌어진 입을 다물지 못했다.

"못난이, 잘 살았제? 니 서울에 살고 있는 줄 알고 있었대이……."

어디서 무엇이 되어 있을까!

유정 언니는 자원봉사를 오는 수경과 얘기를 하다 내 소식을 알았다고 했다.

"내가 궁금하기는 했습니까?"

"궁금하기만 했겠나. 마이 보고 싶었지."

"세상에!"

"미리 알리지 몬해 미안하대이. 잘 살고 있을 것이라는 믿음이 헛되지 않았구마."

살아 있다는 것이 반갑다보니 비구니가 된 것은 놀랄 일도 아니었다. 웃으면 눈가에 잘게 잡히는 주름이 늘어나 있었고, 커트 머리는 삭발로, 평상복이 승복으로 바뀐 모습인데도 별반 달라진 게 없어 보였다. 창건 씨랑 영숙 언니는 어찌 되었는지 갑자기 마음이 바빠졌다. 유정 언니는 조급해 하는 나를 아랑곳하지 않고 일을 마쳤다. 점심을 먹고 차를 앞에 두고 마주 앉았다.

"내한테 이 옷이 잘 어울리나?"

"겁나게 잘 어울립니다. 유정 언니."

"인자 나는 유정이 아이고, 도영이다."

궁금한 게 너무 많아서 어떤 것부터 물어봐야 할지 선뜻 떠오르지 않았다.

"창건이는 죽었다."

"……."

"군에서는 자살이라고 하는데 가족들은 타살이라고 믿고 안 있나."

나는 방바닥이 한 바퀴를 빙 도는 느낌을 받았다. 몸이 기우뚱 바닥으로 엎어졌다. 가슴이 턱 막히면서 눈물도 나오지 않았다.

"그럼 영숙 언니는요?"

"잘 살고 있대이."

"실종된 동생은……."

"아직도 실종상태 아이가."

찻잔만 만지작거리던 나는 도대체 어떻게 된 일이냐고, 근황이라도 말해 주었으면 문득문득 가슴 찢어지는 걱정, 그리움, 기다림…… 어느 것 한 가지는 내려놓지 않았겠냐고 따져 물었다.

"니 소식은 알고 있었대이. 창원 회사로 전화했더만 서울로 갔다카더라. 오히려 잘 되었다 싶었지. 옛날 일, 그래 그런 거 다 이자뿌고 살았으면 싶었대이. 그래서 연락 안 했구마."

"아, 말도 안 돼. 그런 게 어딨어요?"

"그란데 질긴 인연들인기라. 수경이가 니랑 함께 근무한다는 것을 알았제. 니를 데려오라는 말을 할 참이었는데…… 마음은 통하는가 보다."

숨을 골라 쉰 유정 언니는 내가 재촉하기 전에 어제 일처럼 천천히, 또박또박 그동안의 얘기를 풀어놓았다.

*

언제부턴가 유정은 누군가에게 감시를 받고 있다는 느낌을 지워버릴 수 없었다. 파가니니의 집 주변에서도, 일을 마치고 집으로 돌아가는 골목길에서도 유정과 마주치는 남자가 있었다. 서너 번을 마주치고 나니 우연이 아니란 생각이 들었다. 대담하게 가게에 들어와 두세 명이서 술을 마시기도 했다. 유정은 대낮에도 골목을 들어가려면 주변을 살펴보게 되고 길을 걸을 때는 등 뒤에서 나는 아주 작은 소리에도 걷는 속도를 조절했다. 이 사실을 그 누구에게도 말하지 못했다.

창건은 어차피 며칠 있으면 군대에 갈 몸이어서 굳이 말하지 않아도 되었지만 파가니니의 집에 오는 회원들이 문제였다.

체육관 투표로 당선된 대통령은 정의사회를 구현한다며 삼청교육대를 만들고 사회정화운동을 벌였다. 그즈음 대학생뿐만 아니라 노동자들까지 시위참여가 늘어가고 있었다. 본보기를 보여야 할 대상을 물색 중이었다. 그 레이더에 걸려 든 게 파가니니의 집 주점 멤버들이라는 것이었다. 영숙은 현장 아가씨들과 어울려 지내며 노사협의의 중요성을 얘기하는가 하면 노조가 할 일은 사무직 아가씨들과 대립하는 것이 아니라 임금과 복지라는 것을 공감하기 시작할 즈음이었다. 연애를 시작한 창건은 데이트를 빌미로 애인의 친구들까지 파가니니의 집으로 불러들여 자연스럽게 노동자들이 처한 상황을 공유하고, 공감하며 지내던 때였다.

유정은 주변정리를 시도했다. 영숙에게는 사실대로 말을 했다.

"그깟 책 좀 읽은 기 무슨 죄라고, 다음 노조에서는 큰 일을 할 낀데. 아쉽대이. 그래도 얼매나 다행인지 모르겠다. 자신들이 회사에 무엇을 요구해야 되는지는 이제 충분히 알게 했으이…… 아무것도 아닌 우리까지도 무섭다는 증거 아니겠나."

"그러게 말이다."

"창건이는 입대를 했으니 다행이고."

유정은 혜주를 서울로 보내고 몸을 피하려고 했다. 하지만 다음 날 새벽, 정신병원요양원에 갇혀버리고 말았다. 얼마간은 철창으로 된 병실에 갇혀 지냈다. 알약을 주고 갔지만 먹지 않아도 확인을 하지 않았다. 삼 일이 지나자 간호사가 불렀다. 병실을 청소하라는 것이었다. 꼬박꼬박 약도 나왔다. 유정은 바로 아버지의 소행임을 알아차렸다. 감금만 시키라는 지시였는지 약을 먹는지 안 먹는지 확인하지 않았다. 자식이라고 선심을 쓴 모양이었다.

도망치려고 몇 번이나 시도를 했지만 실패했다. 자동차에 실리고 바로 정신을 잃어버려서 얼마만큼 어디를 달려왔는지 가늠은 되지 않았지만 갇혀 있는 곳이 어디쯤인지는 알 수 있었다. 일하는 사람들이 억양있는 경상도 말투를 사용했다. 실패를 거듭해도 도망갈 틈만 노리고 있었다. 아버지 소행이란 것을 짐작은 했지만 사무장과 간호사의 대화를 듣고는 의심의 여지가 없었다.

"서유정을 언제까지 붙잡아 놔야 합니꺼?"

"꼬박꼬박 돈 들어오는데 신경 쓸 것 없다 아이가."

"참으로 알 수 없지 않습니꺼? 멀쩡한 자식을……."

"누가 들을라. 입조심 좀 하그래이."

"불쌍하다 아입니꺼."

"우리 알 바 아인기라. 무슨 사정이 있겠지."

그날 밤, 스스로 목숨을 끊어버릴 생각을 했다. 뜬눈으로 밤을 새우고 마음을 바꿔 먹었다. 아버지 앞에 가서 죽어 주겠다고. 유정은 자신에게 동정심을 보낸 말투의 간호사에게 살갑게 굴었다. 개인적으로 가까워져야 할 것 같은 예감이 들었다. 간호사와 친해져서 얻어낸 소득은 환자복 대신 평상복을 입을 수 있다는 것이었다. 더 열심히 일을 하고 겉으로는 아무런 꼼수도 부리지 않았다. 감시자가 있어 밖으로 나갈 수는 없었지만 주변을 살피는 일 또한 게을리 하지 않았다. 억울해서 이대로 죽을 수는 없었다. 기회가 왔다.

점심때가 지난 나른한 오후였다. 가끔 난동을 피우는 환자가 그날따라 심상치 않았다. 인원이 많지도 않은데 모두들 그리로 몰려갔다. 오히려 한밤중이 아닌 것이 다행이었다. 환한 대낮인 탓에 감시가 소홀

했다. 평소 보아두었던 낮은 담벼락을 타 넘었다. 그때부터 어떻게 산 길을 내려왔는지 기억나지 않았다. 간간히 지나가는 버스가 보였다. 버스 정류장을 향해 한없이 걸었다. 버스를 타고 그 누구와도 시선을 마주치지 않았다. 잘못하다간 요양원으로 다시 끌려갈지도 모를 일이 었다.

어머니는 놀라는 표정을 잠시 지었을 뿐 아버지가 오기 전에 집을 떠나라고 했다.

"야. 그리 될 낍니더. 서두르지 마이소."

잘 벼린 칼을 들고 빈 방으로 들어가 손목을 그었다. 어디선가 파가 니니의 바이올린 협주곡 1번이 울려나왔다. 파가니니의 선율을 따라 손목에서 피가 흘러 방바닥으로 흐르고 있었다. 죽어가는 모습을 아버 지가 꼭 볼 수 있기를 마음속으로 빌었다.

"유정이 왔습니더."

"웬수 같은 년. 디비죽을 것이지."

그 말을 듣는 순간, 아버지가 원하는 대로 죽어주고 싶지 않았다. 방 문을 왈칵 열고 마루로 엎어져 정신을 잃었다. 눈을 뜬 곳은 병원이었 다. 처음으로 엄마의 근심어린 얼굴을 보았다. 남자와 결혼할 수 없다 는 선언 이후로 엄마의 그런 얼굴은 처음이었다.

"아버지를 너무 원망하지 말그래이. 술집인가 뭔가도 아버지가 먼 저 선수쳤으이 망정이지, 집안이 절단 날뿐 했다 아이가. 이거 가지고 멀리 가서 살아라."

파가니니의 집과 전셋집 보증금이 든 통장이었다. 또 하나의 통장을 내밀면서 엄마의 목소리가 떨렸다.

"이건 에미가 주는……."

유정은 돌아누웠다. 엄마가 병실을 나가는 소리를 등 뒤로 듣고 있었다.

영숙의 소개로 가 있었던 광주의 암자로 갔다. 예상대로 영숙은 그곳에 연락처를 남겨놓았다. 한걸음에 달려온 영숙은 유정을 얼싸안은 채 놓지 않았다.

"몸 추스르는 대로 서울로 가자."

"……."

"유정아. 니 칼 찬 맘먹으면 안 된다…… 나 같은 사람도 사는데 알았지? 니 약속 안 하면 내가 마음 놓고 올라갈 수 없잖아."

"그래. 약속하꾸마."

영숙은 유정이 사라지고 얼마 지나지 않아 사회과학 서적을 읽는 사람들에게 간첩누명을 씌운 기사를 보고 곧바로 회사를 그만 두었다. 신문엔 간첩이라고 대대적으로 보도가 되었지만 영숙은 조작이라는 느낌을 순간적으로 받았다. 유정이 사라지고 없는 마당이었지만 불안감을 감출 수 없었다. 서울로 올라와 이곳저곳 다니다 노동운동단체에서 일을 하며 동생의 실종사건과 관련된 유가족 협회에서도 활동을 하고 있었다.

창건이 자살했다는 소식을 들은 건 유정이 산사에서 한 달을 보낸 뒤였다. 장례식장엔 가족들뿐이었다. 자살을 했다는데 경찰이 들랑거리고, 군에서는 아무도 나오지 않았다. 가족들은 자살 할 이유가 없다는 것이었다. 창건의 편지엔 자살을 할 만한 단서조차 없었고, 오히려 제대하고 난 뒤의 계획을 밝혀왔다고 했다. 총기 자살이라 시신도 제대로 볼 수 없었다는 가족들은 소리 없는 울음만 삼켰다. 장례식장을 다녀와 유정은 술을 마셨다. 모아놓은 수면제를 한입에 털어 넣었다. 병원에서 일주일을 보내고 다시 산사로 돌아왔다. 영숙이 눈에 불을 켜고 울부짖었다.

"그래 유정아. 니나 내나 고아인 것은 마찬가지인데 살아서 뭐하겠나. 우리 같이 죽자. 난 말이다. 니가 반드시 내게로 돌아올 것을 믿으며 살았다. 니가 죽기로 맘먹는다면 나도 살 이유가 없다."

유정은 영숙의 손을 잡고 다시는 죽지 않겠다고 맹세를 했다.

"니가 어떤 삶을 살아도 좋으니 그런 생각만은 말아다오."

영숙이 서울로 돌아가고 유정은 본격적으로 행자생활을 시작했다. 비구니가 되겠다고 생각한 적은 없었으나 공양을 올리고, 새벽예불을 하고, 몸이 부서질 만큼 일을 해도 힘든 줄을 몰랐다. 세상과 인연 끊은 지도 오래인데 자신을 닦으며 사는 것도 나쁘지 않을 것이란 생각이 들었다. 하지만 계를 받고, 수도생활을 하면서 마음은 자꾸 세상 밖을 기웃거렸다.

광주를 떠나 서울로 왔다. 파가니니의 집을 정리한 돈과 엄마가 준 통장의 돈을 합쳐 북한산 초입에 있는 암자를 인수했다. 부모 없는 서

너 명의 아이들을 데려다 함께 생활한 것이 이젠 이십여 명이 넘는다
고 했다.

"인생 간단하제? 아무것도 아인기라. 니 잘 살고 있을 줄 알았대이.
병호 그 사람 때문에 결혼 안한 것은 아니제?"

"설마요. 세미 언니 한 번 만났어요."

"언제?"

서울에 와서 이 년쯤 지났을 때였다. 캐나다로 이민을 가게 되었다
며 전화를 해왔다. 서울역 부근에서 커피 잔을 두고 마주 앉았다.

"니를 한번 보고 떠나야겠다는 생각이 들어서 회사로 전화 했더만.
서울로 갔다고 하대. 마침 서울 올 일이 있어가…… 니, 내 원망하나?"

"원망했으면 언니 보러 나왔겠어요. 원망 안 해요."

"고맙대이. 병호…… 지금 감옥에 안 있나. 배다른 형이 무시한다고
싸우다, 형이 죽었다아이가. 직접 죽인 건 아이지만 어찌되었든 과실
치사로……."

나는 아무 말도 하지 못했다. 내게 한 행동을 보면서 그가 잘 살고 있
을 것이란 생각은 들지 않았다. 하지만 잘 살아주기를 바란 건 진심이
었다.

"헤어지고 석 달쯤, 다시 시작하자고 연락 왔었어요."

"……."

"근데 거절했어요. 그때 살짝 맘이 흔들렸는데."

"그런 줄은 몰랐대이. 니가 맘에 걸렸다. 내가 소개만 해주지 않았어

도 니가 상처받을 일은 없었을 낀데. 병호 그 자식, 아무 여자나 사귀고, 그런 줄 알면서도 사람 한번 만들어보려고, 니 소개시켜 준 거인데, 내가 이기적이었다. 미안하다는 말 꼭 전해야 할 것 같았대이.”

“미안해 할 거 없어요. 잘 살고 있으니까. 그리고 그 사람 잊어버린 지 오래됐어요. 언니가 그렇게까지 생각하고 있는 줄은 몰랐어요. 남녀가 만나서 인연 안 되면 헤어지는 거지…… 결과적으로 헤어진 건 백번 생각해도 잘했잖아요.”

내 반응이 의외였는지 세미는 그래, 잘했대이를 반복하며 안도하는 표정이 역력했다. 하긴 병호와 헤어질 때 내 몰골을 생각하면 그럴 만도 했다. 유정 언니도 기특하다고 해주었다.

“그날, 그 남자를 마음에서 정리하고 파가니니의 집에 갔는데 언니가 사라졌어요. 결국 그때 못 다한 얘기를 이렇게 하고 있네요.”

“인연은 참으로…… 어쩔 수 없는 게지.”

“영숙 언니는 언제 볼 수 있어요.”

“빨리 봐야제. 영숙인 다 늙어가 일도 일이지만, 연애하느라 억수로 바쁘다. 날 잡아 연락 함 하자. 혜주도 천주교에서 운영하는 노인복지원에서 생활한대이. 혜주 본명은 아그네스다.”

파가니니의 집 시절 식구들을 만날 생각으로 아쉽게 유정 언니와 헤어져 보육원에서 돌아온 시각은 밤 열한 시가 넘어 있었다. 텔레비전을 켜놓은 채 잠자리에 막 들려고 하던 참에 조 부장의 죽음 소식을 들은 것이었다.

출근하여 심 이사로부터 조 부장의 죽음이 루머가 아닌 사실이라는 것을 알았을 때는 모든 일상이 정지된 느낌이었다. 창문 저 너머로 푸른 하늘이 아주 넓게 보였다. 조 부장의 죽음은 문득 유년의 적막 속으로 나를 불러들였다. 바람 한 점 없이 내리쬐는 폭염 속에 장독대의 장독들은 손을 댈 수 없을 정도로 펄펄 끓었다. 장독대에 빙 둘러 핀 채송화나 맨드라미도 고스란히 폭염 속에서 땀을 뚝뚝 흘리고 선 것 같았다. 장독대 옆 우물가에서 푸성귀를 헹구던 어머니 손놀림과 찰랑찰랑 넘치는 물소리에 맞추어 매미는 참으로 요란스럽게 울어댔다. 지휘자의 지휘봉에 맞추기라도 하듯이 일시에 쐐아 소리를 지르다가 사르르 멈췄다가 다시 쐐아 울어댔다. 어머니가 푸성귀 헹구던 손을 멈추고 이마에 땀을 훔치며 눈을 모아 태양을 바라보던 순간에 매미소리가 일시에 뚝 그쳤다. 아무런 소리도, 아무런 움직임도 없이 그저 모든 것이 멈추어 버린 그때의 그 적막감은 수시로 찾아왔다. 은행에 취업할 수 없다는 것을 깨달았을 때, 마산으로 내려가 받은 첫 월급이 너무 적었을 때, 병호와 헤어졌을 때, 유정 언니가 사라졌을 때…….

한 대리와 함께 장례식장으로 달려간 나는 조 부장의 영정사진을 보고도 믿어지지 않았다. 향을 피우고 사진 앞에 섰다. 환하게 웃는 조 부장의 얼굴은 평상시 그대로였다. 우리 집사람은 나 없으면 아무것도 못해, 라고 입버릇처럼 말하던, 조 부장의 부인은 넋이 나간 얼굴로 내 손을 부여잡았다. 심각한 얼굴로 앉아 있는 사람들은 몇 안 되는 회사 사람들이었다.

"정은희 씨."

팽이 들어서며 이름을 불렀다. 그동안 간간히 소식을 주고받았지만 서로 바빠 만나지는 못하고 지냈다. 대학을 졸업하고 중소기업에 취업을 했다는 소식은 듣고 있던 터였다.

"도무지 이게 무슨 일인지, 통 믿기지가 않네요."

끼리끼리 앉아 있던 동료들이 일어서며 나와 팽을 맞이해 주었다. 갑자기 나에게 살가운 정이 생긴 것은 아니었다. 아무 말 없이 자리를 비켜준 건 송 과장이었다.

"저리 좋아서 환하게 웃을 때도 있었다는 게 참…… 나도 미리 사진 하나 박아두어야 하지 않을까 몰라."

"무슨 말씀을 그렇게 하세요."

"그냥 해본 소리가 아닐세. 황성중공업 합병한 지가 엊그제 같은데, 우리도 그 신세가 되는 거지."

"왜 아닙니까? 채권단에서 어디로 회사를 넘길지…… 그렇다고 죽기는 왜 죽나."

그렇다. 조 부장은 정말 죽기는 왜 죽나 살아서 누명을 벗어야지 이제 심 이사가 어떤 장난을 쳐도 모두 조 부장이 덮어 쓰고 말 것이다.

"임금동결하라면 동결하고 상여금을 반납하라면 반납하고 그러면서도 자진반납이니 뭐니 하면서 쓰린 가슴을 쓸어내릴 때 우리 경영진들은 어쨌나. 정말 기가 막히지 않은가. 그 배반감은 참으로 말로는 표현이 되지 않네."

"그 많은 돈을 유용해서 국외로 빼돌리고, 개인 용도로 쓰고, 물론 회사를 살리겠다고 로비도 했다지만 뉴스에 비치는 회장님 얼굴 보니까 참으로 어이가 없네그려."

내가 가지지 못한 것을 조 부장은 가지고 있었다. 대학도 나왔고, 때 되면 진급도 하고, 계약직으로 전환하라는 압력도 없는데…… 하지만 조 부장은 한직으로 밀려날까 봐 늘 노심초사했다. 그렇다고 사람이 죽지는 않는다. 하지만 조 부장을 함부로 비난할 수도 없었다. 조 부장은 스스로 해고자와 동일선상에 자신을 놓았다. 노조위원장 매수, 국외로 자금 유출 등의 죄를 견디지 못해 스스로 목숨을 끊은 것으로 되어 있었다.

조 부장은 내게 그저 사람만 좋을 따름이었다. 깡마른 체구에 비해 얼굴은 둥그스름했다. 배부른 시골집 마당을 지키는 개의 코처럼 동그란 코가 아무리 화를 내고 있어도 사람 좋은 얼굴로 만들었다. 한때는 용기도 있었고 패기도 있었다지만 내가 지금까지 보아왔던 조 부장의 모습은 구부정한 어깨에 심 이사 앞에서 쩔쩔 매던 게 전부였다고 해도 틀린 말은 아니었다. 사무실의 분위기를 재빨리 파악한 박 대리 같은 사람은 조 부장을 적당히 무시도 했다. 그렇거나 말거나 심 이사만 자리를 비우면 훤한 이마에 사람 좋은 웃음을 곧잘 웃기도 했다. 털털하게 웃던 조 부장의 모습이 가슴을 먹먹하게 했다.

월말이면 나에게 다가와 아주 작은 소리로 경비를 확인하던 모습도 가슴을 아프게 했다.

"미스 정, 이 영수증 처리가 될까 몰라."

내가 대답을 하지 못하고 머뭇거리면 안 되면 할 수 없고, 혹시나 해서 말이야⋯⋯. 하면서 다시 호주머니로 빨려 들어가며 구겨지는 영수증은 꼭 조 부장을 보는 것 같아 할 수만 있다면 처리해 주고 싶었다. 하지만 그건 내 능력 밖의 일이었다. 아무리 부장이라 해도 사전에 심이사 허락이 있어야만 운영비를 사용할 수 있었다. 허락 하에 사용한 운영비도 심 이사는 자신의 기분여하에 따라 트집을 잡곤 했다. 어느때는 안쓰러움을 넘어 한없이 무능하게만 보이던 조 부장, 그 마음도 슬그머니 꼬리를 감추고 연민이 가슴을 저몄다. 배짱이라도 한번 부려보지⋯⋯ 안타까운 내 마음을 조 부장은 알고나 있는지 모르겠다.

조 부장의 죽음보다 직원들을 더 어이없게 만드는 것은 사장의 비리와 가장 깊숙한 관계에 조 부장이 있었다는 것이다. 언론보도에 의하면 조 부장은 이중 인격자였다. 위원장에게 돈 가방을 전달하는 과정에서 조 부장이 착복을 하고 압박에 못 이겨 자살을 한 것이었다. 직원들은 그 황당함에 당혹스러워하면서도 정황이 너무나 그럴듯하여 사람 마음속의 구렁이가 열 자인지 석 자인지 알 수는 없다는 것으로 결론이 났다.

유족들은 가장의 죽음을 마음 놓고 슬퍼하지도 못한다고 했다. 청천벽력 같은 그의 죽음을 받아들이기도 전에 조 부장은 회사에 죄를 지은 죄인이 되고 말았으니.

직원들이 조 부장의 죽음을 애도하는 동안 심 이사도 곧 불려 갈 것이라는 소문이 한 입 건너 퍼지고 있었다.

*

한보가 무너지고, 세신그룹이 부도방지협약에 적용되었다는 보도가 언론을 통해 전해졌다. 거대한 물줄기에 휩쓸려가듯 빠른 속도로 세신은 무너졌다. 직원들은 삼삼오오 짝을 지어 웅성거리는 일 외엔 할 일이 없었다. 유언비어만 난무할 뿐 회사에서는 아무런 공지사항도 없었다. 하룻밤이 지나고 나면 직원들도 모르는 사실이 신문에 오르내렸다.

"계열사를 정리하여 구조조정 한다."

"인원 삼십 퍼센트 정리."

인원정리에 신경이 곤두섰다. 회사 상황은 황성중공업 합병 때와는 비교도 안 될 만큼 시시각각 급박하게 돌아갔다. 부도가 났으니 국외로 매각되거나, 다른 회사로 인수가 될 것이었다. A사가 인수한다는 인수설이 언론에 보도되었다. 그렇다면 고용승계가 쟁점이 될 것이었다.

명예퇴직이 공고되었다. 모든 사원에 해당한다고 공고를 하더니 여사원은 명예퇴직에서도 제외시킨다는 공문이 다시 돌았다. 퇴직을 해도 삼 개월의 임금을 더 주는 명예로운 퇴직이 아니라 그냥 퇴사를 하는 것이었다. 나는 공문을 챙겨 가방에 넣었다. 집으로 돌아와 조 부장의 노트를 다시 펼쳐 꼼꼼히 읽기 시작했다.

# 발밑이 지옥이다

## ― 내가 꿈꾼 세상은

"조 부장, 좀 봅시다."

나는 이사님이 '장'을 바닥으로 깔아 '조 부장'을 부르면 가슴이 철렁 내려앉는다.

"내 입으로 꼭 이런 말을 해야 하겠소? 당신 하는 일이 뭐가 있다고, 새파랗게 젊은 놈 하나 단속도 못하는 거요?"

"죄송합니다."

"말끝마다 죄송하다는 소리도 이제 지긋지긋해. 능력 없으면 센스라도 좀 있던가. 에이."

직원들이 있거나 말거나 심 이사는 기분 내키는대로 말을 했다.

이사님이 출근하기 전 팽을 불러 다시는 이사님보다 먼저 퇴근하는 일이 없도록 타이를 생각이었다. 이런 얘기를 하려면 사무실이 아닌 밖에서 오붓

하게 술잔이라도 기울이며 얘기를 하는 게 순서라는 건 알고 있다. 하지만 거기까진 내 능력 밖의 일이다. 물론 직원들과 임원 사이를 이어주는 다리 역할도 해야 한다는 것을 알고 있다. 직원들의 불만도 모르지 않는다. 나는 될 수 있으면 직원들의 눈빛을 피한다. 그 눈빛들을 다독여 주는 것이 부서 장으로서 할 일이기도 하지만 내 한계를 넘어선지 이미 오래다. 회의실에 모아놓고 위로랍시고 하다보면 하품하기 일쑤이며 지루하다는 표정이 역력히 드러난다. 술잔이라도 기울이며 어깨를 다독여 주어야 하건만 그것마저도 쉽지 않다.

이사님은 나처럼 개인 호주머니에서 술을 사지 않아도 된다. 업무추진비 도 있고, 부서운영비도 있다. 부서운영비가 부서를 운영하는데 쓰이지 않은 지도 오래전 얘기지만 그것도 어느 정도지 이건 숫제 개인 호주머니 채우기 에 여념이 없다.

내가 항상 개인 호주머니를 털어 술이나 저녁을 산다는 것을 이사님도 알 고 있다. 모른척하고 그냥 영수증 처리를 할 수도 있지만 그다음부터 일어나 는 일이 솔직히 두렵다. 차라리 돈 몇 푼 쓰고 말지 진저리나도록 사사건건 잡는 트집을 견딜 재간이 없다. 직원들이 밤샘하여 작업을 끝낸 날은 이사님 이 한 잔 사야 하는 건 둘째 치고 수고했다는 말 한마디가 없다. 직원들의 불만도 나와 별반 다르지 않다.

"우리가 어제 집에 못 들어간 건 이사님도 아시잖아요, 밤샘을 해서 화가 나는 게 아니라고요."

"그래 내가 다 안다."

이런 상황에 밀려 술을 사고 월말이면 후회한 적이 한두 번이 아니다. 몇 번의 시행착오를 거쳐서 감상에 젖는 섣부른 행동은 하지 않기로 마음을 먹었다. 마음을 독하게 먹고 사원들과 눈을 마주치지 않아도 호주머니 털리는 일은 종종 발생한다.

품위유지비라는 것을 요즘처럼 절실하게 느껴본 적이 없다. 차장 시절에는 부장이 되면 품위가 유지될 줄로 믿었다. 고3이 된 아들 녀석의 학원비가 그렇고, 아파트 살 때 받은 대출금 이자도 만만치 않다. 이제 고1이 되는 딸아이 과외는 엄두도 내지 못하고 있다. 내 월급으로는 두 아이의 과외비를 감당할 수 없다. 어느 때는 살림만 하는 아내가 무능력해 보이기도 한다. 누구 집 마누라는 약사에다가 또 누구 집 마누라는 교사에다가 또 누구 집 마누라는 사업수완이 뛰어나다는데 여기까지 생각이 미칠 때쯤이면 고개를 흔들고 만다. 쥐꼬리만 한 월급으로 이만한 아파트라도 장만한 것은 아내 덕분이다.

신입사원에 대한 생각도 아내에 대한 감정과 비슷한 죄책감이다.

얼마 전에도 삼 년을 채우지 못하고 사직서를 쓴 사원이 있었다. 처음엔 젊은 혈기가 넘쳐서 참지 못하는 것이라는 생각이 들었다. 요즘 같아서는 차라리 부러운 심정이다. 또 있다. 회사에 들어와서 신입사원 교육을 받고 업무를 익히는 동안 제대로 관심을 가져주지 못했다는 자책도 한몫했다. 사직서를 낼 때까지 갈등은 오죽 했겠는가? 이사님이 아랫사람 챙기기를 뭐 닭 보듯이 한다고 나마저 팽개쳤다는 생각이 든다. 이제는 이런 자책마저도 사치라고 생각한다. 요즘처럼 어려운 시기에 회사를 관둔다는 것은 젊다는 것 말고는 아무것도 아니라는 생각이 든다.

신입사원을 잘 관리하지 못한 내 탓이 크다는 생각을 하지만 이사님의 생각은 그것이 아니다. '가는 사람 붙잡지 않는다.'는 것이 평소 이사님 소신이다.

"당신, 요새 같은 불경기에 취직할 때가 그리 많은 줄 아나?"

사직서가 올라오면 처리하는데 도장 찍는 시간 밖에 걸리지 않는다. 그렇게 높아만 보이던 부서장이라는 자리가 이제는 자리 지키는 것에 연연해야 하니 서글프기 짝이 없다. 이렇게 살려고 그 길을 그렇게 힘들게 살아온 게 아니다. 컴퓨터가 없을 때 주산과 계산기로도 얼마든지 일은 가능했다. 밤샘을 하면서도 즐겁게 일을 했다. 나는 컴퓨터가 두렵다. 미스 정이 가끔씩 컴퓨터를 배워야 한다며 친절을 베푸는 마음도 안다. 하지만 밤새워 컴퓨터 자판기를 눈물 나게 두드린다는 것을 미스 정은 아마도 모르리라.

웬일로 이사님이 팽의 사직을 내게 걸고넘어지는지 알 수 없다. 팽을 위한다기보다는 충원이 되지 않는 회사 탓이 클 것이다.

팽과 얘기를 하면서 요즘 젊은 세대가 무섭다는 생각이 들었다. 논리적으로 반박을 하는 데는 대꾸할 말이 없었다. 이사님께 사과를 하고 당분간 학원 다니는 일을 그만 두게 하려는 의도는 빗나가고 말았다. 내 딴에는 다른 직원들에게 경각심을 줄 요량으로 회의실로 들어가지 않고 자리에서 얘기를 시작했는데 이건 망신이라고 밖에는 달리 표현할 말이 없다. 하긴 공장 분위기 운운하며 내가 한 얘기라는 것도 결국 이사님과 한 치도 다르지 않았다. 내 입에서 나온 소리라는 게 '내가 다시는 이사님한테 불려가서 이런저런 소리 듣지 않도록 하라' 는 것이지 않았는가. 팽은 조리 있게 따지고 들었다.

업무시간 이후에 수당도 못 받으면서 일을 하고 다른 것도 아닌 공부를 하겠다는데 이사님 퇴근시간에 맞추라는 것이 말이 되느냐며 눈을 똑바로 뜨며 말대꾸를 했다. '당신 생각해서 충고를 하는데 알아서 하라.'고 못을 박았지만 팽은 결과적으로 부장님 위해서 그러는 거 아니냐며 눈 똑바로 뜨고 대들었다. 그러면서 사직서를 들고 왔다. 새파랗게 젊은 놈이 바락바락 대들 때는 쥐어 패고 싶을 만큼 꼴도 보기 싫었는데 사직서를 보니 마음이 약해졌다.

중소기업에 비하면 우리 회사는 좋은 회사라고, 권위주의는 시대의 요청으로 사라질 것이라고, 머잖은 날에 당신들의 회사가 될 것이라고 내 딴에는 마음을 돌려보려고 애를 썼다. 팽은 사직서를 손에 쥔 마당에 못할 말이 없다는 것인지, 서슴없이 말을 해댔다.

이사님 개인 생각이 아니라 사장님 묵인 하에 벌어지는 일이 아니냐고. 회사는 절대로 관리직 사원들을 두려워하지 않는다는 팽의 말에 전적으로 동감한다.

"사장님이 계시는 한 심 이사님은 절대로 해임되지 않는다는 소문은 나름대로 근거가 있다고 보는데요? 사장님이 이사님을 곁에 두는 이유가 무엇이라고 생각하십니까?"

사원과 마주앉아 할 얘기가 아닌 듯싶어 말허리를 잘랐다.

이사님은 팽의 사직도 말리지 못한 무능한 부장이라며 한심하다는 투로 나를 몰아붙였다. 이사님의 그런 눈빛만 보면 죽고 싶다. 팽은 내게 "부장님

탓도 아닌데 부장님께 대들어서 많이 죄송하다."고 했다.

팽은 다시 순한 눈빛으로 돌아가 고등학교 졸업장으로는 아무것도 할 수
없다는 결론을 내렸다며 아르바이트라도 해서 대학을 마친 다음에 다시 취
직을 하겠다는 것이었다. 고졸 사원으로 들어온 직원들의 통계까지 낼 필요
도 없이 팽의 앞날은 호봉만 오르는 영원한 만년 과장일 터였다.

문득 상고를 졸업하고 직장생활을 시작한 동생이 아프게 밟힌다. 대기업
도 아닌 중소기업에서 영업을 하는 동생도 팽처럼 힘들게 살아가겠지.

나는 집안의 장남으로서 나 때문에 희생한 동생들에게 보상도 해주고, 경
제적인 걱정 없이 품위 있는 삶을 살고 싶었던 평범한 꿈을 지금도 매일 꾸
고 있는지 모른다.


*


아내 생일이다. 백화점 앞에서 약속을 했다. 퇴근을 좀 앞당겨서 하려던
참에 전화가 왔다. 전화벨 소리가 유난히 크고 길게 울렸다. 울리는 전화를
한참 동안 받지 않았다. 불길한 예감이 들었다. 아니나 다를까, 저승사자만큼
이나 무서운 이사님이었다.

"뭐 하느라 전화를 이리 늦게 받나?"

"아, 예 죄송합니다."

"오늘 약속이 있어서 회사 들어가지 못할 것 같아요. 내 차 좀 갖다 놓고
퇴근하세요. 트렁크에 든 물건 조심해서 다루고……."

잠깐 할 말을 잃고 가만히 있었다.

"볼 일 있으면 송 과장 좀 바꿔 봐요."

"아, 아닙니다. 이사님."

전화를 끊고 머릿속이 갑자기 복잡해졌다. 나도 모르는 사이 시발이라는 욕이 튀어나왔다. 두리번거렸지만 들은 사람은 없었다. 송 과장이 사무실에 들어오면서 퇴근 안 하느냐고 물었다. 하루쯤 대중교통을 이용해도 좋으련만 다음 날 자신의 출근을 위하여 기어이 심부름을 시켰다. 난 왜 약속이 있다는 말이, 그것도 아내 생일이라고 말하지 못하는가. 사실대로 말을 한다고 이사님이 내 뜻대로 해줄 것이란 보장도 없다. 오히려 핀잔만 들을 게 뻔하다. 도로가 막히지만 않는다면 아내의 눈 흘김 정도로 약속시간에 도착할 수 있을 것 같았다. 하지만 내 예상은 완전히 빗나갔다. 토요일 도로 사정은 나 같은 건 이사님만큼이나 무시했다. 부랴부랴 약속 장소에 왔을 때는 한 시간이 훨씬 지난 뒤였다. 백화점 셔터는 이미 내려졌고, 아내는 백화점 모퉁이에서 두리번거리며 서 있었다. 차라리 화를 내면 마음이라도 편하겠는데 언제부터인지 아내는 화도 내지 않았다.

"생일 선물 안 받아도 섭섭하지 않은데……."

"글쎄, 갑자기 중요한 손님이 와서."

아내 앞에서는 그래도 체면을 차려보겠다고 이리저리 변명해보지만 변명하지 않을 때보다 못하고 말았다.

처음엔 이사님의 개인적인 심부름이 나에 대한 애정이라고 믿어 의심치 않았다. 몸 바쳐 일한 덕에 인사고과를 잘 받았다고 생각하고 있었다. 대리 진급을 할 때는 논문과 외국어를 보지만 과장부터는 인사고과가 나쁘면 아무리 시험을 잘 보아도 진급은 포기해야 한다. 과장, 차장, 부장, 직급이 위로 갈수록 인사고과의 배점은 커진다. 부장승진은 고과 점수로만 이루어진다. 이사님 덕분에 부장으로 진급을 한 건 사실이다. 그런데 나만 부장으로 진급했나? 다른 부서에서도 한 명씩은 진급을 했다. 그런데 왜 나만 이리 쩔쩔 매는가?

## ― 내가 한때 초록물고기였을 때

이사님은 업체에 대한 불만도 내게 쏟아 부었다. 태평양에서 코빼기도 보이지 않는다는 불평이었다. 부장으로 진급하고 난 뒤라 이사님의 심중이 더욱 신경이 쓰였다. 태평양의 황 부장에게 안부 차 전화를 했을 뿐인데 이사님이 퇴근하지 말고 기다리라고 했다.

"오늘 한번 멋지게 놀아봅시다. 조 부장."

부장이라고 불러주었을 때 얼마나 감격했는지 모른다. 이사님은 사무실을 먼저 나가면서 장소를 알려주었다. 이사님이 찾아오라는 곳을 택시기사에게 알려주었다. 택시는 여의도를 빠져나와 올림픽대로를 따라 강남 쪽으로 가더니 근사한 주택 앞에 멈춰 섰다. 대문을 들어서자 상당히 고급으로 운영되는 영업집임을 알 수 있었다. 안으로 가려다 말고 잠깐 멈췄다. 어쩌면 이런 곳에…… 뜰에 핀 목련을 황홀한 듯이 올려다보았다.

"어서 오세요. 기다리고 계십니다."

날아갈 듯한 한복을 입은 여인이 반색을 하며 맞아주었다. 나는 목련과 여인을 번갈아 바라보았다. 나이를 가늠할 수 없었다. 목련을 닮았다.

이사님은 등받이에 기대어 한쪽 팔꿈치는 보료 위에 올려놓고 비스듬히 앉아 아가씨와 화투판을 벌이고 있었다. 심 이사 곁에는 생각지도 못한 재경부 최 부장이 와 있었고, 최 부장보다 더 놀란 건 태평양 직원들이었다. 이사님은 나를 바라보며 고개만 까닥하고 다시 화투판에 정신을 쏟았다. 이런 자리에 최 부장은 가끔 참석을 하는지 태평양 사람들과 어울리는 모습이 자연스러웠다.

한쪽 구석에는 앰프가 놓여 있고 이사님 뒤편으로 매화병풍이 쳐져 있었다. 다시 담요가 들어오고 고스톱 판의 인원이 재구성 되었다. 이사님과 태평양의 황 부장과 아가씨들이 한편이 되고, 나는 최 부장과 태평양 직원들과 한편이 되었다. 서너 번을 돌리자 자연스럽게 이사님 앞에 돈이 쌓였다. 이사님이 슬그머니 손을 털 기미가 보이자 태평양 황 부장이 너스레를 떨었다.

"이사님 고스톱 실력은 갈수록 발전하십니다."

이사님은 대꾸도 하지 않고 좌중을 둘러보며 한마디를 했다.

"노름방에서 딴 돈은 돌려주지 않는 거 알지요?"

"그러문요, 당연하지요."

이사님은 반듯하게 돈을 챙겨 지갑에 넣었다. 고스톱 판의 마무리를 짐작이라도 하고 있었던 듯 요리상이 들어왔다. 나는 이사님의 대각선에 앉았다. 어린 아가씨가 신고를 했다. 이사님이 마음에 들어 하는 눈짓을 보이자 황 부장은 이사님 옆으로 가 앉으라며 명령하듯 말한다. 그리고는 한 사람씩 아가씨가 들어오고 짝 맞추기가 끝나자 술 한 배를 돌리고 '위하여'를 합창했다.

"자 이제부터 본격적인 게임을 한번 해 볼까?"

이사님이 양주잔을 들어 내 쪽으로 던졌다. 내 앞으로 날아오는 술잔을 최 부장이 받았다.

"가만히 있으면 어떡해요? 이사님이 주시는데 받아야지."

술잔을 먼저 받는다는 것은 대단한 일이었다. 던져진 술잔에 대한 모욕감은 없었다. 술잔을 받기 위해 몸을 날리고 야단법석을 떠는가 싶더니 이사님 곁에 앉은 아가씨 치마 속에 한 손이 들어가 있다. 이사님은 내게 모범이라도 보이려는지 아가씨 저고리가 벗겨질 지경에 이르도록 밀가루 반죽을 하듯 주물러댔다. 나는 눈을 어디에 둘지 몰라 방 안을 한 번 더 살펴보았다. 그러고 보니 귀한 자개반상이다. 반자 위에 청자병도 한 점 놓여 있다. 옆에 앉은 아가씨 얼굴을 다시 바라보았다. 앳된 얼굴이다. 자꾸만 이 자리가 견딜 수 없어진다.

연주자가 들어와서 뽕짝을 연주하기 시작했다. 노래자랑이 시작되었다. 마담이 첫 곡을 부르며 분위기를 띄웠다. 태평양 황 부장이 지갑에서 만 원을 꺼내더니 악사 앞에 놓으며 곡을 신청한다. 이사님이 아가씨를 안고 춤을 추기 시작했다. 나는 이런 자리가 익숙하지도 않을 뿐 아니라 내가 전화를 한 직후에 일어난 일이라 기분이 좋지만은 않았다. 덩달아서 춤을 추고 싶은 마음은 도무지 없었다. 이런 기분을 알아 차렸는지 파트너로 있던 아가씨가 손을 잡아끌었다. 최 부장의 뽕짝 노래가 간드러지고 있다. 나는 아가씨가 이끄는 대로 몇 번 돌다가 자리에 앉고 말았다.

이사님이 지루한 표정을 지었다. 나 역시 이 자리가 빨리 끝나기를 기다리던 터에 이사님의 지루한 표정이 그지없이 고마웠다. 헌데 끝나는 게 아닌 모양이다.

"얘 데려가도 되지?"

이사님은 별로 취하지 않은 것 같은데 취한 척을 했다.

"내가 판 깨는 것 아니야, 다들 알지?"

나를 바라보며 이사님은 능글맞게 웃었다.

"이봐, 조 부장 당신도 재미 보고 가라고."

이사님이 밖으로 나갔다. 황 부장이 따라 나갔다 들어왔다. 시간이 마냥 있는 것도 아니고 술자리는 주빈이 빠지니까 김빠진 맥주 같다. 김빠진 맥주에 최 부장의 한마디가 다시 생기를 넣은 듯이 분위기가 들뜬다.

"쪼무래기들도 재미 보기요."

"팁은 각자가 내는 거야. 고스톱에서 딴 것 있지?"

최 부장도 일어섰다. 태평양 직원들이 문밖에 서 있었다.

"얘들이 무얼 꾸물거리나."

태평양의 황 부장이 내게 무척이나 신경을 썼다.

"이사님 사랑이 대단합니다. 애프터까지 책임지라고 단단히 기합을 받았습니다. 체면 좀 살려 주십시오. 오늘 부장님께서 전화주시지 않았으면 큰일 날 뻔했습니다. 그까짓 보험이야 몇 푼 됩니까. 사실은 프로젝트가 하나 걸려 있거든요. 앞으로도 많이 도와주십시오. 믿습니다."

황 부장이 호텔이라고 쓴 간판 앞으로 앞장서서 들어갔다. 나도 꼼짝없이 같은 배를 타고 파도타기를 함께 했다. 일렬로 오입을 하러 가는 기분이 설명되지 않았다.

출근을 하자 태평양 황 부장으로부터 전화가 왔다.

"어제는 미처 따로 인사를 드리지 못했습니다. 앞으로 신경 좀 많이 써 주십시오."

"무슨 별 말씀을."

전화를 받는 목소리가 조금 떨렸다. 황 부장이 굳이 나를 찾아 그 얘기를 할 필요는 없었다. 앞으로도 계속 언질을 달라는 말이라는 것을 알 수 있었다. 그런 일이 있은 후로 이사님은 더 이상 태평양의 코빼기가 보이느니 안 보이느니 트집을 잡지 않았다. 점심때가 되자 은근한 눈짓을 보냈다.

"조 부장 오늘 점심 어때? 뻑이라고 아나? 해장에는 최고인데."

"네 이사님."

"앞으로 조 부장이 나를 많이 도와주시게."

점심을 먹고 나는 재빠르게 일어나 계산을 했다. 회사 경비로 처리하라는 언질은 없었다. 기대한 내가 잘못이다. 부득이한 경우에 택시를 탈 때도 이사님은 지불하지 않는다. 언제나 아랫사람이 지불했다. 나뿐만이 아니고 사원, 대리, 과장 그 누구도 이사님과 함께 동행을 할 때 이사님이 낸 적이 없다는 말을 들었다. 한 입 건너 불만을 얘기하지만 드러내놓고 이사님께 말하는 사람도 없었다. 어찌되었건 난 부장이 된 이후로 더욱 더 이사님을 위해서만 살아왔다.

이사님이 내게 어떤 요구를 해도 불만은 없다. 그건 오히려 나에 대한 신임이라고까지 생각했고, 실제로 내가 송 과장보다 먼저 부장으로 진급한 것은 이사님의 배려가 있었기 때문이라는 것을 나는 잘 알고 있다.


— 다음은 내 차례인가


요즘 통 잠을 이룰 수 없다. 영업부가 심상치 않다. 표창장까지 받은 윤 부장이 쓰러져 병원에 입원을 하자 그 후임이 거론되고 있다. 내가 꼭 그 후임으로 갈 것만 같은 예감이 든다. 만약에 내가 그리 가게 된다면 버틸 수 있을까.

팽이 사직서를 던질 때 내가 그토록 막았던 이유를 이제야 깨달았다. 나가야 할 사람은 나가지 않고 나가지 말아야 할 사람이 나간다는 비난이 내게 쏠릴까봐 그토록 전전긍긍했던 것이다. 끊었던 담배를 다시 피워 물었다.

영업실적이 나쁘다고 간부회의에서 심한 질책을 들은 윤 부장이 가슴을 쥐어뜯으며 방 안을 나뒹군 시간은 새벽이었다고 한다. 앉으나 서나 실적 때문에 스트레스를 받는 건 모두에게 해당되는 것이었지만 영업부장은 특히 그 정도가 더 심했다. 부장급 모임이 있을 때마다 윤 부장은 초췌해진 모습으로 술을 들이부었다. 영업사원들을 독려하는 일로 그치지 않고 현장을 돌아다니며 직접 뛰어도 월말이 되면 실적이 부진했다. 경기가 나빠지면서 생산 활동이 중단되자 중소기업의 부도로 이어졌다.

영업사원들이 하나둘 사직서를 제출했다. 영업에 소질을 보이는 능력 있는 사원들부터 떠나기 시작했다. 윤 부장으로서도 그들을 잡을 만한 명분이 없었다. 말로만 영업은 회사의 꽃이라고 치켜세웠지 뒷받침이 없었다. 능력 있는 영업사원이 떠난 자리는 각 부서에서 밀려난 사원들로 채워졌다. 쓰다버린 소모품처럼 처치 곤란한 사원들을 영업부로 발령 내는 것이었다. 젊은 사원들이 온다면 그나마 영업인으로 한번 키워볼 만한데 평생 영업의 '영' 자와는 담을 쌓고 살다가 떠밀려서 영업으로 발령받은 사람들은 마음 자세부터 되어 있지 않다고 윤 부장은 한숨을 쉬었다. 이런 사람들을 데리고 영업을 하겠다는 것부터가 무리였는지 모른다. 쓰러지지 않는 것이 오히려 이상할 정도였다. 하지만 아무도 윤 부장이 과로로 쓰러졌다고 말하지 않았다.

윤 부장은 고등학교 동기, 대학 동창생 명단을 입수하여 전국을 누비고 다녔다. 거의 날마다 술을 마셨다. 수면 부족으로 충혈 된 눈에 안약을 넣는 모습을 보면서 이러다가 멀쩡한 사람 하나 죽이겠다는 생각을 한 게 한두 번이 아니었다. 윤 부장의 피나는 노력이 있었기에 '우수부서' 표창을 받을 수 있었다.

"아무래도 염색을 하는 것보다 이렇게 살짝 흰머리가 있는 것이 영업하기에 더 좋겠지?"

"기왕 하실 거면 요즘 신세대들처럼 총천연색으로 하시죠?"

희끗희끗한 흰 머리카락을 걱정하며 천진한 웃음을 날리는 것을 볼 때 가슴이 찡했다. 우수부서 표창은 한번으로 족했다. 실적이 올라가면 목표량이 높아져서 실적은 또 미달이 되었다. 어떤 경영자가 만족할 만한 실적이 있겠는가? 나는 윤 부장의 그런 모습을 보면서도 이사님한테만 충성을 바치면 정년은 보장되리라 믿어 의심치 않았다. 이사님은 요즘 내게 모든 것이 불만이다. 심지어는 생긴 것도 불만이다. 외부에서 처음 오는 사람들은 이사보다 내가 더 직책이 높은 줄로 착각 할 때도 있었다. 앞이마부터 빠지기 시작해 시원스럽게 벗어진 이마 때문일 게다.

제발 윤 부장이 쾌유하여 그 자리를 지켜주기를 바랄 뿐이다.

*

잔뜩 으등거리고 있는 하늘이 심 이사를 닮았다. 공장으로 출장을 간다며 심 이사가 사무실을 나설 때만 해도 하늘에 구름은 없었다. 직원들과 함께 윤중로에서 점심을 먹기로 했는데 한바탕 비가 쏟아질 것 같다. 벚꽃은 순식간에 지고 말 것이다. 매년 벚꽃이 피고 지는 여의도 윤중로에서 꽃이 지는 게 이토록 안타까워 보긴 처음이다. 내년에도 저 벚꽃을 볼 수 있을까. 가슴에 시린 바람이 지나간다.

여의도 빌딩 안에 있는 사람들이 다 쏟아져 나왔는지 한강변의 좋은 자리는 빈자리가 없었다. 편편한 자리를 골라 준비해온 신문지를 깔고 자리를 잡았다. 도시락을 먹는 동안 목으로 잘 넘어가지 않았다.

봄놀이나 가는 것처럼 들뜬 마음으로 빌딩을 나서며 컵 라면을 먹는 해고자들을 보았다. 창원공장에서 올라온 해고자와 노조원들이었다. 나는 슬그머니 고개를 돌려 버렸다. 그들의 시위는 연중행사가 되어 버린 지 오래다. 1987년 노동자대투쟁 이후부터이니 십 년 세월이다. 봄이면 벚꽃과 함께 시위는 한해도 거르지 않고 있다. 그중 바뀐 얼굴도 있지만 매년 보는 얼굴도 있다.

'나는 다시 회사에서 일하고 싶다' 라는 플래카드가 펄럭이고 있었다. 조만

간 저곳 어디쯤에 내 자리가 있을 것 같은 터무니없는 예감이 들었다. 창사
기념일인 5월 1일을 기해 대대적인 조직개편이 있을 것이란 것은 비밀도 아
니었다. 인원감축이 이십 퍼센트가 될지 삼십 퍼센트가 될지 그것이 관건이
었다. 미스 정 얘기로는 황성중공업이 망할 때와 비슷한 현상이라고 한다.

컵 라면으로 끼니를 때우고 있는 그들에게 자꾸만 미안하다는 생각이 들
었다. 시위할 시간 있으면 다른 일자리를 알아볼 것이지……. 그들을 맘껏 비
웃었던 것도 마음에 걸렸다. 업체와의 약속을 핑계로 직원들을 먼저 들여보
냈다. 벚꽃이 흐드러지게 피어 있는 국회의사당 뒤편으로 발걸음을 옮겼다.

이십여 분이나 걸었을까, 쟁재앵 재쟁 쟁 쟁쟁 재쟁 쟁. 꽹과리 소리가 들
려왔다. 강둑에 앉았다. 꽹과리 소리가 자꾸만 나를 부르는 것 같았다.

인사부에서 책정한 연봉은 십 퍼센트나 감액한 금액이었다. 연봉제가 되
어도 급여에는 큰 차이가 없을 것이라며 연봉제에 동요하지 말라는 말까지
해놓고 말이다. 노조도 없는 관리직 사원들이 뭘 어떻게 할 수 있는 것도 아
니다. 처음 실시된 연봉제는 지금까지 회사에서 자신의 능력을 반영해 준 것
이고, 내년부터는 올 일 년을 기준으로 다시 연봉을 체결한다고 했다. 연봉
에 이의신청을 하는 사람은 다시 재계약을 한다고 했지만 불가능한 일이었
다. 인사부에 따지려면 자신의 연봉을 공개해야 되는데 그럴 배짱을 부릴 사
원이 과연 있을까 싶었다. 퇴사하거나 입 다물거나 선택은 둘 중 하나였다.
다른 직원들의 눈치도 나와 별반 다르지 않은 것 않았다. 하지만 연봉의 액
수가 깎인 것은 불안한 징조임에는 분명하다. 검푸른 강물 위에 '일송정'의
김 부장 얼굴이 물살을 가르며 떠올라왔다. 김 부장을 만나야 할 것 같은 조

급함으로 재빨리 사무실로 돌아왔다.

퇴직하고 나가 고급 한식당을 차린 김 부장이 운영하는 '일송정' 전화번호를 눌러 약속을 잡았다. 김 부장도 회사 박차고 나가 남보란 듯이 성공을 했는데 나라고 못할 것도 없지 않느냐는 자신감이 생겼다.

회사 앞에서 택시를 바로 타지 않고 한참을 걸었다. 포장마차가 보였다. 이른 시간이어서인지 술잔을 기울이는 사람은 없었다. 여자에게 봉투를 내밀었다. 해고자들을 위한 짜장면 값이었다. 수고비 봉투도 따로 만들었다. 같은 처지끼리 그러지 않아도 된다며 여자는 극구 사양했지만 나는 봉투를 주고 왔다.

일송정은 한가했다. 김 부장은 안으로 들어가 양복 윗도리를 걸치고 나왔다. 엉거주춤 다시 김 부장을 따라 나섰다. 인사동 골목을 나와 허리우드 극장 골목 안으로 들어갔다. 조그만 곱창 집이었다.

"어머나! 조 부장님 아니세요?"

앞치마를 두르고 반기는 여자는 김 부장 부인이었다. 사업체가 두 개나 된단 말인가? 곱창과 소주가 나왔다.

"힘들어도 참고 견디세요, 그래도 직장생활이 백 번 낫습니다."

김 부장은 한 번에 소주를 털어 넣었다.

"아이고 무슨 말씀이십니까, 이렇게 성공한 김 사장님을 보니 꼭 제 일처럼 즐겁습니다."

"그러실 줄 알고 미리 말리는 것입니다. 제가 뭐 때문에 말리겠습니까? 명의만 제가 사장으로 되어 있습니다. 심 이사님한테 월급 받는 월급쟁이입니다. 곱창집도 이사님이 자금을 대주어서 그나마 하고 있고, 일송정도 이젠 심 이사님이 직접 하신다고 합디다. 모르셨습니까?"

웬 뚱딴지같은 심 이사? 전생에 인연도 깊지, 가는 데마다 심 이사님, 심 이사님……

"저도 그때 괜한 호기 부린다고 사직서 딱 던지고 나오니까 남들 보기에는 좋아 보였지요. 직장생활하면서 맺은 인맥도 있었고, 퇴직금과 그동안 모아놓은 돈도 좀 있고, 정말 뭔가 할 수 있으리라 생각했습죠. 회사에서 일하는 것만큼만 하면 못 할게 뭐있냐는 그런 심정이었습니다."

"……"

"첫 번째 사업은 부도 수표 몇 번 맞고 나니까 휘청거리고, 얼마 남지 않은 돈 추슬러서 시작한 두 번째 사업은 고스란히 사기를 당했습니다. 이제 겨우 월세에서 전셋집으로 옮겼습니다."

"저는 그런 줄도 모르고 오늘 한 수 배워볼까 하고 왔습니다."

"참고 견디세요, 이사 못 달면 부장으로 정년퇴직은 할 수 있지 않습니까?"

더 이상 대꾸할 말을 찾지 못했다. 회사를 박차고 나가 고급 음식점은 아니더라도 그동안 쌓아놓은 인맥으로 작은 오퍼상이라도 차릴 수 있을 것 같은 자신감이 솟아오르게 한 건 순전히 김 부장이었다. 물론 이사는 달지 못해도 정년퇴직은 할 수 있으리라는 막연한 기대는 하고 있었다. 하지만 지금은 상황이 달라졌다. 명예퇴직도 아닌 인원감축을 한다는데 그런 소문은 근거와 상관없이 거의 맞아떨어졌다. 일종의 예방접종의 효과가 있었다. 명예퇴직을 실시할 때에도 기한까지 명퇴자가 없으면 이 차 명퇴자를 모집했다. 명예퇴직을 전혀 고려하지 않았던 사람의 명단이 올라와 있다면 그것은 인사부에서 개인적으로 접촉하여 명퇴를 강요한 것이라고 보면 틀림없었다. 꼬투리를 잡아 해고를 시킨다며 으름장을 놓으면 별 수 없이 명예로운 퇴직을 할 수밖에 없는 것이다.

참고 견디는 것도 용기라는 김 부장의 마지막 말을 들으며 다섯 평도 채 안 될 것 같은 곱창 집을 빠져 나오면서 나는 내 미래를 보고 온 것만 같았다. 등에서 식은땀이 흘렀다. 먼저 사직서를 던지고 나오지 않은 것이 백 번을 생각해도 잘한 일이었다.

임금을 올려주지 않아도 새벽에 출근하여 수당도 없는 잔업을 평생 했다. 이제 와서 경제가 어려우니까 감원을 해야겠단다. 그것도 각 부서의 부장부터 감원을 한다는 소문이 파다했다. 영업부 윤 부장의 사표 소식은 앞날을 예고하는 서곡인 것 같아 가슴이 서늘했다. 등허리에 식은땀이 흐르는 것은 윤 부장처럼 쓰러지지 않는다 해도, 각 부서에서 무차별적으로 몇 명을 골라 감원대상으로 삼는다면 나는 일 호가 될 것이 확실했기 때문이었다.

내 목에 들이 댈 칼자루는 심 이사가 쥐고 있다. 부품단가를 인하하라는 지시가 늘 귓가에서 맴돌았다. 인하된 단가의 돈이 어디로 흘러가는지 이젠 확실하게 알 것 같다. 일송정으로도 흘러가고, 또 어디로 갔을까. 그렇다면 이젠 내가 불필요한 존재가 되었다는 것인데…… 아, 모르겠다. 앞으로 무얼 해서 먹고 살아야 하나.

　윤 부장은 다행히 중환자실에서 일반실로 옮겨 퇴원을 했다. 한 달간 휴
직을 하겠다는 말에 회사에서는 영원히 집에서 쉬라고 압력을 넣었다는 소
문이었다. 소문의 내용도 구체적이었다.

"그 몸으로 치열한 경쟁에서 타 회사를 이길 수 있겠어요?"

"한 달만 쉬면 좋아질 거라고 했습니다."

"글쎄 그 한 달 동안 회사가 개인 사정을 봐 줄 수는 없잖소."

　결국 윤 부장은 사표를 냈다. 사표를 내지 않고 견딘다면, 물론 견딘다면
견딜 수 있겠지만 버티는 것도 한계가 있겠지.

　나는 윤 부장이 남아 있는 사람들을 위해서 끝까지 버텨주기를 빌었다.
비겁하다. 나는 그럴 수 있을까? 윤 부장 사표가 수리되는 날 온종일 아무것
도 하지 못했다.

　회사를 그만 둔 윤 부장은 산재신청을 했지만 받아들여지지 않았다.


*

　늘 내 뒤에 버티고 앉은 심 이사가 출장 중이라는 것이 이렇게 마음 편할
줄은 몰랐다. 평소처럼 버티고 앉아 '조 부장'을 불러댄다면 미쳐버릴 것 같
았다. 사무실에 앉아서 도저히 일을 할 수가 없었다. 밖으로 나왔다. 바람이
소나기처럼 한바탕 스치고 지나갔다. 벚꽃이 눈송이처럼 날려 어깨를 덮었
다. 사월의 여의도는 밤이 되어도 어두워지지 않았다. 국회의사당을 따라 켜
져 있는 가로등 아래로 연녹색 작은 이파리가 올라 온 은행나무가 늘어져

있었다. 윤중로의 벚꽃을 구경하러 온 사람들은 떠날 생각을 하지 않고, 둘이 혹은 여럿이 나무 아래에 앉아 있었다. 한강 둑을 따라 술판을 벌인 사람들도 간간이 보였다. 떠드는 사람들을 뒤로하고 강둑에 앉았다. 순간 확 뛰어내리고 싶은 충동이 일었다. 착해빠진 아내 얼굴이 저만치 흘러갔다.

오래 버티었다는 생각이 든다.

나를 무시하는 게 단지 심 이사뿐인가. 아랫것들조차 무시한다는 것을 알고 있다. 이사님이 자리를 비우고 나면 목에 힘 좀 주고 큰 소리를 쳐보지만 그것도 허망하기 그지없는 일이었다. 오히려 큰 소리를 치지 않은 것만 못했다. 뭔가 지시를 내려도 즉각 보고가 올라오지 않고 독촉하면 변명만 늘어놓았다. 송 과장은 이사님한테나 신경 쓰라는 말을 대놓고 하고 있다. 건방진 자식. 내가 그만 두기를 학수고대하겠지만 어림없는 수작이다.

컴퓨터 자판기도 외우지 못하는데 앞으로는 컴퓨터를 모르면 결재도 할 수 없다고 한다. 하긴 요즘도 올라오는 서류는 워드로 작성된 것들이었다. 결제를 하다가 양식을 좀 바꿔보라고 요구하면 더 이상은 안 된다는 것이었다. 정말 안 되는 것인지 내가 컴퓨터를 모르기 때문에 안 된다고 하는 것인지조차도 알 수 없었다. 어제도 미스 정은 나 보고 컴퓨터를 좀 배우라고 했다.

"어느 세월에 그 어려운 것을 배우겠나."

"그러지 마시고 틈틈이 배우세요, 시간 나면 가르쳐 드릴게요."

그래, 살아남으려면 뭐든 해야 한다. 컴퓨터든, 아부든. 이사님이 전 같지 않은 것은 확실하다. 요즈음은 비밀도 많아졌다.

이상야릇한 소문이 떠돌고 있다. 언제쯤 도대체 그 인사발령이라는 것이 마무리가 될 것인가. 얼마나 더 피를 말려야 끝이 날까. 이 모욕적인 상황을 벗어나야 한다는 초조감은 불길하기까지 하다. 어제 오늘 시작된 징조는 아니었다. 언제부터인지도 모르게 서서히 목덜미로 스멀스멀 치고 올라오고 있었다. 날이면 날마다 심 이사 비위 맞추는 일도 이제는 넌덜머리가 난다. 회사가 어렵다고 입만 열면 인원감축이요, 경비절감이요, 근무기강 확립이니 불안을 견딜 재간이 없다. 심 이사 그늘을 벗어날 기회라고 생각했지만 아직은 시기상조라는 결론만 났을 뿐이다. 사직서를 찢어 강물에 던졌다.

출장에서 돌아온 이사님 앞에서 더 많이 고개를 숙였다. 직원들이 보면 어쩌랴 이것도 살아가는 방법의 하나인 것을. 진정한 용기란 자존심이 상한다고 아무 때나 사직서를 집어 던지는 것이 아니라고 말하던 김 부장의 말을 듣기로 했다. 그래 아직은 아니야. 이제 대학에 입학한 자식 생각도 해야지. 잘라 낼 때까지 버틸 거야.

*

재쟁재쟁재쟁 쟁쟁 재쟁재쟁

출근하여 커피를 마시려고 책상에 막 앉았다. 꽹과리 소리에 창문 밖으로 고개를 디밀었다.

해고자를 복직하라! 복직하라!

구호가 울리자마자 이어서 사내 방송이 울려 퍼졌다. 사원 여러분! 창문에 커튼을 내리고 고개 내밀지 마십시오. 다시 한 번 말씀드리겠습니다. 사원 여러분······.

커튼 틈새로 붉은 띠를 질끈 맨 해고자들의 집회 모습을 바라보았다. 해고자 복직을 위한 사장과의 면담을 요구하는 시위였다. 해고자와 조합원 간부가 돌아가면서 시위를 하고 있지만 사장은 면담할 생각이 추호도 없다. 그건 모두 알고 있는 일이다. 벌써 일주일째 울리고 있는 꽹과리 소리다. 해고자들은 출근시간에 맞추어 구호를 외치고 퇴근시간에 맞추어 꽹과리를 두들겼다.

전화벨이 요란하게 울렸다. 직원들을 밖으로 내보내라는 인사부 전화였다. 주뼛거리며 나가지 않으려는 직원들도 눈치를 살피다가 모두 나갔다. 직원들을 내보내고 내려진 커튼 사이에 눈을 디밀었다. 정문을 밀고 들어오려는 해고자들을 인사부 직원들이 막아내고 있었다. 사원들은 인사부 직원들의 뒤에 서서 막는척하다가 뒤로 물러서는 모습이 역력했다. 예전과 다르게 적극적으로 나서지 않았다.

"비켜 이 새끼들아."

"사장 나오라고 해!"

"너희는 평생 회사의 개나 되라, 이 시팔놈들아."

목소리만 찢어지게 울리다가 싸움은 곧 결판이 나고 말았다. 그들은 다시 회사 한쪽으로 밀려났다. 인사부 직원이 그들 곁으로 다가갔다. 시위 장소를 벗어나면 경찰을 부르겠다는 말을 전달하고 있는지도 모른다. 해고자들은 사장이 국외출장 중이라는 것을 모르고 있었다.

나는 스스로 판단해도 내 결정이 무척이나 대견스럽다. 연봉조정은 내년에 다시 할 수 있을 것이다. 일송정 김 부장을 만나 상황분석을 한 것은 아무리 생각해도 참으로 잘한 일이었다. 김 부장의 겉모습만 보고 결론을 내렸다면 지금쯤 어떻게 되었을까? 한순간이나마 불손한 마음을 가졌던 이사님에게 더욱 정성을 쏟았다. 다시 매사에 나를 불러 협조를 구하고 있지 않은가.

"경제가 어렵다고 사원들 어깨까지 축 쳐진 게 보기가 딱한데 어때요? 당신보기에는."

"회식이라도 한번 할까요?"

'일송정'을 들먹이며 전화기를 집어 들었다.

"회식하는 것이라면 당신에게 상의를 왜 하겠소?"

"아, 예. 그럼."

"야유회를 한번 잡아보세요."

"네, 네. 알겠습니다."

이사님의 이마에 모아진 주름살이 비로소 펴졌다. 나보다 나이가 많은데도 피부는 어쩌면 그리 탱탱하고 반질반질한지 놀라울 지경이다. 한동안 내게 눈길은커녕 찾지도 않았다.

"업체에 전화해서 협조를 좀 구하세요."

그런데 이건 또 뭐란 말인가. 나를 불러서 지시를 하는 것은 다른 직원 시키지 말고 나 보고 직접 하라는 것인데 내키지 않았다. 그런 일은 한번으로 족했다. 과장 시절에 했던 일인데 송 과장을 시켜야지. 왜 내게…… 송 과장에게 맡기면 안 되느냐는 말도 꺼내지 못하고 물러나왔다.

그때는 정말 아무것도 모르고 까불었다. 이사님이 나를 신임하여 내게 그런 일을 시키는 것이라고 의기양양하여 모든 업체에 전화를 돌렸다. 거래량이 가장 많은 한진무역에서 맨 먼저 달려왔다. 사무실로 오지 않고 근처 커피숍에서 연락이 왔다.

"과장되시고 나서, 좋은 일 좀 있습니까?"

"아시다시피 다 그렇지요, 경제 나쁘다고 매일 저 난리니 힘없는 샐러리맨이 좋은 일이 뭐 있겠습니까?"

"야유회도 가시고. 다른데 보다는 좀 나은 것 같습니다. 바쁘신 것 같은데 그럼 이만 일어서겠습니다. 자 이것은."

"이게 뭡니까?"

"야유회 가신다면서요, 당연히 협조해 드려야지요."

민망해하는 내 모습에 그쪽에서 오히려 더 당황하는 것 같았다. 심 이사에게 봉투를 가져왔다는 보고를 했을 때 그 반응은 더 당혹스러웠다.

"그럼 야유회를 달랑 입만 달고 갑니까?"

취소할 수 있으면 취소하고 싶었다. 하지만 모든 업체에 이미 전화를 돌린 상태였다. 들랑날랑하는 나를 본 이사님은 삼 일 굶은 시어미상을 해가지고 찢어지게 눈을 흘겼다.

"눈치껏 좀 하세요."

그날 종일 아무것도 하지 못하고 커피숍에 앉아 봉투를 받아 이사한테 전달했다. 그 일을 또 하자는 것이다. 업체에서는 내가 한 짓이라고 생각할 거 아닌가. 일제강점기에 일본군을 대신하여 포로들을 감시해 결국은 형장의 이슬로 사라진 포로감시원이 갑자기 생각났다. 다른데 사용하는 비용 좀 아껴서 이런 것은 부서에서 해결하면 안 되겠느냐는 말은 먹히지도 않을 것이다.

회의실에 앉아 업체에 전화를 하는 것이 죽을 맛이었다. 그동안 반은 다른 업체로 교체되었고, 반은 여전히 거래를 하고 있다. 야유회를 간다는 말을 해야하는데 입이 잘 떨어지지 않았다. 머뭇거리며 다음 말을 맺지 못하자 업체에서 오히려 당연히 협조해 드린다며 내가 해야 될 말로 끝맺어 주었다. 심이사가 시키는 일이라고 노골적으로 말할 수 없어서 우회적으로 말을 돌렸다.

야유회 가는 비용까지 거두어들인다면 그 작은 회사들은 어떻게 살아가나?

*

미스 정은 하잘 것 없는 일들만 시킨다고 불평을 입에 달고 살았다. 업무를 달라고 끊임없이 요구하더니 기어코 무역 업무를 맡았다. 그러더니 복사, 팩스, 심부름을 거절하기 시작했다. 여사원이지만 용기와 배짱이 부럽다. 박대리는 물론 양 대리, 송 과장도 더 이상은 미스 정에게 자질구레한 일을 시키지 못한다. 시킬 때에도 부탁한다는 말로 미스 정의 눈치를 살핀다.

미스 정 말을 빌리자면 난 '팩스맨'이다. 그리고 보니 돈 가져오라는 팩스는 모조리 내 담당이었다. 부장이 되고 처음 한 일은 사장 아들의 결혼과 관계되는 일이었다. 이사님은 나를 불러 청첩장을 주었다. 업체에 연락을 하라는 것이었다. 여직원을 시키겠다는 말에 한심하다는 투로 쳐다봤다.

"팩스 보내고 전화도 넣으세요. 잘 받았냐고."

"네?"

"그래야 신경들을 쓸 거 아닙니까?"

업체에 팩스를 보내야 하는 이유가 결국은 부장이라는 직위를 통해 압박을 가하는 일이었다. 자괴감이 들었지만 못하겠다는 말은 하지 못했다. 사장 아들 결혼식에 외자부와 거래하는 전 업체가 다녀갔다. 공장이 있는 창원에서는 비행기 한 대가 모두 결혼식에 참석하려고 온 업체 직원이었다는 말은 소문이 아니었다. 결혼식이 끝난 다음 축의금이 이억이라는 둥 삼억이라는 둥 말들이 많았다. 창구 앞에는 경리과 직원들이 앉아서 축의금 계산을 했다. 대기업과 거래하면서 먹고 사는 하청업체들이 투자라고 생각하면 못할 것도 없었다. 청첩장 명단은 총무과 여직원이 작성해주고, 외자부와 영업부는 거래업체에서 축의금 챙겨주고, 국외로 떠나는 신혼여행까지 직원들이 알아서 다 처리해주었다. 여기까지는 이해할 만한 수준이었다.

몇 개월 되지 않아 사장님 부친이 돌아가셨다. 지방에 장례식장이 있었다. 심 이사는 또 나에게 팩스를 보내라고 했다. 이번에 좀 다른 문구가 삽입되었다. '지방까지 가시기 어려우시면 외자부로 연락주시면 충실히 전달해 드리겠습니다.'였다. 외자부와 거래하는 업체는 지방까지 갈 수 있는 사람도 외자부로 봉투를 가져왔다. 그것도 팩스를 보낸 나한테 주고 갔다. 내 딴에는 업체에서 들어온 부조금을 정리해서 한꺼번에 주려고 가지고 있었다. 심이사는 그럴 필요 없다며 들어오는 대로 즉각 보고를 하라고 했다.

재수 있는 과부는 넘어져도 가지 밭이라더니 이번엔 사장님 장인이 돌아가셨다. 이번만큼은 회사 임직원들 선에서 조의금을 받을 거라고 생각했다. 예상은 빗나갔다. 이사님은 나보고 또 팩스를 보내라고 했다. 나는 차라리 어디로 숨거나 죽어버리고 싶었다. 업체 사장들 얼굴을 마주 볼 수가 없었다. '우리 사장님은 복도 많으시다. 장인어른까지 도와주시는구나.' 삼삼오오 짝을 지어 사원들이 수군거렸다.

야유회 비용은 회사에서 사용할 수 있는 공식적인 복리후생비로 처리를 했고, 업체에서 받은 것은 심 이사 호주머니로 들어갔다. 사실 야유회 비용이 몇 푼이나 든다고 전 업체에 연락해서 협조를 구하겠는가.

*

직장생활을 제대로 하려면 줄을 잘 잡으라고 한다. 어찌되었든 난 누가 뭐래도 줄 하나는 잘 잡았다. 차기 사장으로 유력한 심 이사의 오른팔이 아닌가. 사장님이 국회의원에 출마할 계획이라는 소문이 있다. 소문은 언제나 맞아 떨어졌다. 자연스럽게 그 자리는 심 이사 자리가 될 것이다.

심 이사는 심심하면 회사 그만 다니고 싶은 거냐며 협박을 한다. 사직서를 제출하는 부하직원을 붙잡아 본 적도 없는 사람이다. 팽의 사직을 내가 그렇게 말린 이유 역시 젊은 놈이 욱, 하는 심정으로 던진 사직서라면 돌이킬 수 없기 때문이었다. 심 이사가 눈에 보이지 않을 때면 직원들이 온갖 욕을 해대는 것도 나는 알고 있다. 아무리 죽일 놈 살릴 놈 욕을 해도 실적으로 말해지는 것이 조직이다.

빌딩 안으로 들어서면 그 안에서는 인간도 없고 사람도 없다. 오로지 이사, 부장, 과장 등 직급만 있다. 심 이사를 아무리 개 같다고 욕을 해도 그의 앞에 서면 깍듯이 '이사님'이다. 배꼽까지 허리가 구부려진다. 사람에 따라 다르지만 사원 때 이미 터득한 박 대리 같은 부류가 있는가 하면 여전히 정신 못 차리는 나 같은 바보도 있다.

심 이사가 가장 많이 부르는 이름이 나, 조 부장인데 나는 왜 이리 힘이 드는지 알 수 없다. 야유회만 해도 그렇다. 우리 회사에 납품하며 그들은 먹고 산다. 야유회 가는데 경비 좀 부조해 주는 것이 뭐 그리 대수라고, 내 돈 들어가는 것도 아닌데 별스럽게 구는지 스스로에게 용납되지 않을 때도 있다. 하청업체에서는 이사님한테 어떻게 하면 밥을 살까, 궁리 중이다. 밥을 사라고 하면 사고, 여자를 원하면 바로 대령한다.

조직에서는 조직에 필요한 인물이 되어야 한다는 것이 심 이사의 인생철학이다. 이 회사에서 내 인생을 걸었으면 조직이 원하는 일을 해야지. 그런데 조직은 뭐지?

— 악마의 바이올린

어디 가서 저녁이나 먹자며 이사님이 퇴근을 막았다. 미리 예약을 해놓았는지 조용한 방으로 안내되었다. 일부러 시간까지 내서 이런 정도의 술을 살 때는 틀림없이 대단한 용무가 있다는 것이다. 무슨 거창한 말을 하려고 그러는지 서두가 쓸데없이 길었다.

"조 부장, 우리 외자부가 부속실이나 재경부보다, 한 발 먼저 앞서갔으면 하는데 당신 생각은 어때요? 솔직히 부속실이나 경리부에서 하는 일이 뭐 있어요? 힘든 일은 우리가 다 하잖아요."

아직 본론은 나오지 않았다. 그런데 심장이 가슴 아래로 뚝 떨어지는 느낌이었다. 술잔을 입으로 가져가다 말고 이사님 얼굴을 빤히 쳐다보았다.

"지금 공장에서 연락을 받고 나오는 길이에요. 당신은 이번 사태를 어떻게 생각하나? 회사의 녹을 먹고 있는 사원으로서, 노조 문제가 잘 해결되어야 하는 것은 알고 있겠죠?"

급작스레 뒤통수를 망치로 탁 맞았을 때 이런 기분이 들까.

"해고자 복직문제 때문에 아무런 협상을 할 수가 없어요. 이렇게 경제가 어려운 때에 노조에서 그렇게 협조가 없어서야 어떻게 경영을 하겠어요? 회사를 말아먹자는 작정이 아니고서야 말이지. 노조위원장이 당신과 고등학교 때 동기라며? 꽤나 친분이 두터운 것으로 알고 있는데 힘 한번 써 봐요."

"제가 무슨 힘으로 도움이 되겠습니까? 공장과 거리도 멀 뿐만 아니라 사는 처지가 달라 자주 만나지도 못합니다."

"먹고사는데 매달리다 보면 아무래도 그렇겠지, 뭐 어려운 것은 아니고 자네가 노조위원장을 한 번만 만나보게. 성사가 되면 당신한테도 그만한 대가가 있을 것이야, 이 일은 하고 싶다고 하고, 하고 싶지 않다고 안 할 수 있는 일이 아니야, 회사를 살리자는 사장님의 의지를 반영한 내 명령일세."

받들 수 없는 명령이다. 입술을 달싹이는데 내 입을 막았다.

"오늘은 내 말만 들으세요. 회사를 위하는 길은 여러 가지가 있어요. 그 여러 가지 일 중에서 가장 적절하다고 생각하는 것의 하나일 뿐이야. 파업을 하루라도 줄여서 생산에 들어가야 노사가 함께 사는 일이지. 이러저러한 말들은 사족에 불과하다는 것을 내가 굳이 말하지 않아도 잘 알 것이라 믿어요."

"……."

"설령 실패로 끝나도 당신 탓은 않겠다. 다른 사람을 중간에 넣지 않고 내가 직접 나선 것은 만약의 경우 실패를 우려해서야. 노력해서 안 되는 것은 어쩔 수 없는 것 아니겠나?"

"이사님, 무슨 말씀인지는 알겠습니다만 그 친구와 저 사이는 남들이 생각하는 그런 사이가 아닙니다. 재고해 주셨으면 합니다."

"알아, 왜 모르겠나 하지만 자네가 제일 적당하다고 내가 판단을 했다. 실패해도 좋다고 하지 않나 부담 갖지 말고 당신이 중간에 나서서 어떻게든 좀 해봐. 물론 거기에 상응하는 보답을 할 것이고. 그동안 여러 가지 일로 당신하고 적잖이 소원했다는 거 다 알아, 이번 기회에 회사도 살리고 우리도 사는 길을 마련해 보자고. 그리고 마지막으로 그쪽에서 요구하는 것은 전부 다 들어주어라. 무슨 말인지 알겠지?"

심 이사는 처음부터 내 의견을 듣겠다는 태도가 아니었다. 허탈했다. 울고 싶은 심정이었다. 택시를 잡으려는 사람들 속에 합류하였다. 이른 시각인데도 흰 와이셔츠가 바지에서 반쯤 빠져나와 보기에도 안쓰러운 몇몇 사내가 낄낄거리며 택시를 향해 손을 흔들고 있었다.

내가 어떤 생각을 가지고 사는지 노사 문제의 시각은 어떠한지 심 이사의 안중에는 없었다. 월급쟁이는 그저 월급이나 받고 상여금이나 받으면 감지덕지하는 줄 아는 모양이었다. 이사님이 말하듯이 현장에서 파업을 밥 먹듯이 하지는 않는다. 설령 밥 먹듯이 파업이 일어난다 해도 노사 문제는 노사가 풀어야 한다는 기본적인 내 생각에는 변함이 없다. 그 생각을 물론 입 밖으로 내 본 적은 없었다.

1987년 6월 항쟁 이후, 그동안 억눌러 왔던 노동자들의 욕구가 폭발했다. 그 과정에서 나는 공장으로 내려가 구사대란 이름으로 생산직 사원들과 쇠파이프를 들고 맞섰던 때가 있었다. 내 뜻이 아니라 회사에서 녹을 먹는 사람으로서 어쩔 수 없는 일이었다. 친구도 이해해 줄 것이라 믿었다. 그것은 내 생각일 뿐이었다.

하긴, 뒤돌아보면 노사 간에 대화라는 것을 해보기나 했는지 의심스럽다. 조금만 자신의 의견을 과격하게 말하면 불순분자가 되는 건 그렇다 치고, 파업을 할 때마다 공권력을 투입하여 주동자를 잡아가면 그만이었다. 정부에서 다 해주는데 회사가 무엇 때문에 조합원들과 머리 맞대고 골치 아프게 고민을 하겠느냐 말이다. 이사님은 그 시절이 그립다고 했다. 나는 돌아보아도 그리운 한 시절이 없다.

생산성 몇 퍼센트 상승에 노동자는 보이지 않았다. 더구나 관리직 사원들은 그저 실적 위주로 늘 쥐여 짜기만 했다. 임금 동결하고 상여금 반납하고 조금만 참으세요. 다 보상해 드립니다. 또 한해가 시작되면 같은 말을 계속했다. 지금보다 나은 삶을 살기 위해 오늘이 조금 짜증스럽다 해도 참는 것이다. 처지가 조금 달라졌을 뿐이지 하얀 와이셔츠에 넥타이를 맨 머슴에 불과하다는 생각이 자꾸만 고개를 내밀었다.

출근시간에 맞추어 눈을 떴지만 몸이 말을 듣지 않아 일어나지 못했다. 지각하고 말았다. 다행히 심 이사는 출근 전이었다. 흡연실에 들어가 담배 한 개비를 피워 물었다.

보지 않으려고 해도 흡연실 창문 밖으로 오래전 공사가 멈춘 건물이 보인다. 다시 굴착기 소리가 들려왔으면 좋겠다. 담배 한 개비가 손가락에서 다 탈 때까지 정물화가 된 공사장을 마주 보고 서 있었다. 세상에 아무도 모르는 일이 어디 있나? 관리직 사원의 임금동결안과 상여금 반납에 대한 기안을 한 기획실의 김 과장은 회사에서 특진을 먹었지만 지금까지도 동료들과는 서먹한 관계에 있다. 관리직 사원들도 임금인상에 대한 기대가 크다. 피부로 느끼는 물가는 이십 퍼센트 가까이 올랐는데 관리직 사원들의 임금은 이 년째 동결했다. 올해까지 설마 동결은 하지 않겠지. 다만 얼마라도 인상되리라는 기대를 하고 있었다. 올해는 그 희생을 보상해 주리라는 기대 때문에 묵묵히 일하는 것으로 대신하고 있는 것이다.

개인의 희생이 회사를 위한다는 명분으로 모든 것을 보상해주지는 않는다. 사원들이 뼈를 깎는 마음으로 임금인상을 동결하고 상여금을 반납하고, 연월차도 사용하지 않는 것만큼 경영진에서 뼈를 깎는 아픔을 같이 했다고 믿는 직원들은 그리 많지 않을 것이다. 심 이사만 해도 회사에서 가져갈 수 있는 돈은 다 챙겨서 가져가고 있지 않은가.

관리직들의 '임금동결, 상여금 반납'은 노조를 자극한 일이 되고 말았다. 노조에서는 관리직 사원의 성토대회를 가지기도 했다.

"관리직 사원들만 회사를 위하는 것이 아니다."

"우리도 회사를 사랑한다."

"국제경쟁력에서 살아남으려면 임금인상 억제 가지고는 안 된다."

"관리직 사원들이 회사의 꼭두각시 놀음을 하지만 결국 같은 월급쟁이일 뿐이다."

노조위원장을 매수하여 노조의 파업을 막아보려는 심산인 심 이사의 제안을 받아들일 수는 없다고 마음을 먹고 있는데 이 고민은 무엇이지? 내가 과연 끝까지 버틸 수 있을까.

노조는 임금인상보다 우선시 하는 것이 해고자의 복직이었다. 사장님은 절대로 받아들이지 않을 것이었다.

얼마 전, 사장님이 외자부를 방문했다. 부서를 직접 방문하는 일은 좀처럼 없지만 해고자의 모습이 가장 잘 보이는 위치에 있기 때문이라는 것이 곧 증명되었다. 심 이사와 나란히 선 사장님이 해고자를 바라보고 있었다.

"저 새끼들, 소리 안 나는 총이 있다면 모조리 쏴 죽여 버리고 싶어."

그러더니 오른팔을 길게 뻗어 실제 총의 가늠자에 눈을 대듯 검지를 꺾어 잡아 당겼다. 탕! 두 사람은 내가 있어도 전혀 개의치 않는다는 듯이 말을 이어가고 있었다. 사장님의 요지는 "노조 없는 삼성그룹이 부러울 따름이다. 시건방지게 노사 협의니 공조니 하면서 머리띠 질끈 묶고 감히 한 테이블에 앉는 것부터가 기분이 더럽다. 주면 주는 대로 받고 일이나 하면 되는 것들이 세상이 좋아져서 한 테이블에 앉아 있는 것이 아닌가. 일자리를 주는 것만으로도 감지덕지해야 할 것들이 임금이 적니 많니 난리를 치고 있다. 세상에서 가장 듣기 싫은 소리를 꼽으라고 하면 단연 꽹과리 소리다. 불순분자들의 복직은 절대로 이루어지면 안 된다. 기관총이 있으면 전부 싹 쓸어버리고 싶은 게 요즘 심정이다."라는 것이었다.

사장님은 다시 한 번 그들을 향해 오른손을 길게 뻗어 검지를 앞으로 잡아당겼다. 탕! 울림은 길고 오래갔다. 그리고 다시 좌측에서 우측으로 팔을 뻗으며 드르륵, 드르륵! 소리까지 내고 있었다. 그 자리에 더 이상 서 있을 수가 없어 조심조심 뒤로 물러났다. 해고자를 향해 사장님이 당긴 방아쇠, 소리 없는 총소리는 늘 귓가에서 쟁쟁거렸다.

*

친구인 위원장을 만나 협상하라는 명령은 나를 죽일 수도 있고, 살릴 수도 있는 양날의 칼이다. 하지만 위원장은 받아들이지 않을 것이다. 그러니 나를 죽이는 칼이 될 것이다. 노조위원장은 고등학교 동기다. 친구였다는 과거형이 이제는 더 맞는 말이다.

심 이사는 구체적으로 어떤 협상을 하라고 말하지는 않았다. 그쪽에서 요구하는 것을 다 들어주라고만 했다. 그것은 위원장 개인에게 돈을 주고 파업을 막아보겠다는 것 아닌가. 머릿속은 아무 생각도 떠오르지 않는다. 어쩌면 다른 사람들은 말할 것이다. 위원장이 친구겠다, 이사가 그런 제안을 했겠다, 그것이 어찌 이사 개인의 생각이겠는가. 발로 뛰는 시늉이라도 해서 사장에게 뭔가를 보여 주기만 하면 정상 참작이라도 되지 않겠느냐고.

거절할 때는 회사를 그만 두는 각오가 있어야 한다. 아버지 생각이 났다. 소작을 하며 뼈 빠지게 일을 해서 소작료를 내고도 주인 앞에서는 허리도 제대로 펴지 못했다. 어머니는 어쨌는가, 그 집에 큰일만 있으면 달려가서 가장 힘든 일만 골라서 했다. 지금 내 모습은 아버지나 어머니와 한 치도 다를 바가 없다. 어렵게 야간대학을 졸업하고 대기업에 취직을 했을 때, 아버지는 나를 가마에 태워 동네라도 한 바퀴 돌아야 할 표정을 하고 있었다. 일본 출장을 처음 다녀왔을 때는 직원들 선물보다 아버지 체면 세워주는 선물 비용 값이 더 많이 들었다.

가정환경을 탓해 본적은 없다. 하지만 내 어깨 위의 짐은 너무 무겁다. 변변찮게 살고 있는 동생, 늘 큰오빠인 내게 뭔가를 기대하며 결혼해서도 궁상맞게 살고 있는 여동생…… 회사를 그만 둘 수는 없다.

아내가 결혼하고도 다니던 직장을 계속 다녔다면 가족의 생계에서 조금은 자유로웠을까. 민간 기업에 다녔던 아내 역시 우리 회사 여직원들처럼 청첩장과 함께 사직을 해야 했다.

위원장을 만나거나 만나지 않거나 상관없을 것이다. 만나든 못 만나든 난 회사를 떠나야 한다. 위원장 친구는 고등학교를 졸업하고 바로 공장으로 들어갔고, 나는 그 친구보다 오 년여 늦게 서울사무소로 발령을 받았다. 공장으로 출장을 가면 자기 집에서 잠을 재워준 친구다.

내 의지는 아니었지만 '구사대'란 이름으로 생산직 사원들과 마주 선 이후 위원장 친구와는 마주앉을 수 없게 되었다. 서로의 처지가 달라 마주 설 수밖에 없었다는 것을 알지만 그래도 나는 그들에게 각목을 휘둘렀다. 우, 하는 함성과 함께 바리게이트를 밀고 들어갔을 때 갑자기 버스에서 한 무리의 사내들이 뛰어내렸다. 그들이 용역이었다는 것이 나중에 밝혀졌지만 나 역시 내 친구가 건너편에 있다는 것도 잊고 휩쓸려 쏠려갔다. 현장직원들에게 밀려 정문으로 도망쳐 나올 때 넘어져 안경을 떨어뜨렸다. 누군가 허리를 질끈 밟았다. 누가 밟았는지 알 수 없었다. 회사에서는 현장직원이라고 했고, 현장에서는 용역을 시켜 일을 꾸미고 자신들에게 덮어씌웠다고 했다. 그 사건으로 노조는 폭력혐의가 추가되면서 본질이 흐려졌다. 그때 친구가 아내를 통해 은밀하게 내게 접촉을 해왔다. 진실을 밝혀달라고. 하지만 난 정말 누가 그랬는지 알 수 없었다. 하지만 정황상 현장은 아니었다. 몸놀림이 느려 뒤쪽으로 처지기는 했지만 내 뒤를 따라온 용역들이 있었던 것도 사실이다. 사장님을 비롯해 임원들이 문병을 오고, 영웅이라도 되는 것처럼 난리를 치고 있는데 현장에서 하지 않았다는 것을 내가 정확히 알았다고 해도 분위기는 진실을 말하도록 놔두지 않았다.

나는 특진을 먹었고, 동료들보다 한해 먼저 과장으로 진급을 했다. 내가 그때 특진을 먹지 않았고, 남보다 빠른 승진만 하지 않아도 그냥 사고로 처리될 수도 있었다. 하지만 난 특진을 먹었다. 그리고 공장 출장을 내려가도 친구에게 연락할 수 없었고, 그 친구와 우연히 만나 눈을 마주쳐도 누가 먼저랄 것도 없이 외면했다. 노사협상이 마무리되고 회사는 정상으로 돌아왔지만 신뢰는 무너졌다. 그런 일로 특진 먹고 진급할 수 있다면 자신들은 열 번이라도 넘어져 다칠 수 있다고 노골적으로 비아냥대는 직원들도 있었다. 그 뒤로 심 이사는 다른 직원들의 눈치가 보일 만큼 날 편애한 것도 사실이다. 그 편애라는 것이 시시때때로 심부름을 시키는 일들이었지만.

그 다음해에도 노조에서 파업을 하면 현장에 내려가 모자라는 인원을 채우는 데는 한몫을 했다. 아는 얼굴과 마주치지 않으려고 아예 땅을 보고 다녔다. 다른 곳에 이력서를 넣어보기도 했지만 면접을 보러 오라는 곳은 한 군데도 없었다.

회사는 비밀이 많아지고 이사님도 어딘지 모르게 초조해 보인다. 나는 명색이 부장이지만 부서에서의 역할은 심 이사의 부속품에 불과하다. 하지만 학벌이 좋은 것도 아니고, 이끌어 줄 선배도 없는 나를, 어쨌든 이사님이 여기까지 끌어준 것만은 사실이다.

*

심 이사는 어떤 마음으로 이 일에 날 끌어들인 것일까, 내가 그 일을 할 것이란 백 퍼센트 확신을 가지고 있는 것일까. 나를 전적으로 신뢰하지 못한다면 내게 그런 제안을 할 수 없을 것이다. 아니면 네까짓 게 뭘 할 수 있을 것이야. 날 바보 취급하는 마음으로 제안한 것일 수도 있다.

사장님은 언론에 비친 모습만 볼 수 있다. 협상테이블에 앉아 고뇌하는 모습을 보면서 이미지로 보는 실체가 얼마나 무서운지 알 수 있을 것 같다. 엄지를 구부려 해고자들에게 총을 겨누던 그 모습, 타아앙! 길게 내뿜던 그 목소리를 잊을 수 없다. 지금 노조 간부들과 협상 테이블에 앉아 있지만 며칠 후면 미국에 있을 것이다. 경제세미나에 참석을 하신다는데 사장님이 출장에서 돌아오고 나면 관광을 더 많이 다녀온다는 소문이 떠돌았다. 사장에 대한 모든 소문이 사실일까? 손자 돌잔치도 부인 동창회도 법인카드로 결제를 한다는 게…….

노조에서 요구하는 첫 번째 조건은 해고자 복직이다. 사장님은 이것만 아니면 다 들어주어도 좋다고 했다. 해고자들에게 복직판결이 났음에도 사장님은 복직을 시키지 않았다. 다른 계열사에서는 전원 복직이 이루어졌다고 한다. 오로지 우리 회사에서만 복직을 시키지 않는 것이다. 파업을 할 때마다 앞장을 설 것이라는 선입견과 함께 그들은 또 다른 불씨가 될 것이라고 보는 것이다. 웃기는 건 관리직 사원들은 모두 사장 자신과 생각이 같다는 확신을 가지고 있는 것 같았다. 그룹 사장단 회의에서는 복직을 시키지 않은 일로 칭찬을 들었다고 했다.

이것 말고도 사장님의 실적은 한두 가지가 아니다. 관리직의 상여금 반납으로 전 그룹에 영향을 끼쳤다. 이 년 연속 관리직의 임금동결로 유리한 입장에 서서 노사협상을 이끌었다. 이것 모두가 사장님의 성과다. 사장님의 성과 뒤엔 언제나 심 이사가 있었다.

끊임없이 떠도는 소문들을 나는 차마 믿지 못하겠다. 작은 업체에도 손을 벌려 흡혈귀처럼 빨아먹는다는 것을 시작으로 사장님에 대한 소문과 이사님에 대한 소문이 함께 뒤섞여 누구에 대한 소문인지도 모를 지경이 되었다.

"외국에서 손님들이 들어올 때 들고 오는 과자봉지도 사장님은 집으로 가져간단다."

"심 이사님은 은행 창립기념이라고 나오는 저금통도 집으로 가져간단다."

"사장님은 주주총회가 있으면 운전기사 시켜서 선물을 받아오라고 하는데, 볼펜을 받을 때도 있단다. 기름 값도 나오지 않지 뭐냐?"

"심 이사님은 계획표를 만들어서 업체 사장들에게 점심을 사라고 한단다."

"우리 회사가 망하지 않고 이만큼 견디는 것은 우리처럼 무조건 충성하는 숙맥 같은 사원들 때문이야."

경기가 나빠서 인심들이 사나워진 것인가? 내가 직장생활을 시작한 이래 이런 더러운 소문은 없었다. 자리가 사람을 버리는 것일까? 원래 그런 사람이었을까? 나는 종종 생각을 해보았다. 내가 만약 이사의 자리에 올라간다면, 그래 만약 올라간다면 나도 저렇게 변할까.

*

1987년 이후, 해마다 노조가 파업을 했다. 파업을 하면 그 여파는 관리직 사원에게 먼저 왔다. 노조가 파업을 해서 회사에 손해가 막심하니까 관리직부터 희생을 각오해야 한다는 것이었다. 그런데 언제부턴가 관리직 사원들에게 요구하는 대우가 부당하다는 생각이 들기 시작했다. 넌덜머리가 났다. 마음속으로는 그런 생각을 하면서 겉으로는 표현하지 못하는 나처럼 다른 직원들도 그럴 것이라고 생각한다. 신입사원들은 노골적으로 불만을 토했지만 행동으로 실천하지는 못했다. 그만두거나 조직에서 원하는 대로 묵묵히 일만 했다. 그리고 연봉제가 되었다. 연봉제로 전환할 때 회사에서는 개인별로 협상하지 않았다. 회사 사보를 통해 다른 나라의 연봉제를 소개하고, 유명하신 교수님들의 한 말씀을 실었다. 그러더니 연봉제를 실시한다고 했다. 내 연봉을 깎이지 않으려고, 연봉 깎이면 스스로 회사를 그만 두어야 하니까 미친 듯이 일을 했다. 이것은 사람이 사는 세상이 아니야. 여사원들 비정규직으로 바꾸고, 용역업체에서 채용할 때도 막았어야 했다.

1996년 말에 노동법이 국회에서 날치기로 개악되었을 때 나는 정말 분노를 느꼈다. 정리해고? 이것만 가지고 느낀 분노는 아니었다. 나도 뭔가 내 생각을 표현하고 싶은데 머리에 붉은 띠를 맬 수가 있나, 서울역에 모여 팔을 들어 올릴 수가 있나, 현장의 노동자와 함께 해야 한다는 생각이 들어서 내 주위를 둘러보았지만 내 주위에는 이사, 부장, 차장, 과장만 있지 노동자는 없었다. 그랬다. 경제가 어려우니 회사를 살려야 한다는 명분만 내세우면 토요격주 휴무도 쉴 수 없었고, 월차는 쉬지 않아도 휴가를 사용한 것처럼 돼버리고 수당은 나오지 않았다.

나는 회사에서 하는 말을 믿지 못한다. 회사를 경영하는 경영자들은 힘없는 사원에게만 고통을 전담시켰다. 사원들의 복리후생비는 없애면서 이사들의 업무추진비는 증가했고, 영업사원들의 교통비까지 줄이면서 간부들의 차량유지비는 줄어들지 않았다.

경비를 절감한다며 복사기에 사용하는 용지를 이면지로 바꾸라고 했다. 수리비가 더 많이 나간다. 그래도 관리과에서는 보고를 하지 않는다.

지난겨울에는 정부의 시책에 맞추어 적정 실내온도인 18도에도 훨씬 못 미치는 난방으로 감기환자가 급증했다. 두꺼운 내복을 껴입고도 손발이 시리고 입가에는 김이 날 정도인 사무실에서 겨울을 나는 동안 사장실은 사정이 달랐다. 사무용품도 제대로 구입해 주지 않는 관리과에서는 사장실과 임원실에 쓸 난로를 구입했다. 따뜻한 사장실에 앉아, 호호 불면 입김이 나오는 사무실에서 일하는 사원들이 겪는 고통을 어떻게 나눈단 말인가.

*

외출에서 막 돌아왔다. 삼삼오오 둘러서 있거나 팔짱을 끼고 서성이거나 분위기가 어수선했다. 회사가 부도방지협약에 적용되었다는 것이다.

갑자기 가슴이 턱턱 막히는 게 도무지 일이 손에 잡히지 않았다. 계열사를 정리한다는데 우리 회사가 일 순위라는 소문이었다. 이렇게 큰 회사가 아니, 국내 삼십 대 기업에 속하는 회사가 하루아침에 없어지기야 하겠냐며 위안을 삼았다.

갑자기 무역단가를 조작해 국외로 달러를 밀반출 했다는 기사가 나온 다음 이사님이 나를 불렀다.

"미국 자회사에 나간 서류는 잘 정리 돼 있지요?"

"무슨 말씀이시진지……."

"당신이 그쪽 책임자 아니야, 답변 자료는 미리미리 정리해두라고."

내가 왜? 갑자기 머릿속이 맑아지면서 이사님 의중이 필름처럼 펼쳐졌다. 그러니까 내가 사장님과 결탁하여 외화를 빼돌렸다는 얘기 아닌가.

"정신 똑바로 차리고 내 말 들으세요."

"구체적으로 말씀해주십시오."

나도 모르게 목청이 커졌다. 심 이사가 놀라서 나를 바라보았다. 이토록 큰소리로 이사님을 향해 외쳐본 적이 결단코 단 한 번도 없었기 때문이었다.

"미국 자회사에 나간 서류 사인은 모두 당신이 했잖아? 사장님의 구속하고 무관하지 않다는 것이란 말이다."

"이사님, 그것은."

자회사 서류는 이미 검찰에 들어간 상태였다.

"글쎄, 당신이 뭐라 변명을 하던 서류가 증명을 하는 것이니……."

\*

위원장을 만나기로 했다. 처음엔 구조조정에서 살아남을 수 있는 길은 심 이사의 제안을 받아들이는 것뿐이라는 비루한 생각으로 일단 만나보기만 할 생각이었다. 만나서 상황이 허락하면 얘기를 하고 아니면 얼굴만 보고 와서 변명을 해도 될 것이라는 생각도 했다.

휴가를 내고 기차를 탔다. 대기업 부도방지협약 적용대상으로 선정되면서 채권단이 매각방침을 발표했다. 노조는 즉각 파업을 결의하고 조업을 중단한다고 했다. 이 상황에서 이사님은 도대체 씨알이 먹힌다고 생각하는지…… 며칠 지나지 않아 정부는 다시 세신그룹 법정관리를 신청하고 정상화 방안을 확정 발표했다.

노조가 잠시 한시적 파업을 선언했다. 파업이 끝나는 시점에 위원장을 만났다. 내가 위원장을 만나는 건 심 이사의 뜻을 전하기 위한 것이 아니었다. 나는 십여 년 전 일을 사과하고 싶었다. 이사님의 제안에 잠시 흔들렸던 마음이, 내 손이 부끄러웠다.

나는 더듬거리며 그때 그 일을 꺼냈다. 그럴 수밖에 없었던 상황이라고 이해한다며 사과는 필요 없다고 했다. 눈물이 막 쏟아졌다. 그 말끝에 나는 회사에서 어떤 생각을 갖고 있는지 밝히고 말았다. 내 할 일을 다 했다고 생각하니 마음이 홀가분해졌다.

이제 회사는 어차피 더 이상 다닐 수 없다. 다른 곳으로 넘어가게 되면 부장급은 자동적으로 퇴사를 하게 될 것이다. 회사에 연연하지 않는다는 것이 이렇게 마음 편한 일인 줄 몰랐다.

검찰에서 출두하라는 통보를 받은 다음 날 노조가 부도덕한 방법으로 회사에 돈을 요구했다는 보도가 나왔다. 노조는 그런 일이 없다는 반론을 내보냈다. 언론 보도를 보면서 직원들은 누구의 주장이 맞는 말인지 알 수 없게 되었다. 노조위원장을 매수해 수십억 원이 오고갔다는 기막힌 기사가 실렸다. 전달자로 조모 씨가 거론되었다.

나는 그 어떤 제스처도 취하지 않았다. 그냥 친구로서 십여 년 전 일을 사과하고 왔을 뿐이어서 떳떳했다. 위원장하고 단둘이 만날 기회도 없었고, 위원장을 만나는 자리에 두어 명이 함께 있었다. 다음 날 신문에는 위원장의 친구라는 것을 내세워 회사 측에서 먼저 접촉해 왔다는 반론보도가 터졌다. 내 이름 석 자, 실명이 언론에 공개되었다.

회사에서는 노조위원장이 친구를 사칭하여 접근했다고 주장을 했고, 노조에서는 사측에서 사람을 중간에 넣었다고 했다. 심 이사는 처음부터 이런 상황을 염두에 두고 나를 끌어들인 것이었다. 그런 엄청난 일로 내 이름이 신문에 오르내리는데 나는 왜 이토록 담담한지 알 수가 없다.

*

조 부장의 기록은 여기까지였다. 누구를 통해 검찰에 전달할 것인지 한 대리와 상의를 했다. 두 사람만 아는 선에서 한 대리가 검찰에 직접 전달하기로 했다.

기록물과 더불어 나는 통장 복사본과 그동안 관리했던 장부도 함께 넘길 생각이었다. 심 이사와 사장님이 돈을 빼돌렸을 것이란 심증은 있지만 물증이 없다고 얘기했다. 조 부장은 이렇게 될 것이라고 생각하고 장부정리를 내게 부탁한 것은 아니었을 것이다. 심 이사가 워낙 돈에 대해서는 철저하게 따지는 성격인지라 나름대로 통장 복사도 해놓고 돈이 들어오고 나간 흔적들을 정리해두고자 했을 뿐이라고 짐작한다.

## 마지막 한 번은

회사는 정규직 여사원 전원을 계약직으로 전환한다는 공문을 보내 왔다. 전체 근로자 천여 명 중 여사원은 공장과 사무소, 영업소를 합해 도 백여 명이 넘지 않았다. 천여 명도 아닌 백여 명의 급여를 파트타이 머로 전환하여 도대체 얼마나 비용을 절감하는지 실로 의심스러운 일 이 아닐 수 없었다. 사장의 방침에 따른 인력비 절감 안이라고 했다. 그중 벌써 반 이상은 계약직으로 전환된 상황이었다.

나와 수경, 몇몇 여사원을 제외하고 거의 계약직 전환요구를 받아들 였다. 전환을 거부한 여사원들이 전국 각지 영업소로 발령이 났다. 업 무지시 거부와 무단결근으로 기한 내에 명령에 불복종한다면 해고조 치 할 것이라는 이 차 공문이 내려왔다. 그만 두라는 식으로 낸 발령이 너무나 명백하므로 나는 인사발령을 따르지 않기로 마음 먹었다.

# 통 보 서

정은희 귀하

귀하는 회사의 인사 전보명령에 의거 여수 영업소로 명령을 받았으나 부임지 소속장에게 정식보고와 승인도 없이 현재까지 부임을 않고 있어 무단결근 상태이며 업무수행에 막대한 지장을 초래하고 인사명령을 위반하고 있는 바, 회사 취업규칙 관련 규정에 의거 조치가 불가피함을 알려 드립니다.

여수 영업소장

나는 통보서를 들고 영숙 언니를 찾았다. 오랫동안 소식 없어 궁금했던 것과는 달리 당장 달려가서 만날 수 있는 시간이 허락되지는 않았다. 수녀가 된 혜주랑, 영숙 언니랑 시간 맞춰 보육원에서 보기로 했는데 해고가 되는 바람에 영숙 언니 볼 시간이 앞당겨졌다.

"남직원들의 반응은 어때?"

"어떻게 설명해야 될지 모르겠어요."

그랬다. 계약직 여사원이 채용되면서 한두 달이 지나자 문제가 발생하기 시작했다. 알바를 해도 이보다는 낫겠다며 그만두는 사례가 빈번했다. 정규직이 아니면 받지 않겠다는 부서도 있었지만 인사부에서 아쉬울 것은 없었다. 여사원 없이 일을 한다는 것은 귀찮고 하기 싫은 일도 함께 해야 한다는 것을 의미했다. 이젠 여사원은 당연히 계약직으로 채용이 되는 것으로 정착되어 가고 있었다.

"자신들의 코가 석 자인데 기대하기 어려워요."

"지금까지 인사발령 관행은?"

"지방 영업소는 지방에서 뽑았어요. 그리고 회사에서 눈 밖에 난 여사원은 지방으로 간혹 발령을 냈지만 거의 그만 두었어요."

관행상 그랬다면 서울에서 여수로 발령 낸 것은 부당인사발령이므로 철회해 줄 것을 요구하는 내용증명을 보내라고 했다. 내용증명만 보낸 것이 아니라 인사부장을 만나 법적 대응도 불사하겠다는 말을 잊지 않았다. 인사부에서 회의실로 불러들였다. 여러 가지 여건상 밖으로 새나가는 것을 막고자 하는 의미가 컸을 것이다. 그리고 날마다 면담이라는 이유를 들어 발령지로 내려가라며 회유했다. 협박도 빼놓지 않았다.

"미스 정이 대단해서 이러는 거 아니야. 알지? 안 그래도 골치 아픈 일이 많은데 더 이상 문제를 확대시키고 싶지 않아서야."

십여 일이 지났다. 여사원들도 회사의 눈치를 살피느라 접근을 피했고, 남자사원들도 입을 다물고 있었다. 나는 이 무모한 싸움에서 이길 자신감을 잃어갈 때 이름을 밝히지 않은 남자사원으로부터 한 통의 전화를 받았다.

"정은희 씨, 끝까지 용기 잃지 마세요."

"......"

"아직은 이름을 밝힐 수도 없고 도와줄 수도 없지만, 저랑 같은 생각을 가진 사원들도 많습니다."

나는 작은 목소리로 걸려온 전화의 주인공이 누구인지 굳이 알려고 하지 않았다. 용기가 솟았다. 여사원을 용역업체에서 데려오기 시작할 때에도 사장님에 대한 온갖 루머가 돌아다녔다.

"사장님 집안 행사에는 전 협력업체로부터 경조금을 다 받고, 사장님이 개인적으로 부담해야 해야 되는 경조금은 회사 돈으로 나간다더라."

"국외출장 갈 때도 출장비는 개인 호주머니에 챙기고, 한 달 후에 카드로 회사에서 갚아준다. 사장님 국외출장 한번 가지 않으면 여사원 월급을 주고도 남는다."

예전 사장에 대한 칭송도 함께 떠돌았다.

"정 사장님은 술을 가지고 찾아온 사람이 있으면 함께 마시다가 남는 술은 돌려보낸다."

나는 생각해 보았다. 정 사장은 내가 서울사무소로 처음 발령을 받았을 때 재직한 사장이었다. 그때는 적어도 사장이 뭘 어찌어찌했다는 소문은 없었다. 정 사장이 남은 술까지 돌려보냈는지는 알 수 없지만 사원들은 정 사장을 그리워하며 신뢰하고 있다는 것이 중요한 것이다. 지금의 사장이 출장비를 개인용도로 썼는지는 모르는 일이지만 사원들은 그렇게 믿고 있었다. 가장 힘없는 여사원에게 칼을 휘둘러 가차없이 목을 베는 사장에 대한 소심한 저항이었다. 다음은 자신들의 차례가 될 것이라는 것을 서서히 알아가고 있는 것인지도 몰랐다. 이름도 밝히지 않은 남자사원의 전화가 나에게는 많은 격려가 되었다. 처자식 먹여 살린다는 명분 아래 인사부에서 휘두르는 칼날에 제대로 대응 한번 해보지 못하고 목을 날려야 하는 남자사원들은 자신들이 하지 못한 일을 여사원들이 끝까지 해주었으면 하는 바람일 것이다.

*

영숙 언니와 함께 나는 해고무효소송을 진행하기로 했다. 혼자가 아니라는 것이, 전문가가 된 영숙 언니가 곁에 있다는 것이 더구나 수경을 비롯해 함께 할 수 있는 여사원 몇몇이 남아 있다는 것이 그나마 힘이 되었다.

해고무효소송에서 승리하게 되면 복직할 수 있을까, 어쩌면 해마다 벚꽃과 함께 찾아오는 현장의 해고자들 속에서 나도 그들과 함께 해야 하는 건 아닌지 모르겠다.

회사에서는 관리직들은 웬만하면 해고를 시키지 않았다. 해고시킬 필요도 없었다. 서너 번만 이리저리 빙빙 돌리면 본인 스스로 알아서 나가주기 때문이었다. 나도 결국 그렇게 그만두리라고 모두들 예상하고 있었다. 그만둘 때 두더라도 회사의 요구를 거절한 사원도 없었다. 나는 그 예상을 뒤엎고 발령지로 가지도 않았을 뿐만 아니라 사무실에 출근을 하면서 부당하다는 시위를 끊임없이 했다. 가장 기본이 되는 근로기준법이나 그 어떤 법도 회사에서는 여사원을 위해서는 지키지 않았다. 남녀고용평등법이 있다는 것을 회사에서도 알고 있다고 했다.

아니다 알고 있으되 지금까지는 지킬 필요가 없었던 것이다. 나 한 사람만이라도 제대로 이의를 제기한다면 여사원에 대한 부당함이 조금은 줄어들지도 모른다는 것이 내 소박한 생각이었다. 기한 내에 발령을 거부한 여사원들은 결국 해고통지서를 받았다.

노동위원회에 부당 해고 구제신청서를 제출했다. 입사하여 해고된 이 순간까지 오로지 차별의 대상으로만 있었다. 이대로 물러설 수 없는 일이었다. 여사원으로서의 권리이자 인권이며 생존권을 한 번은 지키고 싶었다.

# 여덟 번째 요일

\*

검찰에 소환된 심 이사는 바로 구속되었다. 심 이사 구속보다 조 부장의 혐의가 벗겨졌다는 게 더 다행스러웠다. A재벌로 그룹 전체가 매각된다는 채권단의 최종안이 언론을 통해 발표되었다. 과장급 이상은 일제히 사직서를 제출했다. 사직서가 반려되는 사람만 고용 승계가 이루어진다고 했다. 사직서를 제출하지 않은 사원이나 대리급에서도 회사를 떠나야 할 것이었다.

현장은 파업에 돌입했다. 임금삭감 없는 전원 고용승계, 경력 인정 등 황성중공업 노조에서 했던 방식대로 진행되고 있었다. 한 가지 다른 점은 관리직 사원들은 노조파업과 아무런 관련이 없다는 것이다. 설령 노조에서 승리를 이루어낸다고 해도, 황성중공업 시절처럼 관리직들이 그 열매를 공유할 수는 없을 것이다. 내게 부렸던 텃세를 A사 직원들로부터 고스란히 받지 말란 법도 없다.

회사가 그 지경에 이르러서도 여사원에 대한 계약직 전환은 끝까지 성사를 시켰다. 해고무효소송을 받는다 해도 복직은 기대하기 어려운 상황이 되어가고 있었다. 그럼에도 이젠 회사에서 원하는 대로 해줄 수 없었다.

그동안 가지지 못한 한 가지를 갖기 위해 패배가 아닌 새로운 삶을 시작하는 의미로 나는 그 첫 번째 목표를 대학진학으로 삼았다. 합격을 한다면 서른아홉 살에 신입생이 되는 것이었다. 대체로 스무 살에 대학에 가서 졸업을 하고 마흔이면 세상에서 뭔가를 이루어야 할 시기다. 나는 멀리 돌아왔지만 처음부터 시작해 보기로 했다. 수능을 볼 자신은 없었다. 회사 경력을 인정하는 산업체 특별채용이라는 것이 있다는 것을 알았다. 야간대학에 가면 회사와 학교를 병행할 수 있을 것이다. 회사가 마지막까지 도움을 준다는 게 아이러니 했다. 입학지원서를 놓고 망설였다. 제대로 글을 써보라는 유정 언니 충고에 문예창작과에 지원을 했다.

서류접수를 하고 필기시험장에 앉았다. 나는 산문부분을 선택했다. 살아오면서 느꼈던 학벌에 대한 얘기를 써보고 싶었다. 제목을 정하고 글을 써 내려갔다.


— 몇 학번이세요?
고등학교를 졸업하던 스무 살 때부터 직장생활을 했다. 한때 문학소녀를 자처했던 나는 사회에 나와서도 문학동아리에서 활동을 했다. 마

산의 수출자유지역 내에서 직장을 다니는 사람들로 구성된 독서 서클
이었다. 동아리 활동을 하다 보니 다른 문학동아리와 갖는 모임이 가
끔 있었다. 한 번은 대학의 문학동아리와 모임을 가진 적이 있었다. 대
학생들과의 만남이다 보니 대화는 자연스럽게 학교생활로 이어졌다.
대학을 가지 못한 나는 내 또래의 학생들과 학교생활을 얘기하는 것이
불편하기 짝이 없었다. 한 학생이 대화에서 비켜나 있는 내게 질문을
던졌다.

"몇 학번이세요?"

"네?"

그게 무슨 말인지 몰랐다. 자꾸 채근하는 바람에 얼굴이 빨개져서
겨우 한 마디 했다.

"대답하고 싶지 않은 데요."

제대로 된 대답인지 몰라 그 말을 해놓고도 가슴이 두근거렸다. 한
참이 지나고서야 '몇 학번이냐'고 묻는 의미를 알게 되었다.

문학을 가까이 하면 할수록 대학을 나와야만 제대로 된 글을 쓰는
것이 아닌가 하는 의문이 생겼다. 나와 비슷한 또래의 사람이 책을 출
판하면 맨 먼저 펼쳐 보는 페이지는 약력난이었다. 명문대를 나왔다고
하면 명문대생에 맞는 선입견을 가지고 그 책을 들여다보게 되고 유학
까지 다녀와 '박사'라는 약력의 소유자이면, 이해가 잘되지 않는 부분
에서는 내 무지를 탓했다.

서울에서 직장을 다니면서부터는 평생교육원과 문화센터에 등록하

여 공부를 했다. 대학을 다니지 못한 나로서는 대학교수한테 강의를 들을 수 있는 것이 참으로 감사했다. 평생교육원, 문화센터를 다닌 세월을 합치면 대학 4년만큼은 되지 않을까. 하지만 졸업장이 없는 공부는 사회에서 인정받지 못했고, 혼자서 만족해야 하는 것일 뿐이었다. 이런 곳에서도 학력은 끊임없이 나를 괴롭혔다.

문화센터에서 일 년간 수필을 공부한 적이 있었다. 직장여성과 가정주부가 주류를 이루었다. 새로운 사람이 들어올 때마다 빠지지 않고 나오는 한 대목은 '몇 학번이세요?' 였다. 나이를 나누고 학교의 선, 후배를 따지면서 사회의 기준에 맞추어 서로를 확인했다. 대부분 대학의 국문학과 출신들이었고, 초등학교 교사, 중고등학교 국어교사도 있었다. 이리저리 둘러보아도 고졸은 언제나 나 혼자였다. 그때도 나는 대학 얘기만 나오면 갑자기 꿀 먹은 벙어리가 되곤 했다.

그 수필 강좌는 일주일에 한 번 수강을 하는데 매주 작품을 하나씩 써서 제출을 했다. 그 다음 주일이 되면 잘된 작품을 수강생들 앞에서 읽게 하고 평가를 갖는 시간을 가졌다. 직장생활을 하느라 매번 작품을 낼 수는 없었지만 나는 제출하는 작품마다 발표하는 행운을 가졌다. 한 번은 교수님께서 "제발 남편 얘기, 자식 얘기 좀 그만 써라, 작품이 비슷해서 이름만 바꿔 넣어도 되겠다. 이제는 개 밥 주는 얘기까지 쓰느냐." 면서 야단을 쳤다. 그러더니 내 작품을 예로 들면서 칭찬을 해주었다. 과분한 칭찬을 받은 내게 그들은 내가 '미스'라서 교수님이 잘 봐준다는 얘기였다. 동인지를 내면서 내가 고졸인 것을 알게 되었다. 약력 난에 빠지지 않고 꼭 들어가는 것이 학력인데 대학을 나오지 않는 나는 빈 공간으로 두었기 때문이다. 내가 고졸인 것을 알게 된 몇몇은 '미스'라서 어쩌고 하는 얘기는 온 데간데없고 '글쎄 고졸이래.'라고 쑥덕였다. 서로서로 고개를 끄덕이면서 나에 대한 평가는 그것으로 끝이었다. 남들이 가진 것 중에서 한 가지를 갖지 못해 콤플렉스가 있는 사람의 가슴에 대못을 박았다. 돌이켜 보면 고졸이라는 학력에 보였던 반응은 내 탓도 한 몫을 했다는 생각을 한다. 처음부터 대학을 나오지 않았다고 밝히면 될 일을 다른 사람으로 하여금 명문대를 나왔는지 지방대를 나왔는지 도대체 가늠할 수 없는 표정으로 애매한 웃음만 날렸으니 얼마나 뻔뻔하게 보였겠는가.

학력이 그 사람의 평가기준이 되는 사회에서 학벌은 끊임없이 나를 괴롭혔다. 맞선을 볼 때조차도 어느 대학을 나왔느냐는 너무나 중요한 일이었다. 한번은 친척언니가 맞선을 보라면서 마지막에 비밀스런 얘기를 덧붙였다. 전문대를 나왔다고 얘기를 했으니 그렇게 알고 나가라는 것이다. 나오지 않은 대학을 나왔다고 거짓말을 하고 그다음은 어떻게 할 거냐고 물었더니, 일단 사람을 보고 나서 서로가 마음에 들어 하면 그때 얘기를 하겠다는 것이다. 맞선 장소에서 내게 또 몇 학번이냐고 물으면 그때도 대답하고 싶지 않아요, 라고 말을 해야 하나. 나는 맞선자리에 나가지 않았다.

직장에서도 학력은 일차적인 차별 대상이었다. 업무 능력과 상관없이 학력대로 임금이 책정되고, 진급은 임금과 비례했다.

이십여 년의 직생생활에서 거의 대부분 대졸들과 생활을 했다. 그들이 그렇게 자랑스럽게 여기는 학력이 나에게는 별 의미가 없어 보일 때도 있었다. 부끄러운 행태를 하고도 부끄러워하지 않는 모습들, 다른 사람 짓밟기, 아부하기, 뒤통수 때리기 등 오히려 좋은 머리를 이용해 더 많이 나쁜 짓을 하는 것을 보았다. 이제는 그 사람이 어느 대학을 나왔느냐는 것으로 사람을 평가하지 않는다. 화려한 경력에 주눅 들지도 않는다.

학벌 때문에 스트레스를 받을 때마다 생각나는 선생님이 있다. 고등학교 진학을 앞두고 원서를 쓸 때였다. 무슨 수를 쓰더라도 대학은 꼭 가야 한다며 인문학교에 진학하기를 간곡히 말씀하시면서 자신의 얘기를 해 주었다. 그 선생님은 며느리를 삼을 때나 사위를 삼을 때 고등학교를 일등 졸업한 사람보다 가방만 들고 왔다 갔다 했어도 대학 나온 사람을 맞이하겠다고 했다. 그 선생님도 등록금을 마련할 길이 없어 대학을 포기해야 할 때 재산 1호인 소를 훔쳐서 대학을 진학했다고 했다. 그때는 그것이 불효였지만 결국에는 효도가 되었다며 '실업계' 원서를 사 들고 온 내게 '인문계'에 가기를 끊임없이 설득했다. 그러면서 프로스트의 「가지 않은 길」이란 시를 들려주었다. 두 갈래 길에서 어느 길로 갈까 망설이던 사람이 한 길을 다 갔다가 다시 돌아와 가지 않을 길을 가야겠다고 다짐했지만 돌아와서 다시 가려니 너무 늦어서 갈 수가 없었다고 한다. 내가 그때 여상을 가지 않고 여고에 진학했으면 내 인생이 어떻게 달라졌을까 곰곰이 생각할 때가 있다. 실업학교에 진학을 하지 않고 인문학교에 진학을 했으면 대학에 갈 수 있었을까, 장담할 수는 없다.

여동생은 자신이 고등학교를 가지 않을 테니까 나를 대학에 보내라고 했다. 우리 집 가정환경으로 볼 때 내가 끝까지 대학을 가겠다고 고집을 부렸으면 동생들의 희생 위에서 대학을 갈 수도 있었을 것이다. 그렇게 해서 대학을 나왔다면 내 인생이 어떻게 달라졌을까, 사회에서 말하는 성공한 사람의 반열에 올라 있었을까. 그럴 수도 있고 아닐 수도 있다.

나는 여성단체에서 활동하는 게 참으로 좋다. 학력을 자랑으로 여기지 않는 사람들이 모이는 곳, 내가 고졸이라는 것을 밝히거나 밝히지 않아도 되는 곳, 학력이 아닌 그냥 '나'로 봐주는 곳이 있다는 게 행복하다. 배운 사람이나 못 배운 사람이나 그저 사람으로 살 수 있는 것, 학벌이나 조건 없이 다른 사람을 그저 사람으로 보는 것, 이것도 하나의 운동이라고 본다.

대학을 나왔느냐 나오지 않았느냐가 문제가 아니라 일류와 삼류를 구분하는 또 다른 차별이 있는 곳에서 나는 '대답하고 싶지 않은데요.' 대신 이제 이렇게 대답할 수 있다.

"함께 공유한 시대를 말하면 안 될까요?"

나는 대학 합격 통지서와 부당해고승소 판결을 동시에 받았다. 남자 사원들도 자신의 일처럼 기뻐해 주었다. 하지만 나는 다시 싸움을 시작해야 한다. 외자부에 복직이 된 것이 아니었다. 나는 책상도 없는 회사로 출근을 시작했다.

유정 언니는 해고를 당하고 나가면서 은희야, 니는 퇴사하고 나갈 때 당당히 앞문으로 나가야 한다고 말을 했었다. 조 부장도, 팽도, A회사에 합병이 되어 그만 둔 직원들은 모두 아무런 잘못도 없으면서 뒷문으로 나가야 했다. 나는 이제 뒷문으로 나가지 않기 위해 죽을 힘을 다해 싸워 이겨낼 것이다. 혼자가 아니라는 것이 얼마나 다행인지 모른다.

나는 월요일에 사직서를 쓰고 싶었다. 다시는 조직이란 곳에서 월요일을 맞고 싶지 않았는데 불행하게도 끝까지 사직서는 쓰지 못하게 되었다. 어떤 모습의 월요일을 맞이하게 될지 현재로서는 나도 알 수 없다. 하지만 다시 맞이할 월요일은 지금까지와는 다른 월요일이 되었으면 좋겠다.

# 파가니니의 푸른일기를 위한 변주곡

김성옥

(장안대학교 사회복지전공교수 · 철학박사)

　장편소설 『파가니니의 푸른일기』는 너무 많은 이야기를 담고 있기에 섣불리 주제를 설정하기 어려운 작품이다. 1970년대 산업화과정에서 비롯된 노동문제 이야기, 분단현실을 이용한 군사독재를 정당화하고 받아들였던 우리 사회의 수동적 민중의 이야기, 국가가 노동문제를 분단현실과 연계해 빨갱이라는 무적의 탄압도구로 사용한 이야기, 우리 시대의 비극인 5 · 18 광주의 이야기, 오랜 남성중심주의 역사 속에서 언제나 진행되어왔던 여성차별 이야기, 한국 사회의 독특한 영호남의 지역차별 이야기, 거기에 사회적 금기인 동성애 문제에 대한 내용까지 많은 이야기들이 담겨 있다.

이 많은 이야기들은 모두 우리 현대사의 굴곡을 만들어낸 무거운 사건들이며, 그 각각 하나만으로도 작품의 주요 주제가 될 수 있다.

이 소설에는 산업현장에서 그 모든 상황을 직접 경험한 작가 자신의 육성이 꿈틀거리는 지렁이처럼 기어 다니고 있다. 1970년대 말 여자 상업고등학교를 졸업하자마자 마산의 수출자유지역에 말단 여사원으로 취업한 뒤 이십여 년간 직장생활을 해온 작가는 자신의 체험을 개인적 기억에서 사회적 기억으로 소환하고자 한다.

작가가 관찰자로서 현장의 변두리를 맴돌면서 취재한 사건을 소재로 삼은 소설은 많지만, 부당한 대우를 직접 체험한 당사자가 자신의 목소리로 자신이 받았던 부당한 대우를 고발하고 있는 작품은 드물다.

작품은, 스물여덟 살의 화자인 '은희'가 스무 살부터 팔 년여 동안 살아온 창원에서 서울사무소로 발령을 받으며 시작된다. 창원은 그녀의 고향이 아니라 생계를 위해 노동자로서 삶을 시작한 곳이다. 전주에서 여자 상업고등학교를 졸업한 은희는 졸업하던 스무 살에 마산의 수출자유지역 내에 있는 회사에 취업한다. 고향인 전라도를 떠나 낯선 경상도로 간 것은 당시대의 전라도에 마땅히 취업할 공장이나 산업체가 없었기 때문이다. 당시 경제개발 5개년 계획에 의해 개발된 수출자유지역은 마산이나 창원 등에 집중되었다.

산업합리화 정책으로 다니던 회사가 합병을 당하고 서울로 발령을 은희는 동료직원들로부터 조직적인 따돌림을 당하면서 그 원인이 조직의 구조적 모순에 자리 잡고 있다는 걸 깨닫고 분노를 느낀다. 여의도 국회의사당 앞에 자리한 사무소는 마산수출자유지역의 기숙사에 갇혀 지내던 시절처럼 은희에게는 답답하고 숨 막히는 핍박과 따돌림의 상징인 '섬'으로 인식된다.

농촌지역 여성들을 버스로 실어 나르던 시절, 현장 노동자를 모집하러 온 친척의 도움으로 은희는 간신히 마산에 있는 수출자유지역 내한 회사에 사무직으로 취업을 하게 된다. 경리과 말단으로 근무를 시작하지만 매일 야근과 특근을 해야만 겨우 생활을 유지하고 고향에 있는 부모에게 약간의 용돈을 보내드릴 수 있을 정도의 임금을 받는다. 영국의 산업혁명 당시 노동자들의 임금은 노동자의 노동력을 재생산할 정도의 수준, 즉 매일의 생계를 해결할 정도의 수준이었다. 자본주의가 노동자들의 저임금을 바탕으로 자본축적을 이루면서 성장했듯이, 1970~80년대 우리나라 역시 노동자들의 저임금을 바탕으로 자본축적이 활발하게 이루어졌던 시기다. 국가가 자본축적을 옹호하며 오히려 노동에 대한 탄압에 가세하던 어두운 시기에 은희가 직장 생활을 시작할 수밖에 없었던 사실 자체가 이 작품의 성격을 규정짓는다.

은희는 이곳에서 평생의 정신적 동반자가 되는 '유정 언니'를 만난다. 유정 언니 아버지는 경찰고위 간부로 유신정권의 앞잡이 역할에

충실한 사람이다. 고교시절 유정의 과외선생을 했던 언니 가족이 자기 아버지로 인해 풍비박산이 나자 유정은 아버지의 행위에 환멸을 느낀다. 그러나 유정의 아버지는 '과외선생은 빨갱이'라고 몰아붙이면서 죄책감조차 갖지 않는다. 유정은 자신이 과외선생 가정을 파탄으로 몰아갔다는 죄책감으로 방황을 하다 끝내 대학을 포기하고 만다. 이후 아버지와 시대에 대한 반감을 품고 마산수출자유지역 내에 있는 한 회사에 취직을 하고, 그곳에서 전라도 친구인 영숙과 화자인 '은희'를 만난다.

은희는 유정 언니를 통해 고전음악을 듣는 즐거움을 알아가고, 독서 모임에 참여하면서 마산에서의 외로움을 견디어가지만 유정 언니는 부당한 권력에 순종하지 않는다는 이유로 점점 위기에 몰린다. 그런 언니를 은희는 묵묵히 지켜보며 뒷전에서만 성원을 보낼 뿐이다. 그러던 중 유정 언니가 성적소수자라는 사실을 알게 된다. 하지만 그 사실을 알고 나서도 그녀를 믿고 의지하는 마음엔 변함이 없다.

유정은 결혼을 강요하는 부모에게 커밍아웃을 하지만 오히려 더 강압적으로 결혼을 강요받는다. 아버지의 공작으로 회사에서 해고당한 유정은 영숙의 소개로 광주 근처 암자에서 지내는 동안 5·18을 겪게 된다. 영숙 또한 남동생이 행방불명이 되고, 아버지가 실신상태에 놓이게 되지만 광주에서 일어난 일은 전혀 밖으로 알려지지 않는다. 전보를 받고 광주로 돌아왔을 때 아버지는 자살을 하고 행방불명된 동생은 끝내 소식이 없다. 사람이 다치고, 실종되고, 죽었는데 아무 일도 없었던 것처럼 일상을 되찾아가는 현실을 보면서 두 사람은 절망한다.

광주에서 두 사람이 절망의 나날을 보내는 동안 은희는 병호라는 남자를 만난다. 병호는 둘째 부인의 아들로 태어나 고등학교를 졸업하고 택시회사를 하는 아버지 밑에서 되는 대로 무책임하게 살아가는 남자다. 그런 남자에게 마음을 연 은희는 큰 상처를 입고 만다.

은희는 유정 언니가 없는 사무실에서 또 한 사람의 정신적 지주가 되는 창건 씨를 만난다. 광주항쟁이 일어났을 때 '전라도 사람은 폭도'라는 말이 나돌자, 주변 직원들은 은희를 노골적으로 따돌린다. 은희는 자신이 마치 폭도처럼 느껴져 이유 없이 경상도 사람들에게 죄스런 마음을 갖는다. 광주 사람은 폭도가 아니라며 죄인처럼 살지 말라고 알려준 사람이 창건 씨다. 그러나 얼마 지나지 않아 군대에 가는 창건 씨와도 이별을 하게 된다.

생계를 유지하기도 힘든 임금과 열악한 처우를 벗어나려는 몸부림으로 은희는 창원공단 내 황성중공업에서 경력사원을 뽑는다는 구인광고를 보고 응시하여 합격한다. 하지만 평온한 듯 보이던 일상은 전두환 정권이 들어서자 급변한다. 순식간에 회사가 산업은행 관리로 넘어가더니 황성중공업보다 규모가 작은 세신그룹의 세경기업으로 합병이 된다. 황성중공업은 과장급 미만은 자동적으로 노조에 가입이 되는 구조이지만, 반대로 세경기업 관리직은 철저히 현장과는 구별되는 조직이다.

　황성중공업은 여사원이 커피를 탈 뿐만 아니라 부장급 이상 임원들의 점심 식사를 차려주고, 어버이날이 되면 현장 반장들의 가슴팍에 꽃을 달아주는 행사를 한다. 은희는 여직원 회장이 되면서 이런 관행들을 철폐시킨다.

　세신그룹으로 합병이 되는 과정에서 노조가 파업을 한다. 그런 와중에 여사원들이 빵과 우유를 사서 조합원들에게 가져다 준 것이 빌미가 되어 불량사원으로 낙인이 찍힌 은희는 서울사무소로 발령을 받게 된다. 나이 많은 노처녀를 서울로 보내면 그만 둘 것이라는 계산으로 낸 발령이다. 하지만 시골에 있는 부모와 동생들의 생계를 떠맡은 은희는 회사를 그만두지 못하고 서울로 올라온다.

　서울사무소에서는 노조활동을 한 은희를 계획적으로 괴롭히고 '왕따' 시킨다. 인간적인 모멸감을 느끼도록 하대하며 커피는 물론, 물까지 떠다 바치도록 명령한다. 그런 수모를 당하면서도 은희는 인간으로서의 자존감을 되찾으려는 자의식을 보다 강하게 느끼기 시작한다.

　여사원이 성추행을 당하자 은희는 발 벗고 나서서 문제제기를 한다. 하지만 설왕설래 끝에 성추행 당한 여사원이 오히려 회사를 그만두고, 가해자는 여전히 회사의 실세로 남아 있는 현실을 직시하고 분노한다. 분노가 채 삭지도 않은 시점에서 남자사원과 다르게 적용되는 임금이 남녀동일임금으로 단일화가 되며 회사는 정규직 여사원을 계약직으로 전환하는 빌미로 성추행 사건을 문제 삼은 여사원들은 탄압한다.

이런 어려운 환경에서 만난 사람이 조 부장이다. 조 부장은 회사의 실세인 심 이사의 오른팔이지만 파렴치한 심 이사의 행각에 회의를 품는 인물이다. 그렇다고 적극적으로 반기를 들 수 있는 사람이 아니라 '나는 지렁이다. 허리가 잘려도 살아야 하는 지렁이'라는 표현처럼 직장에 목을 매는 평범한 샐러리맨 중 하나일 뿐이다.

은희가 발령받은 외자부의 실세인 심 이사는 국외지사를 설립하여 국외로 자금을 은닉하는 과정에서 조 부장을 이용하고 끝내 자기 죄를 덮어씌워 검찰 조사를 받게 만든다. 검찰 조사를 받고 나온 조 부장은 한강에 뛰어 들어 자살을 해버린다. 공금횡령에 회사 명예를 실추시켰다는, 터무니없는 죄를 뒤집어쓴 것을 견디지 못한 것이다. 조 부장의 행적을 살피던 은희는 우연히 그가 남긴 기록물을 읽게 된다.

1987년 노동자대투쟁 당시 관리직 사원들이 구사대가 되어 용역들과 함께 가장 친한 친구와 맞서게 되는 과정, 신입사원이 조직의 불합리한 시스템에 의해 사직서를 내게 되는 과정, 회사에서 소모품이 되어 에너지를 다 쏟은 다음 팽 당하는 사연, 구조조정에 시달리며 고가 점수에 발목 잡혀 꿈을 잃어가는 과정, '갑'의 위치에 있는 회사를 대변하는 사장이나 이사가 '을'에게 어떤 방식으로 착취를 하는지 등 그런 사실이 한때 문학청년을 꿈꾸던 조 부장이 남긴 기록에서 드러난다.

이 기록을 토대로 심 이사는 구속된다.

그 무렵, 은희는 유정 언니와 십여 년 만에 재회한다. 아버지에 의해 강제로 정신병원에 갇혔던 유정 언니는 어렵게 그곳을 탈출해서 집으로 돌아가지만, '뒈지지 않고 살아왔다'는 아버지의 저주를 들은 다음 가족을 떠나 광주에 있는 암자로 돌아간다. 유정은 그곳에서 영숙을 다시 만나 군에 간 창건의 자살 소식을 듣는다. 충격을 받은 유정은 속세를 떠나 비구니의 길을 걷게 된다. 서울 부근으로 오게 된 유정은 어머니가 마련해준 돈으로 암자를 인수하고 고아들을 데려다 키우면서 사회봉사 활동에 남은 생을 바치기로 마음먹는다.

은희는 유정과의 재회를 통해 마음을 다잡고 회사의 음모에 맞서 끝까지 계약직으로의 전환을 거부하다 해고를 당한 뒤 노동부에 해고무효소송을 낸다. 그리고 고졸 여사원으로 받아온 학력차별의 설움을 달래기 위해 산업체특별채용으로 대학에 지원하여 합격을 하고 새로운 희망의 문을 두드린다. 온갖 핍박을 무릅쓰고 끝끝내 한 사람의 여성으로 올곧게 자기 자리를 지켜내는 주인공 '은희'의 삶은 '흔들리지 않으며 피는 꽃이 어디 있으랴'라는 어느 시인의 시 구절을 되새겨보게 만들 정도의 숙연함으로 옷깃을 여미게 만든다.

이 장편소설은 산업현장에서 남녀 간의 차별, 대졸과 고졸사원의 차별, 상사와 직원 사이에서 일어나는 빈번한 착취와 억압, 성차별과 성추행, 음모와 회유, 비리와 부도덕한 사건들이 어떻게 진행되고 은폐되며 왜곡되는지를 보여주는 작품이다. 최소한의 생존을 위해 고개 숙인 채 입 다물고 눈감고 귀 막은 채 살아가는 여사원들의 열악한 근로실태를 폭로하면서 보다 나은 근무여건을 위해 그들이 뭉칠 수밖에 없다는 현실을 예리하게 포착해내는 동시에 노동자에게 바람직한 세상은 어떤 것이며, 어떻게 만들어나가야 하는지를 묻고 있다.

　이 작품은 사회의 구성원이 아무리 개인적으로 노력하더라도 그 구성원이 속해있는 회사의 구조자체가 올바르게 바뀌지 않는다면, 모순점은 개인의 힘만으로 극복할 수 없다는 사회유기체적 관점을 드러낸다. 이 소설은 지나간 이야기가 아니라 산업현장에서 지금도 계속되고 있는 현재진행형의 기록이다.


　회사에서 퇴출당한 조 부장이나 화자인 은희, 유정 언니, 창건 씨처럼 주변에서 핍박당하고 상처받고 눈물 흘리는 아웃사이더들을 주요 등장인물로 내세우면서 그들이 당한 아픔이 어떤 것이었는가, 그 고통을 나누어질 방법은 무엇이며 어떻게 극복할 것인가 하는 과정을 가슴 뭉클하게 보여준다. 그들의 눈물을 닦아주고 다시 일어설 힘을 주는 방법이 무엇인가를 모색하는 과정은 지금도 부당한 '갑'의 입장에 맞서 철탑과 굴뚝에 오르는 '난쏘공'의 아버지와 크레인에 올라 싸우는 무수한 노동자들이 부당한 횡포에 맞서 싸우는 '살아남은 자의 기록'이자 '살아남은 자의 슬픔'이기도 하다.

지금도 산업체 현장에서 다반사로 이루어지고 있는 폭력과 횡포에 대한 화자의 싸움은 비단 주인공인 '은희'만이 아니라 무엇이 부당한 것인지, 무엇에 분노해야 하는지를 보여주기 위해 죽을힘을 다해 한 시절을 살아낸 우리 누이들의 이야기이며, 지금도 진행되고 있는 우리 직장인들의 이야기이기도 하다.

지난밤 보던 책의 마지막 페이지가 궁금하여 덮지 못하고 새벽녘에 잠이 들었습니다. 늦잠을 자고 일어나 눈을 뜬 아침이 참으로 좋았습니다. 직장생활을 하던 시절엔 상상도 할 수 없는 일입니다.

출근시간에 맞춰 놓은 알람을 꺼버리고 깜빡 잠이 드는 바람에 허둥거리며 뛰어나간 적도 많았습니다. 이젠 자고 싶을 때 자고, 먹고 싶을 때 먹고, 심야 영화를 보면서 올빼미 체질을 마음껏 즐기며 살고 있습니다.

스무 살 시절이 너무 힘들어서 서른 살 생일엔 나 자신에게 선물을 하며 스스로를 위로하기도 했습니다. 삼십 대가 되면 이십 대와는 다른 삶이 기다리고 있을 것 같은 막연한 기대였습니다. 삼십 대에도 나는 여전히 직장생활을 하고 있었고, 『미스 김, 시집이나 가지!?』라는 여성 성차별에 관한 책을 발간했습니다. 사무직 여성들의 실상을 세상에 알리는 계기가 되기도 했습니다.

그리고 사십 대에 대학을 가고, 이젠 스스로에게 반지를 선물하며 위로하지 않아도 되는 삶을 살고 있습니다. 매일매일 출근하지 않아도 된다는 것만으로도 행복합니다.

『파가니니의 푸른일기』속의 화자인 은희와 조 부장이 지나간 시절의 얘기인줄 알았습니다. 하지만 여전히 직장생활을 하던 연장선상에 있다는 것을 날마다 깨달으며 살고 있습니다. 금융권과 민간기업에서 고졸사원을 채용하여 4년이 지나면 대졸사원과 같은 수준의 임금을 받는다는 소식을 들으면 반갑습니다. 그러다가 철탑에 오른 노동자들의 근황은 왜 뉴스에 나오지 않는지, 복직은 되었는지, 고용불안에 떠는 비정규직들을 위한 비정규직 법은 왜 그들을 지켜주지 못하는지, 관심사는 늘 이런 것들에 머물러 있습니다. 내가 직장생활을 하던 1980년대와 회사를 그만둔 1990년대 말에서 한 치도 비켜나 있지 않다는 것의 반증입니다.

은희와 조 부장은 현재 진행형의 내 주변사람들을 비추는 거울이었습니다.

퇴고를 하면서 '눈물'이란 단어가 그렇게 많은 줄 몰랐습니다. 눈물이란 단어를 다른 어휘로 바꾸고, 때론 삭제하면서 상처받은 내 이십대를 한 번도 치유 받지 못했다는 것도 소설을 쓰면서 알았습니다.

돌아보니 파가니니의 푸른일기에 나오는 은희처럼 나는 혼자가 아니었습니다. 해설을 흔쾌히 써주신 김성옥 교수님, 김양호 교수님, 장영우 교수님, 이수정 선생님, 정원영 선생님, 세미나 회원들…….

내게 용기를 주고, 살아갈 힘을 준 사람들이 너무 많았습니다. 한없는 고마움을 전합니다.

2013년 6월
권영임

이 도서의 국립중앙도서관 출판시도서목록(CIP)은 e-CIP 홈페이지
(http://www.nl.go.kr/cip.php)에서 이용하실 수 있습니다.
(CIP 제어번호 : CIP2013006736)

파가니니의 푸른일기
ⓒ권영임, 2013

2013년 6월 24일 초판 1쇄 펴냄

지은이 ǀ 권영임
펴낸이 ǀ 최병수
편   집 ǀ 방현정 백서윤

펴낸곳 ǀ 예옥
등   록 ǀ 제2005-64호(2005.12.20)
주   소 ǀ (121-816) 서울 마포구 동교동 155-27 홍익인간 오피스텔 921호
전   화 ǀ 3142-4787
팩   스 ǀ 3142-4784

ISBN 978-89-93241-35-8   03810


＊지은이와의 협의에 따라 인지를 생략합니다.
＊이 책의 출간은 수림문화재단의 도움을 받았습니다.